KB053493

런던의 안개는 사라지고

런던의 안개는 사라지고

정경숙 수필집

도서
출판 **한국문인**

작가의 말

 중학교 일학년 국어 시간에 선생님이 자신의 이야기를 써보라고 했다. 열세 살의 소녀에게 무슨 옛날이 있었을까. 원고지 두 세 장이면 충분하다고 생각했으나 나는 누런 색 원고지를 스무 장 이상 썼던 기억이 난다. 선생님은 학생들에게 나의 글을 읽어주고 '자서전은 이렇게 쓰는 거야' 하셨다.

 내용도 줄거리도 생각나지 않는 그때의 이야기, 하지만 유아기 때의 한두 장면과 아동기에 관한 이야기를 자세하게 써 내려 갔던 기억은 있다.

 초등학교 시절, 문예반에서 글짓기를 했던 경험이 나의 자서전 쓰기에 도움이 된 것 같다.

 초등학교 후문 옆에는 서울 종로시립도서관이 있었다. 학교가 끝나고 집에 갈 때 어린이 열람실에서 동화책을 읽곤 했다.

 결혼하기 전에 대학 도서관에서 일을 했다. 서가에 꽂힌 먼지 냄새 나는 책이 나에겐 익숙하다.

 문자에 익숙하다 하여 문예 창작을 잘 하는 것은 아니지만 적어도 나에게 문자와의 친근함은 글을 쓰는 원동력이 되는 것은 사실이다.

그러나 한동안 문학을 떠나 있었다.

삼 년만 살고 돌아올 것이라 계획하고 런던으로 갔다.

푸른 잔디에 누워 파란 하늘과 회색 하늘을 번갈아 보면서 조울병을 친구 삼아 십육 년 동안 살았다.

문득 고향의 푸른 하늘이 그립고 가을 뭉게구름이 보고 싶고 재잘거리는 수다와 조용히 들리는 수군거림이 그리웠다.

고향의 하늘 아래에서 또 다른 문화 충격을 받았다. 한국을 떠나 있었던 십육 년간의 갭은 영국 생활을 시작할 때의 낯설음과 비슷했다. 충격을 완화시키기 위하여, 올해에 꼭 해야 할 일을 완성하기 위하여, 런던 생활 이야기를 정리해 보았다.

런던 생활 이야기는 객관적인 사실에 대한 주관적인 표현이다. 나의 이야기를 통하여 외국에서의 삶을 동경하는 사람에게는 더 이상 동경의 대상이 아님을 깨닫게 될 것이고, 외국에 대한 편견을 가진 사람에게는 사람이 사는 곳은 모두 같다는 공통점을 발견하게 될 것이다. 우리나라가 모두 좋은 것도 나쁜 것도 아닌 것처럼 외국이 다 좋거나 나쁜 것은 아니다. 외국에서의 삶이 우리의 '도피'가 아니라 '선택'으로 이루어져야 한다는 것을 깨닫게 될 것이다.

오랫동안 지켜봐 주신 이철호 교수님께 무한한 감사를 드리고, 현대문예 회원 중 꼴찌로 책을 펴낼 때까지 묵묵히 기다려준 문우들에게도 따뜻한 인사를 전하고 싶다. 한결 같은 마음으로 우리의 문자를 사랑해 주시는 한국문인 출판부의 노용제 사장님께도 감사를 드린다.

그리고 내 삶의 에너지를 제공해 주는 우리 아가들에게 고마운 마음을 전하고, 항상 내 편에서 응원해 주는 나의 영원한 파트너인 남편 오우진에게 한 번도 못했던 말을 지면을 통해 용기를 내어 말한다. 사랑합니다.

2017년 가을
정 경 숙

차례

1부 날개를 달고

2부 카페와 잔디밭

3부 런던의 안개는 사라지고

4부 꽃도 질 때가 있겠지

1부
날개를 달고

저들이 다니고 있는 학교의 운동장만 넓은 게 아니라는
것을 알게 해주고 싶었다. 지금 사귀는 친구들이 전부가
아니라는 것을 깨닫게 해주고 싶었다. 영화나 소설에서
보아왔던 여러 나라의 친구들을 한 장소에서 동시에
만나게 될 것이다.

1부 날개를 달고

날개를 달고

출국장 문을 나가려는 순간, 참았던 눈물이 쏟아졌다. 남편과 큰 딸만 한국에 남겨놓고 떠나기 때문이다. 큰 아이는 보름 후에 대입 수학 능력 시험을 치러야 하므로 둘째와 셋째 아이만 데리고 간다. 나를 향한 다섯 명의 얼굴이 내 눈에 들어온다.

친정어머니의 무표정한 얼굴, 남편의 근심 어린 눈망울, 큰 딸의 어안 벙벙한 표정, 아직도 이해하기 힘들다는 듯 고개를 갸우뚱하고 있는 친정 여동생들 얼굴이 겹쳐서 어른거린다.

출국 수속을 마치고 탑승 게이트로 걸어갔다. 제한된 무게만큼 짐을 부쳤지만 가지고 갈 짐이 많다. 책이 들어 있는 무거운 배낭을 하나씩 짊어지고 바퀴 달린 가방을 밀고 나갔다.

비행기로 들어가는 입구에서 티켓을 검사하던 직원이 통로를 막는다. 짐을 별도로 운반해 줄 터이니 내려놓으라고 한다. 짐 가방을 맡기고 비행기에 오른다. 티켓의 좌석번호를 확인하고 지정된 좌석에 나란히 앉았다.

오랫동안 뿌리내리고 살던 자리를 한순간에 빠져나온 장면이 뇌리를 스친다. 언제 다시 김포 공항의 활주로에 내릴 수 있을까 생각하며 창밖을 보았다. 김포 공항으로 되돌아올 수 없을 것이란 추측은 하지 못했다.

아이들 유학시키자는 부부 의견이 일치하는 순간 내가 한 차례 먼저 다녀왔다. 우리가 살 집을 마련하고 아이들 학교에 관한 수속을 밟기 위해서였다. 영국에 직접 가보고 마음이 달라질지 모른다는 생각을 했다.

그러나 보름간의 방문을 통하여 더욱 확실해 진 것은 어떻게 하든지 아이들을 데리고 출국해야 한다는 것이었다. 런던은 이 세상에 태어나기 전에 한 번쯤 살았을지도 모른다는 생각이 드는, 평온한 매력이 느껴지는 곳이었다.

가까이에서 보지 못한 것들은 멀리서 볼 수 있다고 했다. 보름간의 런던 1차 여행을 통하여 한국의 모습을 조금 더 많이 볼 수 있었고 대학교 다닐 때부터 동경했던 곳이 바로 런던이었다는 확신을 갖게 되었다.

아이들에게 넓은 세계를 보여주어야 했다. 저들이 다니고 있는 학교의 운동장만 넓은 게 아니라는 것을 알게 해주고 싶었다. 지금 사귀는 친구들이 전부가 아니라는 것을 깨닫게 해주고 싶었다. 영화나 소설에서 보아왔던 여러 나라의 친구들을 한 장소에서 동시에 만나게 될 것이다.

첫째 아이가 수능 시험을 마치기 전에 출국을 서두른 데는 이유가 있다. 둘째 아이가 만 열 여섯 살이 되는 새해 2월 전에 영국 학교에 들어가야만 한다. 열여섯 번째 생일이 지나면 부모의 자격으로 받을 수 있는 동반 비자를 받을 수 없기 때문이다. 독립 비자인 학생 비자로는 공립학교에 다닐 수 없다. 어차피 나중에 사립학교에 보내야 하겠지만 영어가 서투른 초창기에는 공립학교 체험이 아이들에게 좋은 경험이 된다는 말을 들었다. 조금도 망설이거나 시기를 늦출 수가 없다.

결혼 생활 이 십년 동안 집안 살림을 크게 정리해 본 적이 없다. 늘 같은 일을 하면서 하루살이처럼 살았다. 일상을 벗어난 자리에 그렇게 많은 먼지가 일어날 줄은 상상하지 못했다.

무거운 짐을 남기고 떠난 자리를 남편 혼자 감당할 것을 생각하면 이륙하려는 비행기의 날개를 꺾어 버리고 되돌아가서 남편 곁에 안주해야만 한다. 하지만 꾹 참았다. 어떻게 얻은 기회인데 순간의 감상에 빠져서 원점으로 돌아간다는 말 인가. 그렇게 할 수 없다.

내 친구 중 한 사람은 결혼생활 십 년째 되던 해에 이혼을 했다. 나는 그 정도의 용기는 없었지만 내부로부터의 반란은 있었다. 감정 조절 능력을 상실하고 스스로 신경 정신과를 찾아가 의사 선생님에게 폭탄을 떨어뜨린 적이 있다. 결혼 십 년째 되는 해는 그런 해인가보다.

신경 정신과 의사 선생님을 만난 다음, 십 년 후에 나는 또다시 반란을 일으켰다. 아이들 유학이란 명분으로 일상으로부터의 탈출을 꿈꾸는 욕망을 누를 수 없었다. 이번에 선택한 거주지 옮기기는 내부로부터의 소극적인 반란이 아니라 외부로 표출시킨 건전하고 적극적인 반란이다.

남동생이 미국에 주재원으로 나가고 여동생이 제부와 함께 일본으로 나갔을 때이다. 시어머니의 방과 거실 사이를 분주하게 드나들던 나는 숨 막히는 현실을 들먹이며 남편에게 소리쳤다. "우리 대학교는 모스크바에 분교 언제 세워요?" 남편이 근무하는 대학교의 분교를 모스크바에 세운다는 계획이 용두사미처럼 사라진 것도 모르고 분교에서의 남편 근무를 들먹이면서 출애굽이 아니라 출 서울을 꿈꾸던 때가 있었다. 다람쥐의 쳇바퀴 돌리기와 같은 일상생활에 대한 염증이 곪아 터져버린 참을 수 없는 함성이었다. 그렇게 갈망하던 꿈 이루기는 지금부터 시작이다.

아이들이 오랜만에 비행기를 타고 좋아서 어쩔 줄을 모른다. 좌석에 붙어 있는 소형 텔레비전의 채널을 이리저리 돌리면서 보고 싶은 프로그램을 찾고 있다. 대형 화면에는 출발지의 현재 시각이 나타나 있고 목적지 시간과 도착 예정시간이 번갈아 나오고 있다. 비행기가 땅을 박차고 솟아오르는 순간 내 마음은 온통 풍선이다. 꿈꾸던 미래를 향한 날개가 비상하는 순간이다.

영국이 정말 있었네요

김포 공항을 떠난 지 열두 시간 후에 런던 히드로 공항에 도착했다. 비행기가 활주로를 서행하고 있을 때 막내 아이가 소리쳤다. "엄마, 영국이 정말 있었네요." 이원복 선생님의 책 '먼 나라. 이웃나라' 영국 편을 읽었던 모양이다. 간접적으로 알고 있던 지식을 직접 체험하는 순간이다.

큰 아이는 대입 재수생이었다. 둘째와 셋째 아이에게는 첫째 아이와 같은 시행착오를 겪지 않도록 하고 싶었다. 그들에게 다른 환경에서 공부하도록 도와주고 싶었다.

서둘러 비행기 티켓을 사고 런던 행 비행기를 탔다. 영국의 실정을 둘러보기 위한 것이었다. 우리가 살 집을 구하고 학교에 입학 원서를 내고 귀국했다.

런던에서 이 주일 만에 돌아온 나는 뒤돌아보지 않고 트렁크에 짐을 챙기고 출국 준비를 서둘렀다. 아이들이 다니고 있던 학교에 자퇴 원서를 내고 유학 준비를 했다. 너무나 빠른 속도로 짐을 꾸리고 집 떠날 준비를 하는 나를 바라보는 남편의 표정은 마치 무엇에 홀려서 내린 결정인 듯 아차 하는 눈치가 역력했다. 내가 그대로 주저앉으면 안도의 숨을 내쉬며 감사하게 받아들일 표정이었다. 그러나 뒷걸음

질하기엔 이미 늦었다.

첫째 아이의 수능 시험 십오 일전에 비행기에 올랐다. 그날이 10월 31일이었다. 대중가요의 가사에도 있듯이 '시월의 마지막 밤'은 나에게도 잊지 못할 날이 되었다. 아이들과 함께 긴 여행을 시작한 날이다.

낯선 곳, 런던에서의 생활은 우리에게 신선함을 주었다. 마을 곳곳에 펼쳐져 있는 잔디 공원과 그림 같은 집들과 정결한 정원에 대한 감격은 마흔 네 살까지 살면서 고통스러웠던 지난날에 대한 대가를 받는 것 같았다.

하지만 보상받는 듯한 삶의 여유를 즐기고 있을 때가 아닌 것을 깨닫고 감정을 절제할 수 있는 힘은 세 아이의 엄마라는 위치가 주는 특권이다. 물리적인 시간의 새로움만으로도 충분히 여유롭고 신선했다.

편지를 보낸 학교에서 연락 오기를 기다리며 바쁜 일정을 보냈다. 버스나 전철, 기차 타는 법, 지도를 보고 원하는 마을을 찾아가는 방법 등을 익혔다. 새로운 생활에 대한 기초 과정을 마스터 하는 듯이 분주했다.

여러 슈퍼마켓을 둘러본 후에 조금 더 싸게 물건을 살 수 있는 마켓을 발견했을 때 그날은 커다란 수확이라도 얻은 것처럼 기뻤다. 매일 새로운 사실을 알아 가는 즐거움은 다른 사람들이 영국 생활에서 흔히 겪는다는 우울증이나 긴 겨울의 지루함을 상쇄하고도 남을 만큼 컸다. 도서관에서 하루 종일 파묻혀 있기도 하고, 버스를 타고 무작정 돌아다니기도 했다. 외국인과 마주 대하기에 익숙해지는 연습을 농도 짙게 하듯이 말이다.

십이월 초에 학교에서 연락이 왔다. 아이들에게 인터뷰와 시험 날짜를 알려 주었다. 영어가 되지 않는 상태였지만 과학과 수학 실력을 인정받아 입학 허가를 받았다. 새해 초에 시작하는 이 학기, 한국에 있었으면 겨울 방학이었을 시간에 등교를 하게 되었다.

아이들은 영어가 들리지 않아 답답해하면서도 아침이면 눈이 반짝거렸다. 영국 학교생활에 대한 긴장감일까. 새로운 경험에 대한 설레임일까. 상기되어 있는 아이들의 표정은 내 삶에 대한 열정이 솟아나는 근원이었다.

삼 개월쯤 지나자 조금씩 영어가 들리기 시작한다고 좋아했다. 한 학년이 지나자 게시판에 100% 출석한 학생이라고 이름이 붙어 있다. 공부를 잘 한 것보다 개근상의 의미가 더 크다. 아이들이 영국 학교에 절 적응하고 있는 것을 보니 한국으로 되돌아 갈 염려는 없다.

재수하여 대학교에 들어간 큰 아이도 한 학기를 마친 이듬해 여름, 런던으로 왔다. 다시 대학 진학 준비를 하고, 자신이 진정 원하는 분야를 찾아 공부하게 되었다.

친구들과 어울리기 좋아하던 둘째 아이도 한국 친구들을 떠난 아쉬움을 잊고 영국 학교에 잘 적응하고 있다. 막내는 지난 학기에 영어 과목을 제외한 다른 과목의 성적이 좋아서 우등상을 받았다.

영국 속의 한국인으로 당당히, 그리고 조용히 런던에 정착했다. 아이들은 영국만 있는 것이 아니라 더 많은 나라가 그들 앞에 있다는 것을 실감하게 될 것이다.

회색 그러나 푸른

히드로 공항은 넓고, 화려할 것이라고 상상했다. 하지만 우중충한 회색이다. 짙은 안개 때문에 활주로에 있는 비행기의 형체도 잘 보이지 않는다.

비행기에서 내린 사람들의 행렬을 따라 입국 심사대 앞에 줄을 섰다. 흑인과 백인, 황인종, 갈색 인종들이 골고루 섞여 있다. 머리에 터어번을 두르고 수북한 수염을 아래턱까지 늘어뜨린 사람, 두 눈만 제외하고 온몸을 검은 천으로 휘감은 아랍 여자들, 수세미 같이 뻣뻣한 머리를 땋아 내려 남자인지 여자인지 알 수 없는 국적 불명의 사람들까지 우리에게는 모두가 두려움의 대상이다. 입국 심사를 받고 극장의 입장권을 사듯이 여권에 도장을 받았다. 출구로 나오니 우리가 예약했던 택시 운전사가 피켓을 들고 기다리고 있다.

자동차를 타고 숙소를 향하여 달린다. 푸른 잔디 공원과 아기자기한 집을 따라 달리는데 아무 것도 예측할 수 없는 막막함이 밀려오기 시작한다. 열두 시간 만에 전혀 다른 나라에서 숨을 쉬고 있는 것, 그것은 꿈이 아니라 현실이다.

다음날 아침 눈을 뜨자 어제 보았던 풍경이 아른거린다. 새벽의 싸늘한 공기를 가르며 집 근처 카샬톤 파크로 갔다. 시월의 나뭇가지는 앙상하지만 잔디는 여전히 초록색이다. 방금 떠오른 태양이 공원을 향하여 빛을 쏘아 댄다. 이슬방울이 풀잎 끝에서 반짝거린다. 아무도 걸어간 흔적이 없는 공원 가장 자리를 따라 걷는다.

주인과 함께 산책 나온 강아지가 잔디밭을 마구 뛴다. 한참 동안 달리다가 내게 다다르자 나를 한 번 힐끔 올려다보고 조용히 뒤돌아 주인을 향하여 뛰어간다. 주인은 개의 목에 고리를 채우고 정문을 향한다. 개는 조금 걸어가다가 엉거주춤하더니 용변을 본다. 주인은 주머니에서 비닐봉지를 꺼내 오물을 집어서 정문 입구에 있는 철제 통에 넣는다. 강아지 그림이 있는 쓰레기통이다. 동물의 오물만 버리는 통이 따로 마련되어 있는 것이 이색적이다.

공원의 잔디는 우리나라의 고궁에서 보았던 잔디와는 사뭇 다르다. 잔디 밭 입구에 있는 '잔디를 보호합시다.' '잔디밭에 들어가지 맙시다.' 하는 팻말도 없다. 짓궂은 아이들이 잔디밭에 들어가 뒹굴다가 경비원이 저만치 다가오면 재빨리 뛰쳐나오는 모습도 없다. 잔디밭 안쪽에서 사진을 찍고 큰 죄를 지은 듯 얼른 뛰어 나오는 학생도 없다. 이슬 맺힌 풀잎 사이로 발을 넣고 휘저었다. 발등이 흠뻑 젖은 걸 보니 꽤 많은 양의 이슬이 양말 속으로 스며든 것 같다.

그동안 자연과 함께 더불어 살지 못했다. 시계를 보면서 발을 동동 구르는 생활이었다. 서른 평 남짓한 공간에서 종종 걸음으로 하루를 소모할 때가 많았고 늘 무언가를 쫓아가기 바빴다.

아이들은 제 할 일을 곧잘 하면서 엄마의 기분을 살필 때가 많았다. 성실하게 생활하는 남편도 내 눈치를 볼 때가 많았다. 나를 건드리면 무언가 큰 일이 일어날 것 같은 표정으로 긴장하고 있었다. 늘 똑같은 일상으로 굳어져 버린 나의 표정이 가족들에게 부담이 되고 있음을 어느 날 깨달았다. 서로가 너무 가까이 있었던 것이다. 상대방 전체 모습이 보이는 만큼 떨어져 있어야 한다.

'칼릴 지브란'의 말처럼 함께 있되 거리를 두어야 한다. 그래서 하늘 바람이 그들 사이에서 춤추게 해야 한다.

사람과 사람 사이에 적절한 거리를 두고 산다면, 흙더미에서 뒹굴고 있는 강아지를 보아도 목욕을 시켜야 한다는 부담감이 먼저 떠오르지 않는다. 흙 묻은 모습은 보이지 않고 마음껏 뒹굴 수 있는 자유롭고 활기찬 모습만 보이기 때문이다.

탁 트인 푸른색 공원을 산책할 수 있는 여유만 있었더라면 멀리 비행기를 타고 날아오지 않았을지도 모른다. 이렇게 넓고 푸른 잔디밭이 있는 한, 안개 짙은 런던의 겨울, 회색도시에서의 생활이 결코 어둡지만 않을 것이다.

오리엔테이션

비엔비 잉글랜드 하우스에서 우리의 영국 생활이 시작되었다. 숙소는 퀸스 로스 페컴 역에서 십 분 거리에 있다. 숙박과 아침 식사를 제공하는 곳으로 한인이 운영하는 하숙집의 절반 비용으로 투숙할 수 있는 곳이다.

방에는 일인용 침대가 하나 있었지만 사용하지 않고 구석으로 밀어 놓고 트렁크를 침대 위에 올려놓았다. 방바닥에 전기장판을 펴고 그 위에 요를 깔았다. 베개 세 개를 놓고 나란히 누우면 여분 공간이 그리 많지 않다.

장판 가장 자리에는 냄비와 수저, 반찬 통 등의 일차적인 생활필수품을 놓았다. 주방을 사용할 수 있지만 외국인들과 함께 사용하는 곳에 우리 물건을 놔두는 것이 왠지 마음이 내키지 않는다.

주방에는 여행자들 스스로 아침 식사를 해결할 수 있도록 물 끓이는 주전자와 토스터와 후라이팬이 준비되어 있고 냉장고에는 식빵과 버터, 잼, 우유, 계란 등이 보관되어 있다.

아침 식사로 토스트와 계란 후라이를 먹고, 점심으로 샌드위치를 준비한다. 런던 지도를 보고 그날 방문 장소의 위치를 파악한 후에 기차역으로 나간다. 가는 곳을 확인하고, 전철 노선이나 역 이름을 확인하고 몇 번 플랫폼에서 타는 지를 반복 체크해야 한다. 기차를 타면 정신 바짝 차리고 있다가 우리가 내려야 할 역 이름이 보이면 얼른 내려야 한다. 그렇지 못하면 낯선 곳에서의 미로가 더욱 복잡해진다.

하루 종일 런던 시내를 돌아다니면 지치고 힘들지만 저녁에 퀸스로드 페컴 역에 내리면 마음이 푸근해진다. 여행자에게 잠잘 곳이 있다는 사실이 참으로 마음 든든하다.

늦게 일어나서 일일 교통 카드비가 아깝다는 생각이 드는 날은 티켓을 사지 않고 걸어서 숙소 근처에서 마을 여행을 한다. 하이스트릿트까지 걸어가면서 거리의 간판을 익히고 상점에 들어가서 안에 있는 물건을 구경한다. 물건 포장지에 적힌 단어나 문구를 읽으려면 사전이 필요하지만 모르는 단어가 있어도 그냥 넘어간다.

실컷 구경하고 저녁 식사 재료를 구입하여 게스트 하우스로 들어온다. 구입한 식재료는 닭고기, 인스턴트Ready to eat 식품, 일본 라면 등이다. 닭다리나 가슴살은 냄비에 푹 삶아서 고추장에 찍어 먹는 정도이고, 인스턴트 요리는 인도 카레, 치킨 가스, 포크 커틀렛 등이다. 후라이팬에 기름을 두르고 튀기거나 굽거나 전자레인지에 데워서 먹을 수 있다. 인스턴트식품은 좋아하지 않지만 게스트 하우스에 있는 동안에는 우리의 식사 문제를 해결하는데 큰 공을 세우는 품목이다.

저녁 식사를 하며 한국말로 실컷 수다를 떤다. 하루 종일 외국 사람들 틈에서 낯선 언어 때문에 머리가 지끈거리는 것을 한바탕 수다로 긴장을 푼다. 아이들에게 런던 여행은 학교생활과는 다른 경험을 주는 또 다른 형태의 학교이다.

잠자리에 들기 전, 또 하나의 과정이 남아 있다. 텔레비전을 보는 일이다. 조금이라도 더 빨리 영어와 친하기 위하여 흑백텔레비전을 샀다. 한인 신문의 중고 제품 코너에서 찾은 것으로 숙소까지 배달해 준다는 편리함 때문에 가격이 좀 비싸지만 서슴지 않고 구입했다.

영어를 알아듣지 못할 때였지만 그때 보았던 영화, '잉글리쉬 페이션트English Patient'는 지금 생각해도 감동적이다. 우연히 채널을 돌리는데 넓은 사막이 나의 눈에 들어왔다. 영화의 첫 장면임을 금방 알 수 있었고, 채널을 고정시켰다. 아름다운 사막이 펼쳐지고 거기서 벌어지는 알마시와 캐더린의 사랑은 여러 날 동안 나의 마음을 떠나지 않았다.

대화의 많은 내용을 놓치긴 했지만 어차피 한국에서 외국 영화를 볼 때에도 마찬가지였다. 빨리 빨리 지나가는 한국어 자막을 놓칠 때가 많았고 압축한 의미의 대화 내용을 이해하지 못할 때도 많았다. 그래서 외국 영화는 같은 영화를 두 번 씩 볼 때가 많다.

'잉글리시 페이션트'를 볼 때에도 이해의 폭이 좁을 것이라고 미리 기대를 낮추었다. 한글 자막도 없고 다소 지루한 감이 없지 않았지만 끝까지 멈추지 않고 본 것만으로도 마음이 뿌듯했다. 텔레비전을 통해 다른 나라의 언어와 조금이라도 빨리 친해지고 있는 것 같아서 런던 생활에 대한 위밍 업Warming Up 한 가지는 잘 하고 있다고 믿었다.

게스트 하우스에서 새로운 삶에 대한 오리엔테이션을 마친 후 써튼 집으로 이사했다. 다음 단계가 기다리고 있다. 구청에 주민 신고를 해야 하고 마을 병원, G PGeneral Practice 에 등록을 하고 건강 검진을 받아야 한다. 텔레비전 시청료TV Licence를 자진 납부해야 하고 쓰레기 버리는 방법도 익혀야 한다. 밤늦게까지 영한사전을 뒤지며 관공서에서 보내온 공문서도 읽어야 한다.

영국에서 사는 동안 오리엔테이션은 계속 될 것 같다.

어학 공부

영어 공부를 할 것이란 계획은 애초에 없었다. 학생 비자를 받기 위한 수단이었다. 마흔 살이 넘어서 대학원에 입학하는 것은 엄두도 내지 못한다. 학생 비자를 받는 방법은 대학원 입학 대신 어학원에서 영어 공부를 하는 것이다.

어학원에 등록을 하고 재학 증명서School letter를 받았다. 은행 계좌는 열지 못했으므로 다른 사람 계좌에 입금을 하고 현금 입금증을 포함한 비자 서류를 갖추었다. 지금과는 달리 그때만 해도 비자 서류는 간단했다.

재학 증명서와 얼마간의 현금을 가지고 있으면 한국에서 미리 비자를 받지 않고 출국할 수 있었다. 공항의 이민국을 통과하면서 현금 입금증과 재학 증명서를 제출하면 더 이상의 까다로운 절차 없이 비자를 받을 수 있었다. 영국에 왜 오느냐 질문에 대하여 어학 공부하러 온다는 정도의 대답을 하면 된다.

그렇게 받은 학생 비자를 연장하려면 어학원에 열심히 다녀야 한다. 출석률이 칠십 퍼센트 이상이 되어야 비자 연장할 때 어렵지 않기 때문이다.

나는 말하기, 듣기 위주의 수업을 하는 자그마한 어학원을 선택했다. 칼란 방법Callan Method이라 하여 듣고 말하기 훈련을 많이 시키는 '칼란 하우스 오브 잉글리쉬'이다. 대학원 진학을 위한 학문적인 영어가 아니라 일상생활에서 필요한 영어를 습득하기 위한 일반 영어수업을 하는 학교이다.

레벨 테스트를 받고 반을 배정받아 영어 수업을 시작했다. 한 반에 일곱 명 내지 여덟 명 정도의 인원이 수업을 하는데 말하기 순서가 나에게 꽤 자주 돌아오는 편이었다.

한국에서 오는 학생들은 쓰기나 읽기는 잘 하지만 듣기나 말하기를 잘 하지 못한다. 요즈음은 영어 수업 방법이 말하기 위주의 교육으로 많이 바뀌었지만 내가 영어를 배울 때에는 본문을 읽고 해석하기 위주로 교육을 받았기 때문에 말하기, 듣기가 몹시 어렵다.

내가 선택한 어학원은 나의 약한 부분을 잘 훈련 시켜주는 곳이다. 수업 시간에 선생님을 따라 말하기 연습을 많이 할 수 있다. 처음에는 선생님이 말하는 것이 잘 들리지 않아 교재를 보면서 따라했지만 몇 개월이 지난 후에는 말하는 문장을 교재를 보지 않고 따라할 수 있었다. 계속 되풀이하는 방식으로 학습을 하니까 전혀 들리지 않던 내용이 몇 개월 후에 조금씩 들리기 시작했다. 영어 공부하는 재미가 생겼다.

그러나 예습이나 복습은 신경을 쓰지 않았다. 대학원 석사나 박사 과정을 공부하기 위한 목적이 아니기 때문이다. 거리에서나 슈퍼마켓 등에서 영국인과 부딪히는 것이 복습이고 예습이었다. 열심히 출석하는 것만으로도 나의 목적을 이루는 것이다.

학교를 졸업한 후 처음으로 긴 시간 동안 수업을 하니 엉덩이가 짓무르는 것 같고 머리가 지끈거렸다. 하지만 선생님들의 정확한 발음이 내 귀를 부드럽게 해주고 우리가 배웠던 영어와 현장에서 쓰는 영어의 차이점을 발견해 나가는 것이 흥미로웠다. 또한 수업을 하는 동안은 잠깐이나마 영국 생활에 대한 스트레스에서 벗어나는 것 같아서 묘한 자유로움을 느끼기도 했다. '칼란 하우스 오브 잉글리쉬'에서 새로운 언어에 익숙해지는 것이 생각보다 어렵지 않다는 것을 발견했다.

여권 분실

빅토리아역은 복잡하다. 런던 외곽지역에서 기차를 타고 시내로 출근하는 사람들이 기차역 '빅토리아'에서 내려 전철로 바꾸어 탄다. 전철로 갈아타는 사람들이 물밀듯이 지하 전철역으로 내려간다. 내려가는 계단 입구는 사고 예방을 위하여 몇 분에 한 번씩 철창문을 열었다 닫았다 하며 인파의 분량을 조절한다. 인파에 떠밀려서 가다 보면 어느 순간, 내가 전철 문 앞에 서 있다. 매일 아침 그런 상황이었다.

어학원에 다닌 지 이 주일정도 지났을 때이다. 빅토리아 역에서 여권을 잃어버렸다. 그날 아침 기차역에서 내려 전철로 내려가는 입구가 유난히 붐비는 가운데 누가 나를 밀면서 지나가던 장면이 떠올랐다. 틀림없이 그 사람이 내 여권을 가져갔다고 단정했지만 이미 때는 늦었다.

아무도 아는 이 없는 다른 나라에서 누가 신분증 검사라도 한다면 어떻게 할까 두려웠다. 내가 나임을 증명할 수 있는 단 한 가지, 여권이 없다. 그 안에 들어있던 막내 아이 지갑 속의 현금은 또 얼마나 아끼고 모아 두었던 코 묻은 지폐인가.

우리는 그때부터 움츠려 들기 시작했다. 집으로 이사를 하려면 아직도 이 주일 남았다. 우리는 여행지를 런던 시내로 하지 않고 우리 집을 구해 놓은 마을, 써튼에 가서 놀기로 했다. 써튼은 런던의 복잡한 도심을 벗어나 조용하고 한적한 외곽이므로 누가 여권을 보자고 할 사람이 없다고 생각한 것이다.

써튼 하이스트리트를 누비고 다녔다. 쇼핑센터에 들어가서 여러 종류의 물건을 하나하나 자세히 살펴보며 꼬부랑 글씨의 어휘를 늘렸다.

다음날, 서울에서 남편으로부터 전화가 왔다. 아이들이 대뜸, 우리 여권 잃어버린 것 어떻게 아셨어요? 남편이 걱정할까 봐 여권 분실한 것을 말하지 않았는데 아이들은 아빠가 여권 때문에 전화한 줄 알고 즉시 물어본 것이다. 남편은 이게 무슨 소리냐고 나에게 다그친다. 런던에서 기침을 하면 서울에서는 태풍이 분 것으로 해석한다. 나는 조용히 말했다. 대사관에 연락하면 된다고.

말은 그렇게 했지만 런던에서 감당해야 할 일은 모두 나의 몫이다. 빅토리아 역의 분실물 센터Lost Property에 가서 찾아보아야 하고, 거기에 없으면 주소지 관할 경찰서에 가서 여권 분실 신고서를 내야하고 서류를 갖추어 대사관에 여권 신청을 해야 한다.

이사를 하자마자 여권 신청을 서둘렀다. 써튼 경찰서에 가서 분실 신고를 하고 사진을 찍었다. 대사관에 가서 영사와 먼저 인터뷰를 한 후에 신청 서류를 받았다. 작성해야 할 서류가 한 사람당 넉 장씩이었다. 열 두 장의 서류를 다 작성하니 점심시간이 되었다. 창구의 직원이 커튼을 내리면서 두 시에 오라고 냉정하게 말한다.

대사관 근처, 버킹검 팔레스 앞의 분수대 앞에서 샌드위치를 먹었다. 크라상처럼 부드러운 샌드위치가 마른 오징어 껍데기를 씹는 것처럼 뻣뻣하다.

두 시가 되자마자 대사관으로 들어갔다. 열두 장의 서류와 사진 세 장과 수수료 126 파운드를 창구로 밀어 넣었다. 아무리 기다려도 서류를 접수하는 기미가 보이지 않아서 창구 안으로 고개를 숙이고 사무실 안을 들여다보았다.

내가 제출한 서류를 보고 직원들끼리 수군대고 있었다. 여직원 중 한 사람의 손에 든 황금 빛깔의 화장품 케이스 같은 지갑이 보였다. 순간 창구 안으로 손을 뻗으며 '그거 내 꺼예요!' 하고 소리쳤다.

여직원들은 나쁜 짓 하다가 들킨 사람들처럼 놀라면서 나에게 다가와 지갑을 주었다. 여권 세 개 있는 것만으로도 대만족이다. 막둥이의 지갑 안에 들어 있던 현금은 없었지만 여권이 내 손에 돌아온 것이 신기하기만 하다. 나는 대사관 직원에게 고맙다는 인사를 수십 번 한 것 같다.

아는 사람에게 그 이야기를 했더니 고맙기는 무엇이 고마운가 하며 흥분을 한다. 내가 대사관에 전화를 했을 때 여권 분실한 사람의 이름과 연락처를 적어 놓았다가 여권이 돌아올 경우에 연락을 해 줄 것이지 사진을 새로 찍고 서류를 갖추어 신청할 때까지 아무 일도 하지 않았다고 나 대신 화를 낸다. 나는 여권을 찾았다는 생각만 했다. 대사관 직원의 불성실함에 대한 민원을 제기할 생각조차 못했다.

분실한 대가로 얻어진 것이 많다. 런던 시내 여행을 생략하고 써튼 마을을 돌아다니니 간판이나 슈퍼마켓 물건의 영어 단어를 많이 알게 되었고 써튼 경찰서의 위치를 알았고 경찰 아저씨가 생각보다 부드럽고 친절하다는 것을 알게 되었다. 그래서 낯선 곳에서의 정착이 훨씬 수월하게 느껴졌다.

대사관의 영사와 인터뷰도 했다. 영사의 말이 우리나라 여권이 나쁜 사람들에 의하여 국제적으로 매우 비싼 가격으로 팔리고 있다고 말하면서 다시는 여권을 잃어버리는 일이 없도록 당부했다. 그런 절차를 모두 밟은 후에 여권 서류를 접수했던 것이다.

여권을 잃어버린 후에 여러 절차를 밟으면서 한층 더 런던이란 도시에 가까이 다가간 느낌이었다.

이사하는 날

계약한 집에 이사 들어가는 날이다. 영국의 주택 임대 제도에 우리나라 전세 개념의 임대는 없다. 매달 집세를 내는 사글세 임대Monthly Rent이다. 임대 보증금은 두 달 분의 월세 금액이고 외국인으로서 처음 집을 구할 때에는 현지인보다 임대 절차가 까다롭다. 현지인의 보증이 없는 경우 육 개월 분 집세를 미리 내야 하는 경우도 있다. 보증인이 없을 때나 영국에서 세를 살았던 기록이 없는 우리는 전 주인의 추천서를 받을 수 없기 때문에 월세 육 개월 분을 미리 냄으로써 우리가 제출할 수 없는 서류를 대신 하는 것이다.

현지에 사는 사람이 집을 구할 때 사무실에 제출하는 서류는 우리와 조금 다르다. 수입 증명서와 은행계좌 내역서, 전 주인의 추천서 등을 사무실에 제출한다. 전에 살던 집의 주인은 이사 나간 세입자가 원하는 경우에 추천서를 써 준다. 집세를 어기지 않고 잘 냈는지, 사는 동안 집을 깨끗하게 유지했는지에 대한 내용을 기술한 편지를 세입자와 연결된 부동산에 제출한다. 세입자는 집을 깨끗하게 유지해야 다른 집으로 이사할 때 좋은 기록이 남아서 집을 구하는데 큰 어려움이 없다.

집을 계약하기 전에 남편의 재직 증명서와 월급 명세서를 부동산 사무실에 제출했다. 현지에 사는 사람 중에서 보증을 서 줄 사람이 없는 우리는 보증금 두 달 분과 월세 금액 육 개월 분을 일시불로 내야 한다. 부동산 소개 수수료까지 더하면 몇 달 분의 생활비가 순식간에 없어지는 것이다

일시불 금액도 여행자 수표는 안 되고, 현금이나 보증 수표만 취급한다. 보증 수표는 은행에 현금을 내고 그 자리에서 발행하는 수표인데 발행 수수료가 십 파운드이다.

학교에 적응할 때까지 아이들을 공립학교에 보낼 계획을 세우지 않았다면, 경제적인 부담이 더 컸을 것이다. 일 년 동안 동네의 공립학교에 보내기로 했고 그 기간에는 등록금이 필요 없으니 수수료 정도는 아무 것도 아니란 생각이 든다.

팔 개월 분의 돈을 낸 후에는 집 열쇠를 받는 줄 알았지만 한 가지 절차가 더 있었다. 인벤토리 체크Inventory Check라 하여 이사 들어가기 전에 집 내부와 가구 등 주택의 모든 상태를 체크하는 일이다.

부동산 직원과 함께 현관문부터 시작하여 침실, 거실, 화장실, 보일러실, 집안 전체 카페트 바닥과 창문 커튼까지 꼼꼼히 체크를 한다. 이사를 나갈 때에 이와 똑같은 절차를 밟고 한 가지라도 처음 상태와 다르거나 파손이 되면 보증금에서 수리비를 제외한 나머지 금액만 되돌려 받는다. 부동산 사무실 직원이 기록한 서류를 보며 인벤토리 체크를 마치고 열쇠를 건네받았다.

신고 온 짐을 거실에 풀었다. 소파를 비롯한 모든 가구가 있어서 큰살림을 구입할 필요는 없다. 생활하기에는 편리하지만 조금이라도

집의 가구나 물품에 손상이 가면 이사 나갈 때 보증금을 되돌려 받지 못할까 봐 여간 신경이 쓰이는 게 아니다. 특히 익숙하지 않은 것은 카페트 위에서의 생활이다. 식탁 위에서만 음식을 먹어야 하고 물 마신 컵은 반드시 식탁이나 싱크대에 갖다 놓아야 한다. 다행인 것은 주택이 아니라 아파트였으므로 정원을 가꾸는 일이 없으니 그나마 짐을 던 셈이다. 집 월세는 미리 낸 것이니까 초창기 육 개월의 생활은 마음이 가볍다.

첫날은 거실 바닥에서 전기장판을 깔고 셋이 함께 잤다. 다음날부터 딸은 큰 방, 아들은 작은 방, 나는 거실 방을 안방 겸 식당으로 사용했다. 한국을 떠나 새로운 곳에 우리의 보금자리를 옮기는 과정이 끝났다.

아이들은 지금도 가끔 투덜거린다. 그때, 카페트에 주스를 쏟았을 때 엄마는 주스를 마시지 못한 아이들보다 카페트 청소하는 걱정을 먼저 했다고…

다시 한 번 생각해 봐

선배와 함께 리치몬드 공원을 거닐고 있다. 함께 걷던 선배 친구가 느닷없이 나에게 유학 온 것 다시 한 번 생각해 보라고 한다.

영국에 온 지 오 년 정도 된 선배 친구는 나에게 충고를 한다. 마흔 네 살의 나이가 말해주듯이 인생의 중반은 삶을 한 번 뒤집고 싶다는 욕망이 가득한 때이므로 나의 유학은 충동적인 판단일 수 있다고 말한다.

그런 말을 하는 이유를 알 수 없다. 나는 이미 비행기를 타고 와서 새로운 보금자리를 마련했고 마을 어귀를 몇 바퀴 돌아도 지루하지 않을 만큼 모든 것이 신기할 때이다. 오직 앞으로 걸어갈 수밖에 없는 나에게 그 충고는 올바로 들리지 않았다. 나중에 선배가 들려준 이야기를 듣고 다시 한 번 생각해 보라는 숨은 뜻을 이해할 수 있었다.

비행기 승무원 출신인 선배 친구는 마흔 살에 아들 두 명을 데리고 런던에 왔다. 아이들이 중학교 일 학년, 고등학교 일 학년 때였으므로 새로운 학교에 적응시키는데 온 정성을 다했다. 아이를 잘 키우는 것이 남편에게 사랑받고 인정받는 것이라 생각하고 몇 년 동안 서울 일은 잊고 지냈다.

유순한 성격의 소유자인 그녀 남편은 큰 회사 중역이었고, 시댁 식구들이 남편을 잘 보살펴 주기 때문에 그녀의 마음은 편안했다. 하지만 그녀의 남편은 달랐다. 아내와 아들이 외국으로 떠난 후 마음이 황폐해져 있을 때 우연히 만난 여자가 있었다. 자주 만나서 함께 식사를 하며 살아가는 이야기를 하면서 가까워졌다. 남편은 그 여자를 좋아하게 되었고 서로에게 비밀이 없을 정도로 친해졌다.

남자와 경쟁 상대의 회사가 있었다. 중요한 계약 건으로 경쟁 입찰을 앞두고 두 회사는 긴장했다. 그 여자는 상대방 회사에서 보낸 여자였고 남자는 친해진 여자에게 회사의 입찰 금액을 알려주었다. 그녀의 남편 회사는 낙찰되었다. 그는 회사에서 불신을 얻게 되고 권고사직을 당했다. 여자 친구가 회사의 사정을 어렵게 만든 장본인임에도 불구하고 그녀를 좋아하는 남자의 마음은 변하지 않았다. 그에게는 영국에 있는 부인보다 가까이에서 언제라도 만날 수 있는 여자가 더 필요했던 것이다.

드라마 같은 이야기에 대하여 더 이상은 물어볼 수 없었다. 선배 친구는 남편이 다른 여자에게 눈을 돌릴 것은 상상조차 하지 않았다. 세상사람 모두 바람이 난다 해도 자신의 남편은 예외일 거란 생각을 했다.

그런 일을 경험했던 사람으로서 나를 보고 또 한 사람의 부부가 서로 떨어져 생활하려는 것이 염려되었고 그렇게 하지 않도록 말리고 싶었을 것이다. 본인의 이야기를 해줄 수 없는 상황에서 내게 할 수 있는 말은 다시 한 번 생각해 보라는 말뿐이었을 것이다.

나도 남편이 바람을 피우는 일은 상상조차 하지 않는다. 남편 직장에서도 그런 말을 한다고 들었다. 아이들의 유학을 반대하는 사람이 많다고 했다. 아내만 외국에 보내면 바람이 나는 경우가 많으니 다시 한 번 생각해 보라고 동료 직원들이 충고했다는 말을 남편으로부터 들었다. 하지만 남편 역시 한 귀로 듣고 한 귀로 흘렸다. 그것은 다른 사람 경우이지 나와 무관하다고 생각했기 때문이다. 다른 사람의 경우 때문에 우리의 계획을 변경시킬 만한 충분한 근거를 찾지 못했다. 오로지 앞으로 나가야 한다는 생각뿐이었다.

선배 친구는 한국에 육 개월, 영국에 육 개월 살면서 남편과 아이들을 보살피고 있다. 가족이 함께 살 수 없는 상황에서 선배 친구는 최선을 다하고 있다.

선배는 나의 영국 생활을 찬성하지만 선배 친구는 기꺼이 반대를 한다. 세상 대부분의 일에 대하여 오십 퍼센트는 긍정적인 반응이고 오십 퍼센트는 부정적인 반응이다. 하지만 선택의 결과는 어느 쪽이든지 백 퍼센트가 된다.

나에게 통계적인 숫자는 아무 의미가 없다. 아무리 적은 확률이라 할지라도 나에게 적용되는 경우 그 결과는 백 퍼센트이다. 지금은 미래의 결과에 대하여 미리 염려하거나 단정 짓지 않고 앞으로만 나갈 수 있을 뿐이다.

새로운 학교생활

학교 가는 아이의 가방 속에는 노트와 필통 그리고 도시락이 들어 있다. 교과서는 학교에 두고 와야 한다. 집에 가져올 수 없고 개인 소유로 할 수도 없다. 교실 책꽂이에 꽂아 놓아야 한다.

영국의 중·고등학교에서는 학생들이 과목별로 교실을 이동하며 수업한다. 교실마다 학과 담임선생님이 있고 시간표에 따라 학생들이 들어가서 수업을 하며 교실에 있는 교과서를 사용한다.

나는 당황했다. 개인 교과서가 없으면 어떻게 공부하라는 말인가. 가방 속에 책을 넣어 다니던 습관이 몸에 밴 우리에게는 여간 허전한 게 아니다. 더구나 우리 아이들은 새로운 언어로 공부하기 때문에 예습이나 복습이 필요한데 집에서 볼 수 있는 책이 없으면 불가능하다는 생각이 들었다.

초등학생들은 교복도 재사용하는 경우가 많다. 졸업하는 학생 중 많은 학생들이 학교에 교복을 기증한다. 형편이 어려운 사람은 헌 교복을 사 입는다. 학교를 통해 사 입는 헌 교복 가격은 몇 천 원 정도로 대단히 저렴하다. 개구쟁이 남학생은 새 교복 한 벌과 헌 교복을 준비해 놓고 교대로 입는다. 교과서는 여러 사람이 함께 사용하고 교복은 물려서 입는 영국 학생들의 생활은 검소함의 기본이다.

나는 선생님께 요청했다. 우리는 외국인이기 때문에 집에서 미리 공부하는 것이 필요하다고 교과서를 빌려 달라고 편지를 썼다. 아이들은 그날 공부했던 과목의 교과서를 가지고 왔다. 교과서에 이름을 적을 수 없음은 물론 낙서나 밑줄 치는 일도 해서는 안 된다. 눈으로만 읽고 중요한 대목은 노트에 적어야 한다.

여러 해에 걸쳐 많은 학생들이 사용한 교과서이지만 깨끗한 상태이다. 책에 낙서한 흔적도 없고 구겨진 페이지도 없다. 아주 못 쓸 정도로 파손된 교과서는 해가 바뀔 때 새 교과서로 바꾼다.

아이들은 체육실에 운동 기구가 많이 있어서 좋고 과학실에 실험 기구들이 다양해서 직접 실험하면서 공부하는 것이 재미있다고 한다. 요리 시간에 직접 만든 음식을 집에 가져와 먹으며 요리실의 조리 기구들에 대한 설명도 빠뜨리지 않는다. 남학생의 경우 D.T.Design Technology란 과목이 있다. 우리나라 고등학교의 '산업 기술' 시간에 해당하는 과목인데 그 교실에는 톱과 망치를 비롯한 모든 연장들이 완벽하게 갖춰져 있다. 남학생들에게 인기 높은 과목이다. 반대로 여학생들에게는 조리시간Food Technology이 인기가 있다.

구 학년(우리의 중학교 이학년)인 아들은 햄릿의 희곡 '멕베드'를 펴 놓고 영한사전을 찾는다. 미리 해석을 하여 내용을 파악해야 다음 시간 수업을 쫓아갈 수 있기 때문이다. 본인이 직접 맥베드가 되어 일기를 써 보라는 숙제는 내용파악을 위한 스토리의 해석보다 한 발 앞서가는 진취적인 학습이다. 딸 아이 역시 조지 웰스H.G.Wells의 소설 '투명 인간'을 해석하느라 정신이 없다.

영어가 국어 시간인 만큼 난이도는 우리 아이들에게 벅찬 수준이다. 대학 시절의 '영미소설' 과목을 원서로 공부하는 것 같다. 앞부분만 조금 하다가 한 학기가 지나갔던 '원서 강독' 시간과는 비교도 안된다. 한 학기에 여러 권을 읽어야 하고 주제나 소재를 파악하여 레포트를 써야 하는 과정은 우리 아이들에게 방대한 분량이다. 한국어 번역판을 놓고 동시에 읽으면서 줄거리 파악하고 다음 단계의 과제를 해야 한다. 안쓰러운 마음에 힘들지 않은가 묻는 질문에 한문이나 국어의 고문을 공부하는 것보다는 훨씬 덜 힘들다고 한다.

아들 녀석이 역사 숙제를 하느라 세계 지도를 여러 조각으로 나누어 놓고 있다. 숙제는 제 2차 세계 대전에 참가했던 국가들을 동맹군과 연합군으로 나누어 다른 색깔로 표시하는 것이다. 도서관에서 빌려온 책을 참고로 보면서 전쟁에 참가했던 나라들을 표시하고 있다. 세계 지도를 펴 놓고 나라 이름을 찾으며 표시를 하는 동안 2차 세계 대전에 관한 역사는 완벽하게 파악할 수 있다.

일방적으로 듣는 수업, 단순한 내용을 외우는 공부가 아니라 직접 참여하는 수업을 통하여 학습 내용이 쉽게 익혀지는, 몸으로 하는 학습이 참으로 능률적인 방법이란 생각을 했다.

나는 아침 일찍 일어나 두 아이 도시락을 준비한다. 감자를 삶아 으깬 후에 양상추, 오이, 계란 등을 넣고 마요네즈와 섞어서 식빵 사이에 넣는 샌드위치이다. 큰 아이 도시락을 두 개씩 준비했던 일에 비하면 훨씬 수월한 도시락이다.

고등학교 삼 학년의 큰 딸 도시락은 점심과 저녁을 준비해야 하므로 두 끼의 반찬 종류가 달랐다. 아침 식사는 등교하는 차 안에서 먹어야 하므로 간단한 메뉴지만 영양성분은 부족함이 없는 식사를 매일 준비했다.

샌드위치를 싸는 일은 아무 것도 아니다. 학교 매점에서 사 먹을 수 있는 점심메뉴도 있다. 토스트, 감자 칩, 치킨 커리 등 열 가지가 넘는 메뉴가 있지만 매일 점심을 사 먹는 것은 우리에게 부담이 된다. 그리 비싼 가격은 아니었지만 파운드를 원화로 환산하면 우리나라 식사비용의 두 배가 넘는 가격이다.

그래도 아침 늦게 일어난 날, 샌드위치를 준비할 수 없을 때 아이들에게 몇 파운드씩 손에 쥐어 주면 무척 좋아한다. 외식은 누구나 좋아하니까.

한국말로 쓰지

아들이 지원한 여러 학교 중 써튼 그램머 학교에서 연락이 왔다. 빈자리가 있으니 입학시험을 치러 오라고 했다. 그 학교는 레벨 순위가 높은 공립학교로서 좀처럼 빈자리가 나지 않는 학교이다. 다른 학교로부터 인터뷰 날을 받아 놓은 상태이므로 써튼 그램머 학교의 입학시험에 큰 부담은 갖지 않았다.

시험을 마치고 나오는 아이의 표정이 어두웠다. 영어, 수학, 과학 시험이었는데 영어는 몇 자 적었고, 수학은 거의 다 풀었고, 과학은 아는 내용이지만 쓰지 못했다고 한다. 태양계의 아홉 행성을 적는 문제였다.

너무 쉬운 문제인데 영어로 어떻게 쓰는지 몰라서 그냥 비워 놓았다는 것이다. 수성, 금성, 지구, 화성, 목성, 토성, 천왕성, 해왕성, 명왕성을 알고 있었음에도 영어로 쓰지 못한 것이 안타까웠다.

우리말로 쓰지 그랬냐고 아이를 다그쳤다. 아홉 행성을 알고 있다는 표시라도 내지 그랬냐고 거듭 말했다. 영국인데 영어로 써야 하지 한국어로 쓰는 것이 무슨 소용이 있냐고, 아이는 짜증난 목소리로 말했다. 비위를 건드리면 울음을 터트릴 것 같아서 더 이상 아무 말도 하지 않았다.

일주일 후에 전화 연락이 왔다. 상냥한 목소리의 여자가 말한다. 'Your son… pass…next time….' 등 간간히 들리는 단어로는 내용을 정확히 알아들을 수가 없었다. 'my son, pass?' 하고 물으니 'no, no…' 하고 대답한다. 'my son, no pass?' 'no…!!' 도대체 알 수가 없다. 합격이냐고 물어도 아니라 대답하고 불합격이냐고 물어도 아니라고 한다.

'Can my son go to your school?' 수화기를 귀에 바짝 대고 교과서적으로 질문했지만 들리는 대답은 여전히 판단할 수 없었다. 분명한 것은, 아니라는 소리가 많이 들리는 것이었다.

혼돈스러웠던 것은 영어의 부정 의문문에 대한 대답에서 우리말과 반대의 대답을 해야 하는 경우였다. 의문문이 긍정문이든, 부정문이든 상관없이 대답의 내용 자체가 긍정이면 'yes'이고 내용이 부정이면 'no'이다. 그래서 내가 합격이냐 물어도 아니라 했고, 불합격인지 물어 봐도 아니라 했던 것이다.

며칠 후에 편지가 왔다. 몇 줄 되지 않는 간단한 편지이다. 편지의 서두에 Unfortunately 로 시작하는 글은 일단 부정적인 응답 편지임을 나중에 알았다.

둘째 딸 경우도 그랬었다. 런던에 도착하자마자 넌서치 하이 스쿨이란 명문 학교에 지원했다. 며칠 후 답장이 왔는데 I am very sorry…로 시작하는 편지였다. 십 일학년에는 자리가 없으니 근처의 다른 학교에 가라는 내용이었다. 그러면 십 학년에 자리가 있으면 한 학년 낮추어서 입학시켜 달라는 편지를 다시 보내자고 아이들에게 말했지만 아이들은 내 말을 듣지 않았다.

영국인의 의사 표현 방식에 대하여 살아가면서 차츰 알게 되었다. 영국 사람은 상대방의 질문이나 요청의 편지에 대하여 그렇다, 아니다 라는 표현을 Yes나 No 로 분명히 대답하지 않는다. 긍정적인 대답은 I am pleased 또는 I am delighted 로 시작하고, 부정적인 대답은 I am sorry 나 Unfortunately 등으로 시작한다. 첫 문장 서두를 보면 이미 결론을 알 수 있다.

그런 표현을 알지 못했던 나는 딸아이가 지원한 학교에 한 번 더 편지를 보내자고 했다. 아이들은 영국의 문화를 금방 알아차리고 끝까지 다시 쓰지 않았다. 다른 동네에 있는, 입학의 문턱이 낮은 하이스쿨에 지원했다.

막내도 함께 지원했고 인터뷰 약속이 잡혀 있는 동안 써튼 그램머 학교에 입학시험을 치르게 된 것이고, 불합격 한 것이다. 둘째 딸이 먼저 입학하여 다니고 있던 학교에 인터뷰를 할 수밖에 없다.

좋은 학교의 담이 높은 것은 한국이나 영국이 다를 바가 없다. 일단 어느 학교라도 입학한 후 더 좋은 학교로 전학을 하는 것이 좋겠다는 결론을 내리고 마음의 부담을 덜었다.

안개 속에서의 아침

학교 가는 길이 안개로 자욱하다. 길모퉁이에 서서 학교 버스를 기다리고 있는 두 아이의 모습을 카메라에 담는다. 초창기 영국생활에 대한 기억을 먼 훗날까지 간직하기 위함이다.

런던의 안개는 유명하다. 얼마 전까지만 해도 한 치 앞을 볼 수 없는 짙은 안개에 싸여서 죽는 사람이 나오는 소동이 있었다. 스모그 현상이라 하여 하늘이 뿌연 상태를 벗어나지 못하던 때가 있었는데 그 원인 중의 하나는 집집마다 난방용으로 때는 석탄의 연기 때문이었다. 최근에는 스모그가 거의 일어나지 않는다. 당국이 중앙 난방시설을 장려하여 무연탄 이외의 석탄 사용을 금지하였기 때문이다.

안개가 아니어도 런던의 겨울은 어둡다. 해를 구경하기가 어렵다. 영국은 한국보다 북쪽에 있으므로 일조 시간이 한국과 다르다. 여름에는 아침 네 시부터 오후 아홉시 이후까지 해가 떠 있어 여행을 하기에 좋지만 겨울에는 아침 여덟시에 해가 뜨고 오후 세 시 삼십 분부터 어두워지기 시작하여 아이들이 학교에서 돌아오는 네 시에는 껌껌하다. 게다가 구름 낀 날씨가 대부분이고 촉촉하게 스며드는 이슬비가 자주 내려 겨울 하늘은 늘 회색이다.

사람들은 방수처리가 되어 있는 겉옷을 즐겨 입는다. 버버리 코트를 입고 우산을 든 영국 신사의 모습이 낯설지 않다. 일상 속의 평범한 사람들은 우산을 쓰지 않는다. 웬만큼 오는 비는 맞고 다닌다. 할머니들이 삼각형 비닐머플러를 쓰고 바퀴 달린 쇼핑 가방을 끌고 간다. 유모차를 밀고 가는 아기 엄마는 비가 내리기 시작하면 투명한 비닐 지붕을 올려서 아이를 보호하고 엄마는 비를 맞는다. 학교 수업을 마친 학생들도 비를 맞고 집에 간다. 비가 오는 날 교문에 서서 우산을 들고 아이를 기다리는 우리나라의 어머니 같은 모습은 없다.

우리나라에서는 비를 맞지 못하게 한다. 비가 산성이라 몸에 좋지 않다는 이유 때문이다. 공중에 떠있는 먼지를 흡수한 비가 옷이나 피부에 닿으면 큰일이라도 생길 것처럼 예민하게 반응한다.

자동차의 경우도 그렇다. 흙먼지를 동반한 비를 맞으면 차의 표면이 엉망이 되어 방금 차를 닦은 경우 금방 세차한 것을 후회한다. 런던의 비는 깨끗하다. 도로에 세워둔 자동차들을 보아도 잘 알 수 있다. 맑은 물방울이 자동차 지붕에 송송 앉아 있는 것을 제외하면 비를 맞았을 때나 안 맞았을 때를 구분할 수 없다. 구입한 지 오래된 차도 깨끗한 모습을 유지하고 있다.

도로의 가로수도 먼지를 뒤집어 쓴 흔적이 없다. 수백 년을 내려오며 마을을 지키듯이 진득하게 서 있는 나무가 말끔해 보이고, 도로 옆의 연못에서 한가로이 헤엄치고 있는 오리의 깃털에 윤기가 흐른다. 푸른 잔디 위에는 주인과 함께 산책을 나온 강아지들이 마음껏 뛰어다니고, 벤치에 앉아 있는 할아버지의 다리 사이로 다람쥐들이 공 굴러가듯 달려간다. 어느 것 하나라도 맑은 공기, 깨끗한 물이 아니면 찾아볼 수 없는 전경이다.

우산도 쓰지 않고 비 맞는 일을 대수롭지 않게 여기는 이곳 주민들, 그들은 늘 비를 맞아 왔기 때문에 무감각해진 모양이다. 내리는 비에 대하여 아예 친근하게 느끼는 듯하다. 여름날의 뜨거운 태양 빛에 대한 기억을 겨우내 가슴에 품고 사는 듯하다. 비가 오거나 구름이 짙은 날에도 특별한 반응을 보이지 않고 묵묵히 생활하는 영국 사람들을 보면 흐린 날의 어두운 기운은 나에게만 존재하는 것 같다.

외출에서 돌아와 현관에 떨어져 있는 우편물을 보면 그날 해야 할 숙제를 대하는 기분이다. 한꺼번에 많이 내어주는 과제가 아니라 한 문제씩 해결되는 대로 조금씩 난이도를 높여 가는 형식의 아이큐 테스트 용지와 같은 느낌이다.

이사를 하자마자 집에는 각종 고지서가 날아들었다. 전기나 가스, 수도요금, 카운슬 텍스 등의 고지서에 이름을 변경하는 일부터 시작한다. 전기나 가스요금은 사용한 만큼 요금을 내는 것이지만 카운슬 텍스는 다르다.

카운슬 텍스Council Tax라 함은 그 마을 주민이면 누구나 내야 하는 세금으로 우리나라의 주민세, 오물세 등을 통합한 지방세로서 적용 범위가 넓고 세금액도 많다. 우리 집의 경우 일 년에 160만 원 정도이다.

학생 신분을 지닌 사람에게는 할인이나 면제혜택이 있다. 어학원학생도 학생이니까 할인 신청을 할 수 있다. 재학증명서와 여권을 가지고 구청에 가서 할인 받기 위한 절차를 밟았다. 반벙어리, 귀머거리나 다름없는 처지로 공공 기관에 가서 의사 표현을 한다는 것은 실눈을 뜨고 외나무다리를 건너가는 것과 같다. 카운슬 텍스에 대한 결과를 기다리는 동안 텔레비전 라이센스를 해결했다. TV라이센스Licence는 우리의 텔레비전 시청료와 같은 제도로 일 년 분이 약 이십 만원이다. 이렇게 어마 어마한 세금을 납부하는 일이 영국의 복지 제도의 핵심이란 것을 알기 까지 많은 시간이 걸렸다.

카운슬 텍스를 전액 면제하여 준다는 통보를 구청으로부터 받았다. 어학원 다닐 때만 적용되는 것이므로 일 년분만 면제 받는 것이지만 애쓰고 노력한 뒤에 얻어진 무료입장권 같았다.

세계에서 여덟 번째로 큰 섬나라, England라고만 알고 있었던 영국의 정식 명칭이 The United Kingdom of Great Britain and Northern Ireland라는 것도 영국에 와서 알았다.

안개 속에서의 아침은 잘 보이지 않는 길을 조금씩 걸어가면서 눈앞에 보이는 것을 해결해 나가는 우리의 영국 생활과 같다. 낙엽이 뒹굴고 있는 도로 위를 빨간 가방을 실은 집배원아저씨의 자전거가 달리고 있다.

조금씩 안개가 걷히고 있는 나의 마음에는 봄이 왔지만 태양은 대지 위에 머무르는 시간을 단축시키는 겨울로 가고 있다.

목사님도 투 잡, 쓰리 잡

런던에서의 첫 번째 주말이다. 어떻게 알았는지 런던 시내에 있는 한인 교회 목사님이 우리 숙소로 찾아와 교회에 나오라고 했다. 다음 날, 시내 한복판에 있는 세인트 폴 교회의 예배당에서 예배를 드렸다. 넓은 예배당은 텅 비어 있고 뒤 좌석으로부터 몇 줄만 성도들이 앉아 있었다. 강단에 서 있는 목사님의 설교 소리가 잘 들리지 않았다.

한인 교회는 규모가 작아서 따로 교회를 세울 수 없다. 영국 교회를 일요일 오후에 몇 시간동안 빌려서 예배를 드린다. 오후 두 시에 예배를 드리고 다섯 시까지 교회를 비워 줘야 한다. 그래서 예배 후에 다른 행사를 교회에서 할 수 없고 목사님 댁에 가거나 교인들의 집에서 식사하며 교제를 한다.

세인트 폴 교회에서 예배를 드린 후에 목사님 댁에 초대를 받았다. 저녁 식사로 쟈켓 포테이토가 나왔다. 큰 감자를 삶아서 열십자로 가른 다음 삶은 콩을 넣은 것인데 씹을 때 많은 양의 침을 섞어야 식도로 넘어갈 정도로 팍팍했다.

감자를 삶는 것이 아니라 구워야 하고, 콩만 넣는 것이 아니라 치즈, 참치, 콘슬로우, 새우 마요네즈 등을 넣으면 훨씬 맛이 있다는 것을 그때는 몰랐다. 처음 보는 음식이고, 모두 맛있게 먹으니 나도 그냥 예의상 먹는 정도였다.

목사님의 경제 사정이 좋지 않아서 교회의 성도들에게 한식을 제공할 수 없었다는 것을 그 후에 알았다. 간단한 양식이라도 맛있는 재료를 쓸 수 없었다는 것과 값이 싼 식재료가 많은 독일 슈퍼마켓 '리들Lidl'을 이용할 수밖에 없었다는 것도 나중에 알았다.

우리 집에 이사 들어가는 날 목사님이 짐을 실어다 주겠다는 제안을 했다. 차를 예약해 놓았으니 괜찮다고 했지만 태워 주고 싶다며 막무가내로 약속시간을 정했다. 어차피 차 한 대로 부족하기 때문에 나는 짐을 실은 차에 타고 나머지 짐과 아이들은 목사님 차에 탔다.

낯선 곳에서 처음으로 아이들과 떨어지는 상황이 나를 불안하게 했다. 집에 먼저 도착한 후 한참동안 기다려도 아이들을 태운 목사님 차가 오지 않았다.

외국에 있는 대부분의 목사님들은 검증이 되지 않아서 우리의 영혼을 맡기기에 상당히 문제가 많다는 이야기를 들었다. 우리 짐을 싣고 오는 목사님도 부동산업을 한다는 말을 들었고 성도의 숫자가 적은 것으로 보아 겸직할 수밖에 없으리라 이해되었다. 여러 가지 일을 하느라 피곤한 상태로 운전 하다가 무슨 일이라도 생기지 않을까 염려가 되었다.

우리보다 한 시간이나 늦게 도착한 목사님 차를 보는 순간 안도의 숨을 쉬었다. 짐을 내리자마자 목사님을 배웅했다. 목사님에게 불쑥 현금을 내밀기가 거북했지만 빈손으로 배웅하는 것은 더 죄송해서 인사하는 의미로 픽업 비용을 전달했다.

영업용 자동차에 지불했던 비용만큼만 목사님께 드릴 것이 아니라 두 배로 드렸어야 한다. 목사님 차는 칠 인승 벤이고 공항 픽업용으로 사용하는 자동차였다. 목사님은 목회 활동 외에 부동산업, 미니캡 등 '투 잡'은 물론 '쓰리 잡'도 마다하지 않고 열심히 생활을 하는 진형적인 교민이었다. 게스트하우스에 있는 동안 교민 생활의 단면을 많이 파악할 수 있었다.

이발 요금

한인 타운에 있는 미용실에 갔다. 한인 미용실이라서 머리 모양을 한국말로 설명할 수 있기 때문이다.

아이는 십 분도 채 못 되어 머리를 다 깎고 카운터에서 비용을 지불했다. 열세 살 아이의 헤어 커트 비용은 십 파운드라 한다. 지폐 한 장을 내고 미용실 문을 나왔다. 버스를 타고 집에 오는 내내 십 파운드 생각이 났다. 영국 미용실보다 훨씬 비싼 이유를 알 수가 없다.

한 달 전에 영국인 미용실에 갔다. 열세 살 학생은 육 파운드였다. 우리 돈으로 만 이천 원이니까 좀 비싸다 싶었지만 인건비가 비싸니까 그 정도는 이해할 수 있었다. 한국인이 운영하는 미용실도 육 파운드 정도라고 생각했는데 당당하게 십 파운드를 받는 것이 못마땅했지만 아무 말도 못하고 문을 나왔다. 그리고 아이에게 왜 굳이 한인 미용실에 가자고 했는지 버럭 화를 내고 말았다,

아이는 버스 타고 오는 동안 큰 잘못이라도 한 듯이 주눅이 들어 고개를 제대로 들지 못했다. 지난 번 영국 미용실에서 머리 자른 모양이 맘에 들지 않았기 때문에 이번에는 한인 타운에서 자신이 원하는 헤어스타일을 설명하려고 한인 미용실에 갔던 것이라고 이해했다.

머리를 다 자른 후 가운을 벗고 나오는 아이에게 맘에 드는지 묻는

순간, 머리 모양이 마음에 들지 않는다는 것을 눈치 챘다. 한국말로 의사소통이 잘 되어도 머리 모양이 마음에 들지 않기는 마찬가지였다.

집 근처 영국인 미용실에 가자했는데 아이가 한국인 미용실에 가자고 고집을 부린 것에 대하여 아이에게 '그것 봐라' 하는 식의 화풀이를 한 것이다.

영국 생활 초창기에 매우 긴장해서 단 돈 일 파운드라도 아껴야 한다는 강박 관념이 작용한 탓이기도 하다. 같은 연령의 이발 요금이 사 파운드 차이가 나는 것은 같은 한국 사람끼리 바가지요금이란 생각이 들었다. 이래저래 아이에게 버럭 화를 낸 것이 마음에 걸린다.

한국인 슈퍼마켓에 가면 한국 제품을 거의 다 구입할 수 있다. 모든 물건이 한국에서의 가격보다 세 배 이상 비싸기 때문에 처음에는 사지 않는다. 그러나 시간이 흐르면 가격이 비싸도 사게 된다. 한국에서 잘 먹지 않았던 떡도 잘 먹고 라면도 얼마나 맛있는지 모른다. 한인 슈퍼마켓에 가면 서울의 어느 동네 마켓에 간 것 같아서 쇼핑 메모지에 없는 품목도 살 때가 많다. 한국제품은 수입품이기 때문에 비싼 것이 당연하다고 여기면서 행복한 쇼핑을 한다.

그러나 미용실은 이해하기 어렵다. 몇 분 만에 가위질 몇 번 해주고 지불한 금액 치고는 아무리 생각해도 비싸다. 영국인 손님들에게도 똑같은 금액을 받을까? 아니면 더 받을까? 필요 이상의 상상을 한다.

영국에서 대학교의 경우 자국민 학생들은 홈 스튜던트Home student 라 하여 학비가 거의 없는 반면 외국인 학생에게는 네 배나 다섯 배의 등록금을 받는다. 우리나라 자동차 판매 금액의 경우, 국내 판매 가격보다 외국 수출 가격이 더 저렴하다는 이야기를 들은 적이 있다. 영국인 손님에게는 한국인 손님보다 미용 요금을 덜 받지 않을까 의심마저 들었다.

　아이는 머리가 길어져서 다시 영국인 이발소에 갈 때까지 죄인이 된 기분으로 지냈던 것 같다. 아이를 어른 생각이나 어른 기준으로 대우했다. 그때는 나도 남편과 떨어져 있는 상황이었으니까 아무리 나이가 어린 아들이라 해도 남자라는 이유 때문에 현실에 대한 나의 감정을 남편에게 넋두리를 하듯이 아이에게 마구 쏟아 부었던 것 같다. 열세 살 막둥이의 시무룩했던 표정을 생각하면 지금도 마음 한구석이 저리다.

도로주행 연습

주유소로 들어가 차를 세웠다. 런던의 주유소에는 주유원이 없다. 운전자가 직접 차에 기름을 넣는다. 어떻게 해야 기름이 나오는지 몰라서 머뭇거렸다. 바로 옆 주유탑에서 기름을 넣고 있는 사람이 친절하게 설명해 주었다.

장난감 총을 쏠 때처럼 주유 손잡이의 방아쇠를 당겼다. 탱크 안으로 기름이 들어가고 미터기의 눈금이 움직인다. 삼 십 파운드 표시가 되었을 때 방아쇠를 놓으니 주유가 멈추었다. 호스를 제자리에 걸고 사무실에 들어가 기름 대금을 지불했다. 처음으로 하는 셀프 주유가 끝났다.

영국의 운전은 좌측통행이다. 우측통행이 몸에 배어 있는 나는 길을 건널 때 도로의 오른쪽을 먼저 보아야 하는데 왼쪽 방향을 먼저 본다. 왼쪽에 차가 없어서 건너가다 보면 오른 쪽에서 오던 자동차가 조용히 서 있다. 운전수는 경적기도 울리지 않고 똑바로 보고 다니라는 소리도 지르지 않는다. 미소를 지으며 기다려 준다.

아이들은 좌측통행에 금방 익숙해졌다. 계속 실수하는 나에게 반드시 오른쪽부터 확인하고 중앙선까지 간 다음 왼쪽을 보라고 거듭 강조한다.

한국사람 한 가족이 여행 중에 교통사고를 내고 모두 사망한 사건이 있다. 차량이 적은 길을 속력을 내어 달리다가 마주 오는 차와 정면충돌했다. 사고 원인은 오른쪽 도로로 운전을 한 것이다. 차량이 많은 곳이었다면 행렬을 따라 왼쪽으로 운전했을 것이고 사고도 나지 않았을 것이다. 한적한 곳이어서 오른쪽 길을 진행 방향으로 착각했다. 나는 그 뉴스를 보고 되도록이면 자동차를 천천히 사야겠다고 생각했다.

자동차가 없어서 불편한 일은 별로 없었다. 버스나 기차를 타는 일이 번거롭지 않았고 슈퍼마켓에 갈 때에는 바퀴 달린 가방을 사용했다. 슈퍼마켓에서 집까지 걸어오면 온몸이 후끈거렸다. 스포츠센터에서 운동을 하지 않았기에 그렇게 해서라도 많이 걷는 것이 좋겠다고 생각했다.

그러나 자동차가 있으면 아침에 아이들이 학교 버스를 놓쳤을 때 승용차로 데려다 줄 수 있고 친구나 친척이 영국을 방문할 때 히드로 공항에서 집까지 태워 올 수 있다. 도보로 세 시간이상 걸리는 리치몬드 공원을 승용차로 한 바퀴 돌기도 하고 가까운 교외로 드라이브도 할 수 있다. 서둘러 자동차를 사야 할 이유가 새록새록 생각난다.

새 차가 아니어도 좋고 작은 차라도 좋다. 런던에는 큰 차보다 작은 승용차가 많다. 자동차 크기를 보고 차주의 경제력을 짐작 하지도 않고 호텔이나 공공기관에서 승용차의 규모에 따라 손님의 종류를 구분하는 일도 없다. 바퀴 네 개만 있으면 된다는 것이 내가 사고자 하는 중고차의 조건이다.

런던으로 휴가를 온 남편과 함께 길을 걷다가 어떤 집 앞 마당에 세워져 있는 자동차의 매매For Sale 표시를 보았다. 조금도 망설임 없이 이 차를 사 달라는 말에 남편도 고개를 끄덕였다. 차주의 현관문을 두드렸다.

차 주인은 자동차 등록증의 주인 이름 변경 난에 매수자인 내 이름을 쓰고 다른 한 쪽에도 매수자 이름과 주소, 연락처를 적고 점선 부분을 오려서 나에게 주었다. 자동차 등록증은 해당기관 DVLADriver and Vehicle Licensing Agency로 보내졌다. 나에게 준 쪽지는 소유자 이름이 변경된 자동차 등록증이 올 때까지 보관해야 한다. 내 이름으로 보험 가입이 되지 않은 상태이므로 차주가 우리 집까지 운전해 주었다. 중고차 매매 절차는 아주 간단하였다.

즉시 구입한 자동차는 배기량 1100cc의 영국 자동차 로버 메트로였다. 수동 기어에 쓰리 도어의 소형차이지만 썬 루프가 있어 지붕을 열고 달릴 수 있다.

아이들은 횡단보도 건너는 것도 익숙하지 않은데 어떻게 운전하려고 벌써 차를 샀나 하는 눈초리로 나를 바라보았다. 얼떨결에 주머니를 털린 남편은 귀국하기 전에 주행연습을 조금이라도 더 시키려고 아침 일찍부터 나를 흔들어 깨웠다.

동네 공원에 운전 연습하기 좋은 길이 있다. 잔디 공원의 가장자리를 따라 아스팔트 도로가 있어서 초보운전자들이 운전 연습하기에 아주 적합한 길이다.

남편은 도로 주행을 하기 전에 시동 거는 연습을 시켰다. 수동 기어 감각을 익히기 위함이다. 클러치 페달과 엑셀 페달 밟는 순간을 잘 맞추지 못해 덜커덕하고 시동이 꺼지면 운전면허 시험 보던 날의 기억이 떠오르면서 온몸에 힘이 빠진다. 한심하다는 표정으로 쳐다보는 남편 앞에서 입술 한 번 꽉 깨물고 클러치 페달을 세게 누른 후 기어를 넣고 시동을 걸었다.

배우자끼리 운전을 가르쳐 주지도 말고 배우지도 말라는 말이 왜 나왔는지 그 때 처음 알았다. 남편은 나를 초등학생 나무라듯이 야단칠 때가 많았다. 본인은 싫은 소리 한 번 듣지 않고 운전을 배운 것처럼 아주 골치 아픈 학생을 다루듯이 선생님 역할을 했다.

남편이 귀국한 후에도 아침 일찍 일어나 한가한 도로 위에서 운전 연습을 했다. 옆에 남편이 없으니 운전이 더 잘 되었다. 막 떠오르는 태양 햇살을 정면으로 받으며 달리는 차의 속도에 따라 능숙하게 기어 변속을 했다.

여전히 오른쪽에 운전대가 있는 사실을 잊고 차를 탈 때 왼쪽 문을 열기도 한다. 기어 변속을 할 때에도 오른손으로 하던 습관 때문에 오른쪽 차문을 툭툭 칠 때가 많다. 나도 모르는 사이에 역주행을 하다가 깜짝 놀라 진행 방향을 수정한 경우가 한 두 번이 아니다. 이른 아침이라 마주 하는 자동차가 없어서 천만 다행이다. 역 주행 운전으로 사고를 냈던 한국 가족 사건을 생각하면 운전할 마음이 순식간에 사라진다. 천천히 운전하는 것이 사고 예방의 기본이다.

몇 달이 지난 후, 런던 시내를 누비고 다닐 만큼 익숙해졌다. 주소와 지도만 있으면 영국 어디든지 갈 수 있는 자신감도 생겼다. 왕복 이차선이 많아서 교통 체증이 심할 것 같지만 일방통행로와 둥근 교차로Round about가 많아서 출퇴근 시간을 제외하고는 도로가 별로 막히지 않는다. 또한 운전하는 사람들이 천천히 운행하고, 끼어들기보다는 양보운전으로 상대방의 자동차를 먼저 보내기 때문에 한국에서 운전할 때와 같은 긴장감은 없다. 외길에서 양쪽 차가 서로 양보하다가 오히려 시간이 더 지체될 때도 있다.

주유소에서 기름 넣는 일도 이제는 쉽다. 좌측 운행도 익숙하다. 런던에서의 도로 주행연습은 끝났지만 서울에 돌아가 주행 방향을 바꾸려면 또 한 번 몸살을 앓아야 할 것이다.

천천히 미리 미리

새로운 시작은 지금까지의 생활 패턴을 바꾸는 것에서 출발한다. 남편과 떨어져 있으니 남편 중심에서 내 중심의 생활로 바꾸어야 한다. 영국에서 일어나는 모든 일에 내가 책임을 져야 한다. 실천하기 전에 먼저 알아보고 충분히 생각해야 한다. 먼저 계획 세우고 실천하지 않으면 어떤 불이익을 당할지 모른다.

기다리지 못하는 나의 성격도 바꾸어야 한다. 버스를 기다리기 싫어서 택시를 타고, 짧은 거리조차 걷기 싫어서 운전을 하고, 두 번 가기 싫어서 물건을 한꺼번에 많이 구입하는 쇼핑 습관을 바꿔야 한다. 하고 싶은 일을 즉흥적으로 행하거나 충동구매로 물건을 샀던 습관을 바꾸어야 한다. 지난날의 게으른 습관과 무계획적인 생활을 모두 버려야 한다.

계획성 없는 즉흥적인 행동은 재정적인 마이너스로 이어진다. 그에 따른 책임은 순전히 내 몫이 될 것이기에 정신 바짝 차리지 않으면 일 년이 되기 전에 한국으로 되돌아 갈 지도 모른다.

택시 요금이 우리나라 요금의 두 배 이상 비싸므로 택시는 절대로 타면 안 된다. 약속 시간에 늦지 않도록 미리미리 준비하며 충분한 시간을 두고 출발해야 한다. 꼭 택시를 타야 할 경우에는 미리 예약해야 한다. 도로에서 빈 택시를 볼 수 없다. 택시는 주로 기차역 앞에서 탄다. 길 가다가 빈 택시를 보고 손을 들어 세울 수 있는 서울의 거리가 자유로운 대신 교통 정체의 원인이 된다는 것을 런던에 와서 알 수 있었다.

대중 교통카드도 미리 구입해야 한다. 규칙적으로 출퇴근 하는 사람들은 매일 차표를 사지 않는다. 일주일 카드나 한 달 분 카드를 미리 구입한다. 런던 외곽에서 시내로 출근하는 세일즈맨은 일 년치 교통 카드를 사용한다. 일 년 분을 예매하면 많은 금액을 할인 받을 수 있다

교통카드는 버스만 타는 버스패스, 버스와 전철을 타는 런던 트레블 카드, 버스와 전철, 기차 모두 탈 수 있는 트레블 카드로 구분한다. 일정한 요일, 일정한 역을 정기적으로 이용할 경우 사용할 수 있는 시즌 티켓은 주로 통학하는 학생들이 이용한다. 본인의 상황에 맞는 티켓을 구입하는 것이 현명한 소비 패턴의 한 방법이다.

계획을 세워서 미리 교통 카드를 구입하지 않으면 재정적인 손해뿐만 아니라 시간적인 손해도 크다. 저녁 여섯 시가 되면 기차역의 역무원이 퇴근하고 거리 상점들이 문을 닫기 때문에 당일 아침에 차표를 구입하는 일은 여러 가지로 불편한 점이 많다. 기계에서 표를 산다 해도 기다리는 사람들의 줄이 길다. 월요일 아침에 교통 카드를 사는 일은 일 주일을 시작하는데 있어서 매우 어리석은 출발이다.

여행하기를 좋아하는 영국 사람들은 아이들 방학 때마다 외국 여행을 한다. 여행에서 돌아오자마자 다음 방학 때에 갈 여행지를 결정

하고 비행기 표와 호텔 예약을 한다. 미리 예약하면 비용이 절반으로 줄어들기 때문에 빠듯한 규모의 생활이라도 여행을 즐길 만큼 풍요로운 삶을 누릴 수 있는 것이 아닌가 하는 생각이 든다.

뮤지컬 티켓도 마찬 가지이다. 서너 달 전에 예약하면 일주일 전에 표를 사는 것보다 훨씬 저렴하다. 육십 오 세 이상 노인에게는 시니어 할인 제도가 있으므로 미리 표를 구입하면 아주 적은 비용으로 뮤지컬을 관람할 수 있다. 극장의 반 이상 객석을 실버 에이저들이 채우고 있는 것을 보면 노년의 삶이 참으로 여유로워 보인다.

은행이나 공공기관에서의 일도 천천히 그리고 꼼꼼하다. 어떤 용건이 있을 때 주민들에게 첫 번째 편지를 보내서 미리 알려주고 언제까지 답장을 달라고 안내한다. 기간 내에 답장을 보내지 않으면 다시 한 번 요구 사항을 알려온다. 우리처럼 외국인이라 할지라도 편지를 읽고 이해할 수 있는 충분한 기간이다. 최종적인 결과가 마음에 들지 않을 때에는 이의를 제기할 수 있는 기회를 준다. 그러므로 언어 소통의 부족함으로 인하여 오해가 생기거나 부당한 대접을 받지 않는다.

생각나는 대로, 편리한 대로, 즉흥적으로 생활하던 나에게는 귀찮을 정도로 복잡한 행정 절차였다. 그러나 이해할 수 있다. 그것이 진정 인권을 보호하는 세심한 배려임을 안다면.

런던에 오기 전에 나는 뒤통수 맞고 뒤돌아보는 경우가 많았다. 다가올 상황을 순식간에 알아차리고 즉시 대처하는 능력이 부족한 나는 버스 지나간 다음 손을 들고 서 있는 것 같은 느낌을 받을 때가 많왔다. 지나칠 정도로 자세히 안내해주는 영국의 관행이 느림보인 나에게는 오히려 편할 수도 있다.

미리 생각하고 서두르지 않고 천천히 행하는 것을 몸에 익히며 새로운 나의 여정을 꿈꾸어 본다.

마지막 학원 가는 날

학교에서 돌아온 아이는 학원에 갈 시간이 촉박하다며 간식도 마다하고 현관을 나섰다. 시각을 보니 이미 전철을 탔어야 할 시간이어서 간식을 거부하는 일이 안쓰러웠지만 서둘러 배웅을 했다. 공부하러 달려가는 아이의 등은 다른 어떤 때의 모습보다 성실해 보인다. 흐뭇한 표정으로 발코니로 나가 아이를 한번 더 내다보았다. 그리고 슈퍼마켓에 가려고 쇼핑 목록을 적었다.

백화점 셔틀 버스를 타기 위해 아파트 단지 정류장에 서 있었다. 아무 생각 없이 서 있는 나에게 저 멀리서 걸어오는 낯익은 모습이 보였다. 어슬렁어슬렁 걸어오며 친구 이야기에 귀를 기울이고 있는 아이는 수 십분 전에 허둥대며 뛰어나간 우리 아이였다. 노량진역에 내려 학원으로 달려가고 있어야 할 시간에 단지 내에서 친구와 함께 이야기 하며 천천히 걸어오고 있었다.

뛰어가서 아이의 얼굴 앞에 내 얼굴을 겹치게 할까, 옆에 있는 아이 친구에게 욕설을 퍼부을까, 망설이면서 아이에게서 시선을 떼지 않았다. 아무 것도 모른 채 여유 있는 걸음으로 다가오고 있는 아이에게 나는 어떤 행동을 해야만 할지 알 수 없었다. 두근거리는 가슴을 누르고, 내 앞에 닿을 때까지 그냥 서 있었다. 우뚝 멈춘 아이를 향해 작은 소리로 말했다. 지금이 몇 시냐고.

아이는 그 자리에서 동상이 되었다. 그날이 학원에 가는 마지막 날이 되었다. 가장 무서운 것이 침묵이라 하여 아무 말을 하지 않은 것은 아니다. 그 한마디 외에 아무 말도 생각나지 않았을 뿐이다.

다른 사람이 일깨워 주지 않아도 스스로 책망하는 것이 자책이라 했다. 그 후에 아이는 스스로 꾸짖었을 것이라고 나는 믿는다. 지금도 그날 일을 말하면 아이는 기겁을 한다.

아이는 모른다. 해외 유학에 대한 확신이 서지 않아서 망설이고 있던 나에게 아이들과 외국에 나가야 하겠다고 결심한 동기가 되었다는 것을. 그날 그 사건이 우물 속의 물을 끌어 올린 두레박이 되었다는 것을 아이는 짐작조차 하지 못한다.

친구 따라 강남 간다는 말이 있다. 하지만 따라가는 강남이 다 좋은 길은 아니다. 따라가는 사람의 판단력이나 현실 감각을 무디게 할 수도 있다. 우정을 생각한다면 잠시 판단력이나 현실에 대한 감각이 상실 되어도 괜찮다. 사랑에 빠지면 눈이 멀어지듯이 친구 사이에도 그러한 순간이 있어야 우정이 싸이는 것이니까 인간 관계에 있어서 반드시 필요한 과정일 수도 있다. 애정만큼 우정도 중요하니까. 그러나 우리나라의 입시 제도에 처한 학생들에게는 우정을 쌓기 위한 노력이 어쩌면 부정적인 결과를 가져올 수도 있다.

우리 아이는 친구들이 많다. 학교에서 돌아올 때의 모습을 보면 아침에 등교할 때의 모습과는 완전히 다른 모습이다. 등교할 때 곱게 머리를 빗겨서 하나로 묶고, 원피스를 입히고 뒤에는 빳빳하게 다린

끈을 리본 모양으로 묶고 등교 시킨다.

오후에 하교할 때에는 머리는 땀에 젖어 엉클어져 있고 원피스 끈은 반쯤 풀어져서 치마길이보다 길게 내려와 있다. 양쪽에 서너 명씩 어깨동무를 하고 길 한가운데로 걸어오는 아이를 보면 학교에서 무언가 대단한 결과라도 가지고 오는 듯한 착각을 할 때가 많다.

햇빛을 피해 처마 밑으로 혼자 걸어오는 큰 아이와는 대조적인 모습이다. 큰 아이는 혼자 피아노 치는 것을 좋아하는 반면, 둘째 아이는 두 명 또는 여러 명이 함께 플룻 연주하는 것을 좋아한다.

혼자보다는 여럿이 함께 하는 것이 인간의 사회적인 동물이라는 특징에 더 부합하는 것은 사실이다. 하지만 원만한 인간관계가 타인의 시각에서 좋은 점이지 한 분야에 대하여 집중력이 필요한 개인의 입장에서는 반드시 좋다고 말할 수 없다. 특히 학창 시절의 의무, 공부를 열심히 하는 일을 멀리 할 때에는 치명적인 요소가 된다.

대학교 갈 때까지 만이라도 친구와 거리를 두기 바랐고, 그것은 해외 유학이란 명분으로 자연스럽게 해결되었다.

2부

카페와 잔디밭

어린이들이 장난감을 고르며 즐거워하고 있다. 어른들도 본인들이 필요한 물건을 찾으면 금맥이라도 발견한 듯이 행복해 한다. 새 물건과는 비교도 안 되는 저렴한 가격 때문에 카 부츠 세일은 모든 사람들에게 인기가 높다.

2부 카페와 잔디밭

강변의 카페에서

날씨가 화창한 봄날, 마지막 한 시간 수업을 채우지 못하고 교실을 빠져 나왔다. 한국 친구 두 사람이 나를 따라온다. 정오를 알리는 교회 종소리가 은은히 울려 퍼지는 퍼트니 다리 위를 걸어간다. 다리를 중심으로 남쪽은 퍼트니 하이 스트릿트, 북쪽은 햄머 스미스 가는 길이다.

다리의 남쪽 강변을 따라 카페들이 줄 지어 있다. 강을 향한 쪽으로 전면 유리창이 있어서 템즈 강이 한눈에 들어온다. 어느 집으로 들어갈까 망설일 필요가 없다.

첫 번째 카페의 문을 연다. 비틀즈의 음악이 흐르고, 다채로운 색으로 모자이크 한 세라믹 테이블이 우리를 반긴다. 푹신한 의자에 몸을 던지고 강변을 바라본다. 멀리 보이던 물새들이 눈앞에 다가와 있다. 웨이터가 우리 테이블 앞에 와 있던 것도 알아차리지 못하고 비틀즈에 젖어 있었다. 슬그머니 놓고 간 식단표를 보고 그제서야 시장기를 느낀다.

식당에서 식사를 주문하는 일은 아직도 어렵다. 식사 이름이 적혀 있고 그 옆에는 주재료와 향신료의 이름이 적혀 있지만 어느 것이 무슨 맛, 무슨 향인지 몰라 주문하기 곤란할 때가 많다. 먹어 보지 않았던 음식의 맛을 내 마음대로 추측해서 주문하면 상상했던 맛이 아닌 엉뚱한 맛의 음식이 나올 때가 많고 특이한 향료가 들어간 식사는 남길 때가 많다.

가장 쉽게 접할 수 있는 것이 스파게티와 파스타이지만 소스에 따라 맛이 여러 가지이기 때문에 그것 역시 선택하기 어렵다. 한 번이라도 집에서 직접 만들어 먹어 본 것만 주문하는 것이 같은 실수를 하지 않는 방법이다. 가장 친근한 메뉴는 쇠고기 다진 것과 토마토소스가 들어간 파스타이다. 세 사람이 각기 다른 메뉴를 주문하여 골고루 맛을 보기로 한다.

낮 시간에도 연하게 비추는 삼색 조명등 아래에서 비틀즈의 'Hey Jude'를 들으며 다리 위를 걸어가는 사람들을 바라본다. 빨간 이층 버스와 승용차도 다리 위를 한가로이 지나간다. 화창한 봄날이면 어디라도 떠나고 싶었던 서울에서의 계절병이 여기서는 연한 핑크빛 조명 아래에서 템즈 강을 바라보는 것으로 대신할 수 있어서 다행이다.

주문한 식사가 왔다. 세 종류의 음식을 테이블 가운데에 놓고 세 사람이 함께 먹는 것을 종업원이 보고 웃는다. 여러 명이 함께 식당에 가도 각 사람이 따로 먹는 그들의 식사 문화와는 다른 우리들의 어우러짐이 색다르게 보일 것이다.

세 쌍의 부부가 펍Pub에 갔다. 식사 후에 계산대에서 음식 값을 따로따로 낼 것이니 총 금액을 나누어 달라고 했다. 펍 주인은 총 금액을 여섯 등분으로 나누었다. 부부를 한 가족, 한 사람 분으로 생각하지 않고 두 사람 분으로 나눈 것은 예상 밖이었다.

개인주의가 몸에 밴 그들에게 우리가 세 종류의 식사를 가운데에 놓고 함께 먹는 모습을 보고 어떠한 생각을 할까 궁금해진다. 후진국 성향의 미개함으로 볼 것 인가. 서로 어우러지는 정다움으로 볼 것 인가. 음식을 바라보며 다른 생각에 잠겨 있는 나에게 옆 사람이 식사하라는 눈짓을 한다.

오늘 주문한 식사는 성공적이다. 치킨과 야채샐러드, 쇠고기와 토마토소스가 들어간 파스타, 영국 사람들의 주요 메뉴, 휘시 앤 칩스를 먹으며 함께 곁들인 와인 한 잔은 햇볕 따스한 봄날의 점심으로서 최근 들어 가장 근사한 진수성찬이다.

쫄깃쫄깃한 닭고기의 민무늬근이 야채샐러드의 수분과 어우러져서 고소한 맛을 더욱 강하게 한다. 도수 낮은 알코올, 하우스 와인과 함께 식사를 하는 즐거움은 극도에 달한다.

커피는 마시지 않아도 괜찮다. 연한 취기가 오르면서 눈가의 근육이 풀어지는 것을 진한 커피 향으로 깨우고 싶지 않다. 강변에 매달려 있는 선상카페의 움직임이 나를 부른다. 템즈 강 크루즈에 몸을 싣고 강줄기를 따라서 여행 한다면 더없이 화려한 봄날이 될 것 같다.

글자 하나의 차이 때문에

바클리 은행 앞에 있는 현금 인출기에 카드를 넣었다. 비밀번호를 누르고 찾을 금액을 눌렀다. 카드가 먼저 나오고 화면에는 'There is no change from your card.'라는 구절이 나타났다. 순간, 내 계좌가 HSBC 은행이라서 타 은행 출금이 되지 않는 것으로 판단하고 거래 은행으로 갔다. 현금 인출기에 카드를 넣고 삼백 파운드를 눌렀다. 화면에 한도 금액을 초과했다는 내용이 표시되면서 카드가 되돌아 나온다.

아무래도 이상하다. 은행 안에 들어가 직원에게 문의했다. 직원이 조회를 하더니 오늘 한도액 삼백 파운드를 몇 분 전에 출금했다는 것이다. 나는 직원에게 설명했다. 이웃 은행에서 출금하려고 했으나 돈이 나오지 않아서 이곳 은행으로 달려 왔다고 말했다.

직원은 고개를 갸우뚱하면서 다시 한 번 조회를 하고 출금한 시각을 알려주었다. 그 시각이면 조금 전에 내가 바클리 은행 앞에 있던 시각이다. 그럴 리가 없다며 기계를 의심하면서 바클리 은행으로 다시 갔다. 불과 수 분전에 땅에 떨어진 것으로 보이는 출금 영수증이 발밑에서 나풀거리고 있다. 얼른 집어보니 오후 세 시 삼십이 분, 지급액 삼백 파운드로 나타나 있다. 끝 번호 네 자리가 내 카드 번호와 일치한다. 영수증에 적힌 메시지가 눈에 들어온다. 'There is no charge from your card.'

타 은행 출금이 되지 않는다는 뜻이 아니라 타 은행 출금에 대한 수수료가 붙지 않는다는 내용이다. charge를 change로 착각하는 바람에 빚은 실수이다.

누군가가 돈을 가져간 것이다. 주위를 살펴보았다. 현금 인출기 앞의 손님들은 태연하게 자신의 볼 일을 보고 있다. 옆에 있는 사람들에게 묻고 싶었다. 조금 전에 나온 삼백 파운드를 보았느냐고

은행 직원은 나에게 누가 돈을 가져가지 않았을 것이라고 설명했다. 정해진 시간에 돈을 꺼내지 않으면 기계 안으로 흡수가 되고 내 계좌에 다시 입금이 될 것이니 걱정 하지 말고 기다려 보라고 한다. 나는 허탈한 마음으로 집에 왔다. 다음날 삼백 파운드는 입금되지 않았다.

서울 가려고 생각하니 이 사람 저 사람 얼굴이 떠오른다. 각 사람에게 알맞은 선물이 생각나지만 챙길 사람이 너무 많아서 선물은 생략하기로 했다 그러나 방문 날짜가 다가오면서 선물 목록이 다시 어른거렸다. 마음을 바꾸어 몇 사람 선물이라도 준비하기 위하여 현금을 찾으러 갔던 것이다. 그런데 선물은커녕 한순간의 착각으로 돈만 잃어버린 처지가 되었다.

은행에 가서 CCTV 화면을 통해 그 돈을 꺼내어 자신의 주머니에 넣는 모습을 확인한들 어디서 범인을 잡으며 그 비용은 어쩌면 삼 백 파운드보다 더 많이 들어갈 지도 모른다.

잃어버린 현금은 나를 위한 소비가 아니고 다른 사람을 위한 선물을 구입할 돈이었다. 선물을 사다 준 사람으로부터 고맙다는 인사를 받는 대신에 사정이 급한 누군가가 그 돈을 가져가서 '잘 썼다'고 느낀다면 나에게서 떠난 현금 가치에 대한 감사함의 비중은 비슷하다고 보아야 할 것이다. 타인의 대상이 바뀌었을 뿐 나에게서 떠난 돈임은 분명하다. 하루 출금 한도액이 삼백 파운드인 것이 다행이다. 더 큰 금액을 잃어버렸더라면 지금처럼 좋은 쪽으로만 마음을 돌릴 수 없었을 것이다.

한국을 다녀온 후 한 달 만에 은행 명세서를 확인했다. 지난 달 말일 날짜로 삼백 파운드가 입금되어 있었다. 생각지도 않았던 돈이 들어와 있는 것은 경험해 본 사람만 아는 깜짝 쇼 같은 기쁨Surprise이다. 인출기에서 나온 돈을 십오 초 동안 꺼내지 않으면 기계 속으로 다시 돈이 들어간다는 은행 직원의 말을 이제야 믿게 되었다. 그 사이에 누군가가 가져갔더라면 못 찾았을 지도 모를 것을 상상하며 정해진 시간동안 기다렸다가 다시 입금하도록 셋팅이 된 기계에 대한 문명의 혜택을 톡톡히 보았다.

현금을 가져간 사람을 찾기 위하여 CCTV 화면을 보자고 은행 측에 제안하지 않은 것이 얼마나 다행인지 모른다.

꽃향기를 따라

앙증맞으나 추워 보였다. 이월의 추위 속에 가장 먼저 피는 꽃, 스노우 드롭Snowdrop이다. 이파리를 만져보니 단단하다. 추운 날을 견디려면 그 정도의 단단함은 유지해야 할 것이다. 꽃말이 '희망, 위안'인 것을 보니 새 봄을 가장 먼저 알린다는 의미와 어울린다.

스노우 드롭에 이어 수선화가 핀다. 브라이튼으로 봄나들이 가던 날, 진입로에 가득 핀 수선화를 처음 보았다. 감탄이 절로 나왔다. 윌리엄 워즈워드의 시 속에서만 그릴 수 있었던 수선화를 직접 만나게 될 줄은 몰랐다. 이른 봄에 잔디밭 가장 자리에 가득 피어 있는 수선화는 우리의 영국 입국을 환영하는 말없는 함성 같았다.

수선화 꽃잎은 한 장 한 장 가위로 오려 만든 종이꽃처럼 테두리가 선명했다. 워즈워드는 의도적으로 시를 쓴 것이 아니라 수선화를 보고 저절로 나온 탄성을 문자로 옮겨 적은 것 같다.

수선화는 이 년생이다. 작년에 꽃을 피웠던 화단에서 올해는 꽃이 피지 않는다. 그럼에도 매년 같은 화단에서 수선화를 볼 수 있다. 한 화단에 올해 꽃 필 것과 내년에 필 것을 섞어 심었기 때문에 매년 같은 자리에서 꽃이 만발하는 것을 볼 수 있다. 꽃을 유난히 사랑하는 사람들의 지혜와 노력 덕분이다.

수선화의 감동에 젖어서 개나리의 출현을 알아차리지 못했다. 우리나라와 기후가 달라서 개나리가 피지 않는 줄 알았지만 어느새 피어서 나의 시선을 기다리고 있었다. 서울에서는 여기저기 많이 피어 있기 때문에 귀한 줄 몰랐다. 오랜만에 만난 친구처럼 반갑기도 하고 수선화에 정신이 팔려 있음에 대해 미안한 마음도 있었다. 얼른 다가가서 인사하는데 발밑에서 민들레가 활짝 웃고 있다. 민들레도 봄날의 정원을 노란색으로 물들이는 주인공 가운데 하나라고 속삭이는 것 같다.

수선화 꽃잎이 물에 젖은 미농지처럼 움츠리기 시작하자 튜울립 봉오리가 열리기 시작한다. 사랑의 고백 빨간색, 바라볼 수 없는 사랑 노란 색은 물론, 실연당한 흰색, 영원한 사랑의 보라색까지 만발했다. 색깔마다 꽃말이 다른 것을 음미해 볼 여유도 없이 꽃잎파리 다섯 장이 아래로 축 쳐지는 순간 나는 당황했다.

하늘을 향해 우아한 모습으로 오므리고 있던 로얄 알버트 커피 잔 같은 단아한 모습이 튜울립의 모습인 줄만 알았다. 사진에서 볼 때에도 그림을 그릴 때에도 위쪽으로 오므린 모양만 있다. 꽃이 활짝 피자마자 아래로 축 늘어진 모습을 보니 아름다운 생명일수록 그 수명이 짧다는 말이 실감난다. 차라리 이름 모를 작은 꽃이 더 아름답다. 죽음보다는 삶이 아름답다. 좀 덜 예뻐도 오랫동안 생명을 유지하고 있는 꽃이 더 아름답다는 생각이 든다. 며칠만 더 있어 준다면 서울에서 오는 동생을 만날 수 있는데 며칠을 기다리지 못하고 튜울립은 졌다.

하지만 서운해 할 필요는 없다. 곧이어 피어나는 라일락과 라벤다의 짙은 향기는 가든 축제의 절정을 이룬다. 이름 모를 형광 빛 보라색 잔잔한 꽃은 해가 지면 나지막한 울타리를 보라색으로 물들인다. 보랏빛 정원은 밤 아홉시까지 환한 여름날을 열 시까지 연장시켜 준다.

보라빛 정원이 사라져도 여전히 호화롭다. 유월에 피어나는 붉은 장미는 뜨거운 태양빛만큼이나 강렬하다. 갖가지 색깔의 장미는 영국의 여름을 더욱 화려하게 한다. 뜨거운 태양이 내리쬐는 날보다 차라리 옅은 구름 낀 날이 화려한 장미 정원과 잘 어울린다.

장미 역시 색깔마다 꽃말이 다르다. 낭만적인 사랑의 붉은 장미, 순수한 젊음의 하얀 장미, 감사와 우아함의 분홍 장미, 열망과 겸손의 복숭아색 장미 등 다 적을 수 없는 장미의 언어는 모든 꽃들의 아름다움을 다 합한 것보다 높은 가치를 지닌다.

서울의 고속버스 터미널 지하 꽃 상가에 간 일이 있다. 백합보다 진한 향기가 없고 국화보다 수명이 오래가는 꽃이 없고 난초보다 고고한 자태가 없다. 팬지만큼 다양한 색깔도 없고 후리지아 만큼 산뜻한 꽃도 없다. 무슨 꽃을 살까 고민하다가 장미꽃을 파는 가게에 이르렀다. 지금까지 했던 고민을 한순간에 지우고 장미 한 다발을 집었다.

가시가 있어도 망설이지 않고 장미를 선택한다. 주황색 장미 한 다발을 친구에게 생일 선물로 주었다. 거꾸로 매달아 말렸는데 장미 색깔이 더욱 진한 주황색이 되어 더 아름답다는 인사를 받았다. 마를수록 짙어지는 색깔 또한 장미의 매력을 더해준다.

자연에 대한 아름다움을 발견하면 나이가 들은 증거라 했다. 단지 나이 들었기 때문이 아니라 장미 가득한 정원은 모든 일을 접고 바라볼 만큼 감탄하기에 충분하다.

십일 월 초순에도 피어 있는 베이지색 장미를 발견한다. 뜨거운 태양 볕 아래에만 피는 꽃이 아니다. 회색 구름 아래에도 장미는 핀다. 장미에게 뾰족한 가시만 있는 것이 아니라 늦가을의 냉한 바람에도 꿋꿋이 견디는 강인함도 있다. 가까이 가서 장미향을 맡으려다 그만두었다.

지금까지 피어서 행인의 눈을 즐겁게 해주는 것도 힘겨울 텐데 향기까지 뿜어낼 수 있는 에너지가 늦가을 장미에게 없을 거라 생각했기 때문이다. 빨리 다가와 자신의 향기를 확인해보라고 손짓 하는 것 같았으나 끝내 확인하지 않았다. 겨울 끝자락에서 봄을 알리기 위하여 가장 먼저 피어나는 스노우 드롭에게 화단의 배턴Barton을 넘겨줄 때까지 장미의 생명이 연장되기만을 바랄뿐이다.

도서관 방문

마을 도서관은 우리 집에서 도보로 십 분 거리에 있다. 도서관 입구의 자동문이 열린다. 로비의 탁자에는 도서관 회원 가입 절차와 이용에 관한 안내 책자가 있다. 여권을 보여주면 회원 가입 절차는 간단하다. 신청서를 작성하여 제출하면 이틀 후에 회원증이 집으로 배달된다. 도서관 출입은 누구든지 할 수 있지만 도서관에 비치된 책과 CD, 카세트테이프를 빌리려면 회원증이 있어야 한다. 서가는 모두 개가식으로 되어 있어서 누구나 쉽게 출입할 수 있고 원하는 자료를 자유롭게 찾을 수 있다.

회원 카드를 발급 받으면 도서관에 있는 모든 자료를 제공받고 관외로 빌려 갈 수 있다. 책은 한 번에 일곱 권까지 무료로 삼 주일간 대출해 준다. CD나 카세트테이프, 비디오테이프는 최근 순서대로 저렴한 가격으로 대출하여 준다. 수만 권에 달하는 장서와 풍부한 자료들로 꽉 차 있는 도서관은 앉아만 있어도 책 속의 지식이 나의 피부를 통하여 스며들 것만 같다. 서가마다 각 분야별로 안내 표시가 되어 있어서 목록 카드를 일일이 찾아보지 않아도 원하는 책을 쉽게 찾을 수 있다.

결혼 전에 내가 일했던 대학 도서관은 폐가식으로 운영되었다. 학생들은 서재에 함부로 들어갈 수 없고, 서랍 속에 정리되어 있는 목록 카드를 뒤져서 대출받고자 하는 책을 찾는다. 원하는 책의 도서 카드를 찾으면 대출 카드에 책 이름과 저자, 또는 발행 연도 등을 기입하여 사서에게 제출한다. 사서는 대출 카드를 보고 서재에 들어가서 책을 찾아와 학생에게 건네준다. 대출 기한은 일주일이고 두 번의 연기 대출이 가능하다. 학생들이 빌려간 책을 반납 하면 하루 분량의 책을 모은다. 퇴근 시간이 다가올 무렵, 반납된 책들을 바퀴 달린 책 꽂이에 싣고 서재로 밀고 들어가 분류 번호대로 제자리에 꽂는다.

책 한 권에 대하여 도서 카드는 석 장 혹은 넉 장의 대출카드가 만들어진다. 도서관에서는 출판사로부터 책을 구입하면 원부에 날짜와 제목, 저자, 발행 연도 등을 기입한다. 사서는 도서 분류표를 보고 등록 번호를 만들고, 저자, 발간 년도, 책 페이지 수 등을 기입한다. 그것이 책 한 권에 대한 기본 내용이다.

나는 사서 보조로서 정사서가 작성한 기본 카드를 보고 분출 카드를 작성한다. 학생들이 찾기 편리한 방법으로 저자 별, 제목 별, 분류 번호 별로 카드를 작성하면 기본이 석 장이고, 공동 저자의 경우 공저자 인원 수 대로 카드가 작성된다. 여러 권으로 된 백과사전인 경우는 분출카드 숫자가 더 늘어난다. 그렇게 하루 종일 카드를 쓰고 나면 퇴근할 무렵 나의 오른손은 여러 시간 동안 뜨개질을 한 손처럼 구부정하고 뻐근해진다. 열 손가락을 펼쳐 스트레칭을 하여 손가락의 피로를 풀곤 했다. 대학 도서관에서 일하던 때보다 훨씬 이전부터 도서관에 대한 친근감이 있었다.

초등학교 시절 학교의 후문을 나가면 종로시립도서관이 있었다. 집에 갈 때 사직 공원을 통과 했고, 공원으로 들어가기 전에 자주 도서관에 들렀다. 일층에 어린이 열람실이 있었는데 종종 여동생과 함께 어린이 열람실에서 동화책을 읽었다. 하루에 두세 권 정도 읽고 저녁 무렵이 다 되어서 집에 가면 어머니는 걱정스런 모습으로 우리를 맞이했다. 우리 집에는 동화책이 없었다. 콩쥐 팥쥐전, 장화홍련전, 빨간 머리 앤, 플란더스의 개 등의 동화책은 모두 종로 도서관에서 읽은 것이다.

중학교 시절에는 중간고사, 학기말 고사 준비를 하느라 도서관의 일반 열람실을 이용했다. 새벽부터 줄을 서야만 입실을 할 수 있을 정도로 학생들이 많았다. 일찍 가서 자리를 맡아 놓아야 하루 종일 들락날락 쉬어가면서 마음 놓고 공부할 수 있는 시절이었다.

잠시, 어린 시절에 잠겨 있는 동안 써튼 도서관 삼층의 서재를 지나고 있다. 아무리 보아도 내가 일 했던 도서관과 같은 폐가식 서재는 없고 모두 개가식이다. 모든 연령층에게 공개되어 있어서 마음대로 책을 빼서 볼 수 있다. 어린이 열람실은 동화 나라처럼 꾸며져 있어서 엄마와 함께 있는 어린이들의 표정이 마냥 행복해 보인다.

칸막이가 있는 열람실은 따로 없다. 대형 책꽂이 사이사이에 책상이 놓여 있다. 빈자리 아무 곳에 앉으면 내 자리가 된다. 넓은 홀 중앙에는 소파세트가 있고, 노부부가 신문을 보고 있다. 곳곳에 놓여 있는 컴퓨터도 자유롭게 이용할 수 있다. 서재와 열람실이 따로 있어서 불편했던 옛 시절의 도서관과는 비교할 수 없을 만큼 편리한 구조이다.

아이들이 영어에 자신감이 생길 때까지 매일 도서관에 가기로 했다. 방과 후에 집에 오자마자 저녁을 먹고 다섯시쯤 도서관으로 갔다. 아이들이 숙제를 하는 동안 나는 영어책을 펴 놓고 읽고 쓰는 연습을 하다가 삼십 분도 채 못 되어 책상 위에 엎드린다. 저녁 식사 후에 찾아오는 졸음을 참지 못하고 코트를 뒤집어쓰고 안내 방송이 나올 때까지 단잠을 잔다.

저녁 일곱 시 사십오 분이 되면 마이크로 안내 방송을 한다. 십 오 분 후에 도서관 문을 닫을 것이니 관내의 모든 사람들은 퇴관할 준비를 하라는 내용이다. 방송 소리에 놀라서 벌건 눈을 뜨고 주위를 둘러본다. 아이들은 이미 집에 갈 차비를 하고 나를 기다린다.

나는 도서관에 와서 두 시간 동안 잠만 자다가 돌아갈 때가 많았다. 아이들이 저희들만 올 터이니 엄마는 집에서 쉬라고 말해도 들은 척하지 않고 아이들을 따라 나선다. 잠만 자다 오는 한이 있어도 아이들과 함께 하는 시간의 행복을 놓치고 싶지 않다.

도서관의 공기는 나에게 익숙한 향기이다. 도서관 방문할 때마다 초등학교 시절의 종로 도서관이나 결혼전의 대학 도서관에 함께 다녀온다.

수영은 필수

수영장에 등록을 했다. 수영 렛슨은 신청하지 않았다. 수강생이 많아서 순서가 언제 나에게 올지 모르고 그때까지 운동을 쉬기에는 마음이 바쁘기 때문이다. 무조건 물속으로 들어갔다.

수영을 배운 것은 고등학교 시절에 배운 첫 단계, 물에 뜨기가 전부이다. 체육 선생님은 우리에게 몸에 힘을 빼고 물속에 온몸을 맡기면 저절로 물에 뜬다고 설명했다. 그대로 했고 나는 물에 뜰 수 있었다. 새우등처럼 몸을 동그랗게 말고 온몸에 힘을 빼면 등이 수면 안쪽에 닿으면서 저절로 물에 뜬다.

더 이상은 배우지 않았다. 초등학교 시절 수영장에 물놀이 갔다가 아폴로 눈병이란 걸 옮아서 한참 동안 고생했던 기억이 있다. 그 후 수영장 물과 더 이상 친해지고 싶지 않았기 때문에 수영장에는 가지 않았다.

하지만 런던에 살면서 수영이 얼마나 좋은 운동인지 새삼스럽게 알게 되었다. 나이 들수록 좋은 운동이 수영, 골프, 자전거 타기이다. 골프는 걷는 것을 싫어하여 나와는 거리가 멀고 자전거 타기는 몇 번 배우려고 시도했으나 자주 넘어져서 다리에 멍 자국만 남기고 포기했다. 이제는 수영 밖에 없다.

나는 새우등을 하고 물속에 뜨는 동작만 계속했다. 그래도 좋았다. 온몸에 힘을 빼고 물속에 몸을 맡기고 있으면 알 수 없는 평안함이 있다. 그 자세로 한참동안 멈추어 있으면 어디선가 시냇물 소리가 들린다. 물안경을 끼지 않아서 눈을 뜰 수 없으니 귀에 들리는 소리에 집중할 수밖에 없다. 강물도 아닌데 물 흐르는 소리가 나는 것은 어디선가 파이프를 통하여 수영장 안으로 물이 들어오는 소리일 것이다. 나에게는 산속의 시냇물 소리로 들렸다.

그렇게 며칠 동안 새우등 모습의 표류 시간이 끝난 후에는 고개를 들고 두 팔과 다리를 쭉 뻗어 발끝으로 물장구를 쳤다. 조금씩 앞으로 나가는 것이 재미있었다. 길이 이십오 미터 수영장의 이 끝에서 저 끝까지 서너 번만 쉬고 갈 수 있었다. 며칠 후에는 두 번에 나누어서 또 며칠 후에는 한 번에 건너갈 수 있었다. 다음에는 팔을 휘둘러 보았고, 다음은 팔과 다리 전체를 움직였다. 그렇게 익힌 동작은 자유형, 접영, 배영 중에 그 어느 것도 아닌 나만의 수영 동작이 되었다. 영국 할머니 할아버지들이 주로 하는 동작인 것을 나중에 알았다. 나도 모르게 그들이 수영하는 모습을 따라 했던 것 같다. 고개는 물 위에 내놓고 유유히 물살을 가르며 왔다 갔다 반복했다.

고개를 들고 수영을 하니 물안경을 낄 필요도 없다. 두 팔과 두 다리를 자유롭게 움직이면서 수영장 레인을 쉬지 않고 몇 바퀴씩 돈다. 수영의 셀프 렛슨이 끝났다.

수영장 옆 카페의 유리벽을 통해 보이는 학부형들의 시선을 의식하면서 그 옛날 나도 우리 아이들이 수영하는 모습을 시간 가는 줄 모르고 지켜보던 때를 그려본다. 한국 학부형들만 아이들에게 극성을 부리는 게 아니다. 영국 학부형들도 아이들의 건강이나 교육에 대한 열망이 대단하다는 생각을 하며 열심히 자유 수영을 한다.

지난날 아이들에게 교양 과목과 같은 명분으로 가르쳤던 수영이 이제는 삶의 질을 높이는 하나의 선택이 아니라 건강을 위한 삶의 필수 조건이 되었다.

원장님의 영향력

엠파이어 극장 앞에서 아이들의 유치원 원장님을 만났다. 공부하는 딸을 만나기 위하여 영국을 방문한 원장님은 하얀 원피스에 까만 선글라스를 쓰고 회색빛이 도는 목도리를 길게 늘어뜨리고 우리 앞에 우뚝 서 있다. 친정어머니와 동갑인 원장님은 은퇴해야 할 나이임에도 불구하고 현직에 종사하며 해외여행을 자유롭게 다니고 있다. 여든 다섯 살까지 현장에 있을 것이라고 당당하게 말하는 원장님의 에너지는 어디서 나오는지 알 수가 없다. 삶에 대한 그 열정만으로도 충분히 나의 멘토가 된다.

우리는 레스터 스퀘어를 지나 차이나타운으로 갔다. 오랜만에 짜장면이나 탕수육을 먹을 것이라는 기대를 했지만 내가 생각한 중국집은 아니었다. 자리에 앉아서 종업원이 주문 받으러 오기를 기다렸으나 곧바로 이동식 테이블을 밀고 왔다.

이동식 테이블마다 다른 종류의 음식을 싣고 다니면 손님들이 보고 원하는 음식을 식탁에 올려놓고 식사를 한다. 주문을 하고 음식이 나올 때까지 기다리는 것이 아니라 자리에 앉자마자 음식을 먹을 수 있다. 손님들은 기다리는 시간을 절약할 수 있어서 좋고 음식점 주인은 제한된 시간에 많은 손님을 맞이할 수 있어서 좋다.

얼큰하고 뜨거운 우리나라의 음식과는 달리 중국 음식은 담백하고 부드러운 맛이 있어서 세계 여러 나라 사람들의 입맛을 만족시켜 주는 것 같다. 어묵요리, 국수, 버섯요리, 딤섬 등 다양한 메뉴가 우리들의 만남을 더욱 풍성하게 해 주었다.

원장님은 유치원 교육자로서 교육의 기초를 담당하고 있음에 대한 자부심이 대단하다. 초등학교나 중고등 학교에 입학하기 전의 유치원 교육이 가장 중요하다고 강조한다. 원장님의 교육에 관한 의견이나 확고한 신념은 우리가 영국에 올 계획을 세우게 된 최초의 동기가 되었다. 아이들 유치원 시절에 들었던 교육에 관한 교양 강좌나 어머니 교실을 통하여 기초 교육의 중요성을 깨달았다.

'아이를 너무 제한하지 말고 적당히 내버려 두라, 세계적으로 키워라, 양성적으로 키워라, 학업 성적의 숫자보다 인성 훈련에 힘써라'하는 내용은 지금도 기억하고 있다.

유치원 시절은 살아가는 동안에 필요한 것을 담아야 할 그릇을 만드는 시기라고 했다. 아이들 그릇을 되도록 크게 만들어 주는 것이 부모의 역할이라고 했다. 그릇이 작으면 아무리 많은 것을 주어도 담지 못하고 넘쳐 버리므로 아이들의 그릇을 크게 만들어 주는 것이 얼마나 중요한 일인가를 깨닫게 해 주는 내용이다. 큰 그릇은 일생을 통해서 이루어져야 할 인간의 완성을 위한 기초 과제이기 때문이다.

우리나라의 교육 시설이나 여건은 선진국에 비하여 뒤떨어져 있는 형편이지만 부모들의 교육열로 인하여 세계 속 높은 경제 대열에 낄 수 있게 되었다고 말했다. 어려운 가정에 태어난 아이들이 정신적으로 더욱 성숙해지듯이 몇 년 전만 해도 가난했던 나라에 태어난 우리 아이들이 세계적인 현실에 눈을 뜨게 되는 주인공이 될 수 있다는 말을 해 주었다.

유치원 교육을 통하여 인생 전체에 대한 교육의 기초를 튼튼히 세운다는 자부심으로 일하고 있지만 제도적인 모순을 안고 있는 우리의 현실 때문에 힘들 때도 많다는 것을 원장님과 대화를 나누면서 짐작할 수 있었다. 오늘의 만남은 아이들이 외국에서 공부하는 시작 단계에서 교육에 대한 확고한 신념을 굳히게 하는 자리였다.

식사를 마치고 헤어질 때 원장님은 고액권 파운드 지폐를 아이들 손에 꼭 쥐어 주었다. 그것은 안락한 홈그라운드가 아닌 적진에서의 치열한 싸움이기에 결코 중도에서 포기하지 말고 끝까지 잘 싸워 주기를 바란다는 무언의 강한 메시지와 같았다.

인권 제일주의의 단편

보온 탱크에 있는 모터가 고장이 났다. 그 모터는 뜨거운 물 사용할 때에 수압을 높여 주는 장치로 찬물 수도꼭지를 틀었을 때처럼 물살이 세게 나오도록 도와주는 장치이다. 집 안팎에 고장 난 일을 맡아서 해주던 기술자에게 전화를 했다. 우리 주소를 말하고 모터를 새 것으로 교체해 달라고 했더니 사흘 뒤에 올 수 있다고 했다. 당장이라도 왔으면 좋겠지만 한국이 아니라 불가능함을 안다. 한 달을 기다리지 않는 것이 다행이다.

삼 일이 지난 후에 배관공이 왔다. 보일러 온수 통을 잠그고 한참 들여다보더니 우리 보온 통에 알맞은 모터를 주문해야 한다고 말한 후에 돌아갔다. 며칠이 걸리겠냐고 물어 보고 싶었지만 영어로 말하는 것이 자유롭지 못해서 그냥 고개만 끄덕였다. 하루 정도 걸릴 것이라 생각하며 현관문을 나가는 뒷모습만 바라보았다.

이틀이 지나고 사흘이 되어도 오지 않았다. 전화를 걸었더니 다음 날 오겠다고 한다. 한국말로 하는 것이라면 내일 오전인지 오후인지 몇 시에 올 수 있는지 등을 정확하게 물어 보았을 테이지만 '투머로우'란 말을 듣는 순간 '오케이, 아 윌 웨이트 휙 유' 하고 전화를 끊을 수밖에 없었다.'

다음날 저녁 무렵 배관공이 왔다. 보일러실 앞에서 상자를 뜯고 한참동안 이리 저리 둘러보았다. 모터와 파이프를 연결하는가 싶더니 하던 일을 멈추고 또 다시 가버린다. 급히 나가는 모습으로 보아 차 안에 연장을 가지러 가는 것으로 짐작했다. 한 시간이 지난 후에도 들어오지 않아서 전화를 걸었더니 배관 기사 부인이 전화를 받았다.

남편이 일 하다가 와서 쉬고 있다고 한다. 머리가 아파서 휴식을 취한 후에 다시 일을 할 수 있다고 한다. 언제쯤 우리 집의 일을 끝낼 수 있겠느냐고 물으니 '아이 돈 노우' 하며 무책임한 대답을 한다.

그렇게 또 하루를 보냈다. 다음날 오후에 기사가 와서 나머지 일을 끝냈다. 머리가 너무 아파 일을 계속할 수 없어서 집에 가서 쉬었다는 것이다. 아무 말 없이 집으로 가버린 어처구니없는 상황이었지만 따질 수가 없어서 그냥 '오케이'만 하고 비용을 지불했다. 보온 탱크 옆 모터를 바꾸는데 열흘이 걸린 것이다. 전화를 걸자마자 고객의 집에 와서 일을 처리해 주는 한국의 시스템이 정말로 편안한 제도이다.

자동차 소리가 이상해서 서비스 센터에 갔다. 부품을 바꾸어야 한다고 차를 놓고 가라는 것이다. 고개를 끄덕이면서 언제까지 고칠 수 있느냐고 물었다. 부품을 주문해야 하니까 며칠 기다리라고 했다. 차를 다 고친 후에 연락을 주겠다는 말을 듣고 집으로 왔다.

일주일 후에 연락을 받고 카 서비스 센터로 갔다. 직원이 내민 인보이스를 보니 102.75 파운드였다. 자동차를 고치는데 그 정도 금액이면 보통이라 생각했는데 영수증의 내역서를 보고 입이 저절로 벌어졌다. 내역서에 부품 가격 2.75파운드, 인건비와 부가세포함 100파운드라고 적혀 있었다.

인건비가 비싸다는 말은 들었지만 이 정도인지 몰랐다. 노동은 신성한 것이라고 표현하는 것이 실감났다. 한국말로 소통이 가능했다면 이건 너무하다고 비용을 좀 깎아 달라고 떼를 써 볼 수도 있었겠지만 기죽은 모습으로 꿀 먹은 벙어리처럼 눈만 껌벅거리며 비용을 지불했다.

그런 상황을 이해하는데 여러 해가 걸렸다. 인권을 최우선으로 하는 나라의 특성을 미리 알았더라면 배관공 아내로부터 몸이 아파서 쉬고 있다는 말을 들었을 때 당황하지 않았고 놀라지도 않았을 것이다. 하지만 집에 가기 전에 정확하게 가는 이유를 말하지 않고 슬그머니 사라진 모습은 지금도 이해할 수 없다. 차를 고치는 인건비가 아무리 비싸더라도 일을 한 시간이나 부품 가격의 규모로 보아 바가지요금을 냈다는 느낌은 사라지지 않았다.

인권 제일주의에 편승하여, 언어 표현이 잘 안 되는 약점을 이용하여, 외국인으로서 차별 대우를 받은 것이 분명하다는 생각은 지금도 떨쳐 버릴 수 없다.

자격지심

벨소리가 나서 문을 열었다. 우편배달부가 상냥한 웃음을 띠며 부탁을 한다. 옆집에 소포가 왔는데 집 주인이 없다고 나더러 대신 전해 달라는 것이다. 쾌히 승낙하고 사인을 했다. 소포는 크기에 비하여 무겁지 않았지만 길게 현관문 앞을 가로막고 있다. 저녁을 먹고 옆집으로 갔다. 벨을 눌렀으나 인기척이 없다. 돌아와서 기다리다가 밤에 다시 한 번 갔지만 주인은 나오지 않았다.

다음날 아침, 학교 가는 아이들을 배웅하는데 옆집 현관문이 열린다. 아주머니를 향하여 손을 흔들어 인사하고 우리 집에 소포가 와 있다고 말했다. '어머 그래요? 대신 소포를 받아줘서 고마워요' 하고 말하면, 나는 '괜찮아요'라고 대답하며 상냥하게 소포를 건네주는 장면을 상상했다. 하지만 전혀 예상치 못한 그녀의 반응이다.

옆집 여자는 나를 힐끗 쳐다보고 우리 집으로 오더니 아무 말도 없이 소포를 들고 간다. 땡큐나 쏘리는 커녕 뒤돌아보지도 않고 빨리 걸어가는 것이다. 어안이 벙벙하여 현관 계단에 한참동안 앉아 있었다.

그녀에게 내가 하찮아 보였나 보다. 자그마한 동양 여자가 애들만 데리고 사는 모습이 구차스러워 보였나 보다. 하루 저녁이라도 자신의 소포가 우리 집에 보관되어 있었다는 사실조차 인정하기 싫은 듯,

기분이 상한 표정으로 소포를 가져갔다. 그녀의 뒷모습을 쳐다보며 내가 무슨 잘못이라도 한 듯이 겸연쩍어했다.

사람을 외모로 판단하지 말하는 것은 성경에만 나오는 말씀인 것 같다. 그녀는 나의 외모를 보고 자신의 행위에 대한 기준을 정한 것 같다. 나 역시 그녀의 반응에 대하여 같은 행위를 적용하고 있다.

그 여자 옷차림도 그리 세련돼 보이지는 않았다. 방수 천으로 만든 벙벙한 자켓에 통이 넓은 검정 바지를 입고 편안한 팔자걸음을 걷는 그녀의 모습은 영락없이 인도나 파키스탄계 영국 여자임이 틀림없다. 키가 작고 누런색의 피부를 가진 내 모습보다 결코 더 멋지지 않다. 마치 동사무소나 우체국의 말단 여직원 같은 옷차림이었고 허리 둘레는 분명히 플러스 사이즈일 것이다.

런던의 하이스트리트를 마음 놓고 휘저을 때의 상쾌함, 그것은 외모를 꾸미지 않는 자유였다. 머리 감은 후에 트리트먼트를 하지 않아서 부시시하게 제 맘대로 너풀거리는 모습, 누가 봐도 그것은 폭탄머리였다. 서울에서는 단정하지 않은 머리와 화장기 없는 얼굴로 외출을 한 적이 거의 없었지만 런던에서는 외모에 대해 전혀 신경을 쓰지 않았다.

아무도 나를 알아보지 못하는 것이 그렇게 홀가분한지 몰랐다. 외모는 내부의 모습을 드러내는 것이다. 런던으로 이사 온 후에 나는 자연인이 되었다.

'나는 자연인이다'라는 텔레비전 프로그램에서 보듯이 자연인의 외모가 그리 아름다운 모습은 아니다. 산과 나무, 꽃과 같은 자연이 아름다운 것이지 사람의 모습은 그렇지 못하다. 머리 염색은 물론 수염도 깎지 않은 텔레비전 속의 주인공은 편안한 복장을 하고 건강한 자연식이란 명분으로 여기저기에서 구한 산나물과 자연 식재료로 음식을 만들어 먹는다.

남편은 그 프로그램을 즐겨본다. 하지만 나는 주인공의 현실 도피적인 생활이 싫어서 그것을 잘 보지 않는다. 세상에 적응하지 못하고 혼자만의 성을 쌓으며 자신의 과거를 되새김질하는 그들의 삶을 결코 부러워하고 싶지 않다. 하지만 남편은 프로그램을 보면서 대리 만족을 하고 있는 것 같다. 누구나 그런 삶을 선택할 수 없기 때문에 자신 있게 혼자 사는 삶을 선택한 그들을 부러워하는 것이 아닌 가 싶다. 그래서 인기 프로그램 중 하나일 것이다.

날더러 일본 사람이냐고 묻는 영국인이 여러 명 있었다. 그것은 어쩌다 한 번씩 정장 차림을 했을 때 받았던 질문이다. 편안한 차림으로 밖에 나가면 중국 사람이냐고 묻는다. 중국 사람이냐는 질문을 받을 때보다 일본 사람이냐는 질문을 받을 때가 기분이 덜 나빴다. 옆집 여인의 어이없는 반응은 나의 성의 없는 옷차림 때문이었을 것 같다.

내가 텔레비전의 자연인의 모습을 좋아하지 않듯이 옆집 아주머니 역시 나의 자연인 모습을 좋게 보지 않았음이 분명하다. 후진국에서 온 형편없는 원시인으로 비추어졌을 것이라는 추측을 한다. 외모를 깔끔하게 하는 것이 이방인으로서의 올바른 태도라는 생각으로 발전한다.

다시 얼굴에 화운데이션을 바르고 미용실에 가서 파마도 하고 연둣빛 상쾌한 원피스로 바꿔 입어야겠다. 펑퍼짐한 티셔츠와 헐렁한 바지는 나를 중국 사람으로 만들기에 충분하다. 키가 크고 피부가 하얗고, 파란 눈동자를 가진 서양 사람은 아무렇게 옷을 입어도 훤칠하고 멋있어 보이지만 나처럼 키가 작고 통통한 누런 피부의 동양 여자가 백인의 편안한 자유복 패션을 흉내 냈다가는 구조 요청하는 난민 취급 받을 수 있다는 것을 진작 깨달았어야 했다.

그리고 누군가가 일본 사람이냐고 물으면 한국 사람이라고 당당히 말할 수 있어야 하겠다. 언제라도 앞 집 여자를 만나면 정면을 쏘아보며 그녀 앞을 휙 지나칠 것이다.

정원 사랑 꽃 사랑

정원에 피어 있는 다양한 꽃과 함께 사는 영국인의 삶이 풍요로워 보인다. 어릴 적 우리 집 앞마당의 작은 꽃밭이 마음 속 정원의 전부이다. 백일홍, 봉숭아, 칸나 등 몇 가지 안 되는 종류이지만 나에게 선명하게 남아있다. 그리하여 드라마나 영화 속에서 볼 수 있는 아름다운 정원을 늘 동경해 왔다.

런던의 주택은 아무리 작은 집이라도 웬만한 크기의 정원이 다 있다. 정원에는 장미를 비롯하여 여러 가지 꽃들로 사철을 장식한다. 다년생 화초는 물론, 일년생 꽃들까지 계절을 따라 순서대로 핀다. 정원사나 정원 디자이너가 상당한 수입을 얻는 직업이란 것은 얼마나 정원 가꾸기에 가계 지출을 많이 하는가를 말해 준다.

우리 집 정원의 잔디는 우리 가족이 돌아가며 깎아 주지만 내 친구 집에는 정원사가 일주일에 한 번씩 온다. 두 시간 동안 정원을 관리하고 사 십 파운드를 받는다. 잔디를 깎고, 잡초를 뽑고 실그러져가는 묘목을 일으켜 세워 끈으로 고정하고, 마구 자란 꽃나무의 뻗친 가지를 다듬어 준다. 하루에 서너 집의 정원을 관리하니까 정원사 수입은 금방 계산이 나온다.

정원에 아름다운 꽃들이 많이 있음에도 불구하고 꽃집이나 슈퍼마켓에서 꽃을 사는 사람들이 많다. 슈퍼마켓 손수레에는 꽃다발을 세울 수 있도록 손잡이 부분에 홈이 패어 있다. 장을 보러 나온 사람들은 마켓입구에 있는 꽃 코너에서 꽃 한 다발을 먼저 장바구니에 넣는다. 꽃을 들고 가는 하얀 머리 할머니가 한층 더 아름다워 보인다. 아기가 탄 유모차 옆에 꽃이 담긴 투명 비닐봉지가 매달려 있으면 엄마와 아이의 외출이 한결 상쾌해 보인다.

아이들 키울 때에는 꽃이 피고 지는 것에 관심이 없었다. 하지만 봄볕이 예사롭지 않은 날, 꽃 가게에서 노란색 후리지아 한 다발을 사다가 식탁 위에 장식해 놓고 밖에서 돌아올 가족들을 기다렸던 적은 가끔 있었다. 친구가 문단에 데뷔하여 신인상을 받던 날, 망사로 휘감아 장식한 꽃다발을 선물했었다. 선물용으로 꽃을 살 때 외에는 꽃을 사는 일이 별로 없었다. 하지만 이제는 꽃과 함께 하는 생활이 자연스러워졌다.

런던의 전철이나 기차역 앞에는 거의 꽃집이 있다. 퇴근하는 사람들을 위하여 역 앞에서 꽃을 파는 것으로 생각했다. 그러나 다른 가게들처럼 오후 다섯 시에 문을 닫는 것을 보니 반드시 퇴근길의 손님들을 대상으로 꽃을 파는 것은 아니었다. 문 닫을 시간이 되면 꽃이 거의 팔린다. 꽃을 파는 시간을 염두에 두고 가게가 있는 것이 아니라 사람들이 많이 오가는 길목임을 생각하여 역 앞에 꽃집이 많다는 것을 알았다. 노인이나 젊은이 모두 꽃을 좋아하는 그들의 마음이 여유로워 보인다.

나도 꽃을 사는 습관이 생겼다. 오랫동안 시들지 않는 국화를 주로 산다. 국화는 장미나 백합보다 가격이 싸고 수명이 길어서 좋다. 게다가 다른 꽃보다 향기가 짙어서 좋다. 일일이 한화와 파운드화를 계산하지 않는다 해도 장미꽃 값과 국화꽃 값의 차이를 무시할 수 없다.

게다가 매장에 나온 지 며칠 지나면 값이 싸진다. 또한 슈퍼마켓의 영업이 끝나는 시간에도 값이 내려간다. 문 닫을 시간이 가까울수록 꽃뿐만 아니라 다른 물건들도 절반 이상 할인된 가격으로 살 수 있다. 노란색의 마지막 가격Clearance표가 붙은 상품이 많이 있기 때문에 밤늦은 시간의 장보기는 즐겁기만 하다. 그때에도 주로 꽃을 많이 산다.

우리 집에도 정원은 있지만 다른 집처럼 다양한 꽃나무는 없다. 정기적으로 한 번씩 잔디만 깎아주면 깔끔함을 유지할 수 있는 단순한 디자인의 잔디 정원이다. 그나마 여름날 한창 피었던 서너 종류의 꽃들은 시들었고 텃밭의 호박꽃이 전부이다. 그 호박꽃도 열매를 맺지 못한 채 며칠이면 차가운 공기와 함께 그냥 떨어질 것이다.

꽃을 사러 슈퍼마켓에 가야 하겠다.

주택 정기 점검

아이들을 학교에 보내고 소파에 누워있을 때 전화벨이 울렸다. 우리 집을 소개해준 부동산 사무실 직원이다. 임대 주택의 정기 점검하는 날이라고 재확인한다. 세입자가 이사 온 후 육 개월이 지나면 세입자의 집을 점검하게 되어 있는데 오늘이 그날이다.

영국의 부동산 사무실은 우리와 다르다. 우리는 부동산 소개업소라는 이름 그대로 주인과 집을 찾는 사람을 연결시켜 주고 소개 수수료를 받으면 부동산 중개인으로서 할 일을 다 하는 것이다.

영국은 주인집과 세입자와 연결시켜 줌과 동시에 소개료를 받은 다음에도 계속 관계를 유지한다. 부동산 사무실의 역할은 소개와 계약업무, 회계업무, 관리 등이 있다. 소개는 처음에 집을 찾아온 손님에게 집을 보여 주고 계약을 성립시키는 일이다. 계약할 때에도 집주인은 세입자를 만날 필요가 없다.

세입자는 부동산 사무실을 통하여 준비된 계약 서류에 사인을 하면 사무실에서 집 주인에게 계약서를 보내어 사인을 받는다. 계약이 성립된 후에는 매달 내는 집세를 부동산 사무실의 은행 계좌에 입금하도록 한다. 또한 보일러 점검이나 냉장고, 세탁기 고장 등 살면서 불편한 점도 사무실에 이야기 하고 그곳을 통하여 문제점을 해결한다.

부동산 사무실에서는 세입자가 은행에 입금한 집세의 약 십 퍼센트를 집 주인으로부터 매달 주택 관리 수수료로 받는다. 수수료는 부동산 사무실과 집 주인과의 계약 내용에 따라 칠 퍼센트 반에서 십이 퍼센트까지 다양하게 적용된다. 집세만 받아 주는 경우에는 칠 퍼센트 반이고 집에 대한 관리 업무를 대행할 경우에 십이 퍼센트의 수수료를 받지만 주인과 협상하여 조정할 수 있다.

　집을 관리하는 일은 각종 분야의 수리업체와 연락하여 고장 난 곳을 고쳐주거나 불편한 점 등 요구 사항을 들어 주는 것이다. 그 외에 가끔 세입자의 집을 방문하는 날이 있다. 세입자와 약속한 날에 집을 방문하여 둘러보고 주택에 별다른 문제가 없는지 세입자의 불편한 사항은 없는지 주택을 깨끗이 유지하고 있는지를 본다. 계약할 당시의 입주자가 살고 있는지 벽에 함부로 못을 치지 않았는지, 집에 있는 모든 물건을 깨끗하게 관리하며 살고 있는지 등을 살핀다. 그래서 재계약할 때 참고하여 재계약 여부를 결정하는 조건이 되기도 한다.

　세입자는 집을 빌려 사는 동안 조금이라도 인위적으로 집을 손상시켜서는 안 된다. 이사 들어갈 때에 인벤토리 체크Inventory Chec라 하여 가구나 살림살이 일체를 점검한다. 사용하다 손상이 되면 이사 나갈 때 변상을 해 주어야 하기 때문에 그릇 하나라도 조심스레 다루지 않으면 안 된다. 그래서 대부분의 세입자들은 깨지기 쉬운 유리그릇이나 사기 제품은 잘 보관해 두고 직접 가지고 온 그릇을 사용한다. 보관해 두었던 그릇들은 이사 갈 때 원래 위치에 놓고 나간다. 이렇게 부동산 사무실 직원이 정기적으로 세입자의 집을 방문하여 관리 상태를 체크하는 것을 인스펙션Inspection이라고 한다.

전화를 끊자마자 세면기와 욕조에 소독 세제를 뿌리고 양변기 전용세제로 변기를 닦았다. 차창과 거울을 문지르고 부엌 바닥도 닦았다. 씽크대 선반 위의 너저분한 것들을 찬장 안으로 집어넣고, 알로에 화분을 부엌 창가에 옮겨 놓았다.

빨래를 말리고 있던 전기 건조기의 스위치를 끄고 빨래통 밖으로 나와 있는 세탁물을 통 안으로 밀어 넣었다. 책상 위에 널브러진 책을 가지런히 꽂고 쓰레기통을 말끔히 비웠다. 망사 커튼의 간격을 고르게 매만지고 공기 청정제를 뿌렸다. 혹시 한 군데라도 지적을 받을까 봐 정성을 다하여 정리 정돈을 했다.

우중충한 회색 스웨터를 벗고 파스텔 톤의 주황색 셔츠로 갈아입었다. 화장기 없는 얼굴이지만 입술에 살짝 립 크로스를 바르고 곰인형이 붙어 있는 털신 실내화를 현관문 앞에 갖다 놓았다. 어떤 손님이 올 때 이렇게 정성을 들여 청소를 할까. 인스펙션이 중요한 까닭이다.

우리의 풍습으로는 이사 나갈 때에 빗자루로 집을 싹싹 쓸어주고 나가면 그 집에 복이 덜 들어온다는 허무맹랑한 미신을 믿는 사람도 있다. 하물며 쓰레기를 잔뜩 남겨놓고 가는 세입자도 있다.

사무실 직원이 왔다. 직원은 거실과 욕실, 침실까지 자세히 보면서 고개를 끄덕인다. 'Good, good, lovely'를 계속하는 소리를 듣고 심호흡을 한다. 그것은 몇 달간 편안하게 지낼 수 있음에 대한 안도의 숨이다. 우리가 사는 집은 1920년대에 지은 집으로 영국에서는 오래된 집이 아니다. 집을 지은 지 이, 삼백 년 된 집들이 많기 때문에 백 년 미만의 집은 상대적으로 새 집에 속한다. 옛 것을 보존하고 오래된 것에 더욱 가치를 두는 영국인의 전통주의는 옛 것을 쉽게 잊어버리고 새로운 것을 좋아하는 나의 기질과 상당한 차이가 있다.

게으름 피우기에 좋은 영국의 겨울 날씨에 주택 정기 점검, 인스팩션 제도는 나에게 정기적인 대청소를 할 수 밖에 없도록 만드는 적합한 제도이다.

즐거운 쇼핑

어학원에 가려고 기차를 탔다. 전철로 갈아타기 위하여 윔블던 역에 내리니 비가 부슬부슬 내린다. 비를 피하기 위하여 들어간 곳은 중고품 가구 가게였다. 가게 안의 광경에 휘둥그레진 나는 비가 멈추어도 나오지 않았다. 그 챠리티 숍은 지금까지 가 보았던 가게와는 다른 곳이다.

가게의 위치도 보통 경우와는 달리 번화한 쇼핑가에 자리 잡고 있으며 쇼 윈도우에 물건을 진열한 솜씨도 전문성이 있어 보였다.

새로 시작한 살림살이에 필요한 물건들을 중고품 가게에서 장만했다. 웬만한 소품은 모두 그 곳에서 마련했으나 아이들의 책상과 의자는 사지 못했다. 임시로 자그마한 접이식 테이블과 의자를 샀고 중고 가구점을 찾던 중이었다.

비를 피하여 무조건 들어간 이 가구점이 바로 내가 찾던 곳이다. 뤼라이트Relate란 이 가게 안에는 우리 아이들에게 알맞은 책상과 의자는 물론, 식탁, 서랍장, 일인용 안락의자까지 깨끗한 상태로 전시되어 있다.

하얀 색 소형 테이블은 우리 집 거실에 잘 어울릴 것 같다. 여기가 서울이라면 망설이지 않고 샀을 것이다. 하지만 타국에서의 불필요한 소비는 금물이다. 꼭 필요한 물건을 살 때에도 비싸고 좋은 새것으로 사지 않고 헌 것으로 구입하는 습관이 생겼다. 아무 때나 서울로 돌아가더라도 아깝다거나 그리워하지 않기 위해서이다. 몸은 벗어났지만 마음은 여전히 서울에 남아 있음을 보여준다. 구입할 책상과 의자 비용을 지불하니 주인은 "Sold" 스티커를 붙인다. 다음날 자동차로 운반할 때까지 가게에 맡겨 두기 위함이다. 비는 멎었지만 짙은 구름은 여전하다.

어학원 첫 시간은 이미 끝났다. 둘째 수업 시간에도 가기가 싫었다. 셋째 수업 한 시간이라도 들으면 결석은 면할 수 있으므로 시간을 정해 놓고 다른 상점으로 들어간다.

예쁜 냉면 그릇이 눈에 띈다. 세 개 필요한데 한 개 밖에 없다. 우선 하나를 들고 다른 물건을 찾는다. 예쁜 단추들이 나를 반긴다. 스웨터를 거의 다 짜고 완성 단계에 있으므로 단추가 필요하던 참이었다. 새 단추처럼 다양한 색깔은 아니지만 비슷한 종류의 색을 찾아서 필요한 개수만큼 고른 후에 오십 펜스를 지불했다. 새 단추 두 개에 일 파운드가 넘는데 다섯 개를 오십 펜스에 산 것이다.

좌변기 앞에 까는 매트도 없다. 잡동사니 바구니를 뒤져보니 연한 주황빛의 부드러운 매트가 손에 잡힌다. 좌변기 앞 매트 비용을 십 파운드 이상 쓰는 것은 과잉 지출이고 육십 펜스로 사는 것은 거의 공짜와 같은 커다란 기쁨이다.

런던에 이사 온 것은 몇 년이 걸릴지 모르는 긴 여행이다. 어학원 수업 세 시간을 반납하고 중고품 가게를 돌아다닌 것은 또 하나의 미니 여행이다. 집으로 돌아오는 버스에 앉아 거울 속에 또 하나의 거울을 들여다보듯이 창문에 비친 나를 들여다본다.

여행은 떠나기 위해서가 아니라 지금 이 자리를 더욱 단단하게 하기 위한 것이라고 누군가가 말했던 것처럼 우리가 행하는 모든 순간은 끊임없이 여행하는 방랑자임을 재확인시키는 순간이다.

체조실 풍경

강좌의 제목이 마음을 끌었다. '헬스 앤 뷰티 엑서싸이즈'. 오후 두 시부터 한 시간 반 동안이고 일주일에 한번이라 부담도 없다. 오랜만에 거울 앞에 서서 운동하는 것을 기대하며 강의실 복도를 걸어갔다. 경쾌하면서도 편안한 피아노 소리가 흘러나오는 교실 문을 열었다. CD플레이어에서 나오는 줄 알았던 음악 소리는 라이브였다.

약간 벗어진 하얀 머리 할아버지가 얼굴 가득 미소를 머금고 피아노를 치고 있다. 교실 한가운데에는 수십 명의 할머니들이 손을 잡고 커다란 원 모양으로 둘러서서 운동을 하고 있다. 짧은 머리에 형광빛 주황색 체조복을 입은 사람이 선생님임을 금방 알 수 있다.

다가가서 '아이 엠 뉴 멤버'라고 말했다. 나를 향해 미소 지으며 손을 내밀었다. 양 옆의 할머니들도 쌩긋 웃으면서 내 손을 잡았다. 자연스레 회원들 사이에서 체조를 시작했다.

원 투 스텝, 스리 스텝, 호핑 스텝을 반복했다. 앞뒤와 좌우 동작을 몇 분간 되풀이한 후 일렬로 서서 동작을 계속한다. 등을 꼿꼿하게 세우고 무릎과 엉덩이에 힘을 주고 동작을 따라 하는 할머니들의 모습이 진지하다. 등뼈가 조금 튀어나와서 꼽추 모양 자세를 한 할머니는 의자에 앉아서 선생님의 동작을 따라하려고 애쓰고 있다.

한동안 에어로빅을 쉬고 있었던 나는 쉬운 동작을 따라 하는데도 꽤 힘이 들었다. 하지만 선생님이 눈으로 잘하고 있다는 사인을 해 주어서 용기를 내어 열심히 체조를 했다. 어느새 온몸이 후끈거렸다.

후반부에 들어서자 매트를 깔고 앉아 온몸을 쭉 펴는 동작을 했다. 스트레칭은 관절을 부드럽게 해주고 근육을 강화하므로 노화 방지에 도움을 주는 동작이다.

체조 시간이 끝나고 짐을 챙기면서 옆에 있는 할머니에게 인사를 했다. 나에게 체조 운동한 지 얼마나 되었느냐고 물었다. 처음 들어와 동작을 잘 따라 한다 싶어서 묻는 줄 알고 에어로빅 경력을 계산하여 십이 년 되었다고 말했다. 할머니는 '오우 원더풀' 하면서 본인은 이 교실에서 운동한 지 사십구 년이 되었다고 한다. 내 머리에 물을 끼얹는 듯 했다.

할머니의 나이를 물으니 일흔 네 살이라고 한다. 스물다섯 살부터 체조 운동을 해 온 셈이다. 운동 경력 십이 년 되었다고 자랑스레 말한 내 자신이 부끄러웠다.

발레 타이즈와 몸에 달라붙는 체조복을 입고 진지하게 선생님을 따라서 운동하는 할머니들의 모습을 본 적이 없다. 할머니들의 아름다운 모습에 취해 흥겨워하면서 피아노를 치는 할아버지의 모습도 처음으로 보았다. 체조 선생님의 신호에 따라 음악을 선택하여 피아노를 치는 할아버지의 진지한 모습은 나의 노년에 대한 그림을 떠오르게 한다.

무엇을 하면서 즐거운 노년기를 보낼 수 있겠는지 구체적인 계획을 세워야 한다고 다짐하는 순간이다. 노년의 즐거움은 퇴직한 후에 받는 연금 액수로만 결정되는 것은 아니다. 주어진 환경이나 여건을 충분히 즐길 수 있는 마음의 여유가 노년을 더욱 풍요롭고 안정된 생활로 이끌어 갈 수 있음을 깨닫는 순간이다.

교실 문을 나오려는 순간, 선생님이 나를 부른다. 선생님은 사십대 후반의 내가 그 반에서 함께 할 수 없다고 판단한 모양이다. 나에게 좀 더 활동량이 많은 반으로 이동하여 수업하는 것이 좋겠다는 제안을 한다.

오후 두 시부터 세 시 반까지의 수업 시간에는 젊은이들이 거의 없다. 내가 외국인이니까 운동 수업반의 내용을 잘못 이해하고 선택한 것이라고 생각한 것 같다. 할아버지, 할머니들 사이에서 운동을 하는 것이 지루할 수 있다고 판단하여 반을 옮기라고 권유하는 것으로 받아들였다.

나는 할머니들과 운동하는 시간이 좋았다. 에어로빅처럼 격렬한 동작이 없어서 좋고 거울을 보지 않고 다른 할머니들의 몸매를 보면서 나의 체형을 확인하는 시간이어서 좋았다. 할아버지가 신나게 피아노를 치는 소리를 들을 수 있어서 즐거웠다. 평균 나이가 일흔 살이 넘은 할머니들이지만 표정은 십대 소녀들 같은 모습에서 나이는 숫자에 불과하다는 말이 실감나는 교실이었다.

수업 시간을 옮길 생각은 없었지만 선생님 말을 무시할 수 없다. 어릴 적부터 선생님 말을 잘 들었던 나는 이번에도 예외일 수 없다. 체조한 지 오 십년 된 할머니와 등이 굽은 채 의자에 앉아서 체조를 따라 하는 할머니와 교제하지 못하는 것이 아쉽고 하얀 머리 할아버지의 피아노 소리를 계속 들을 수 없는 것이 아쉬웠지만 반을 옮길 수밖에 없었다.

저녁 시간으로 옮겨 운동을 하면서 '헬스 앤 뷰티 엑서싸이즈' 반 할머니들의 표정을 떠올린다. 검정 스타킹에 가슴이 푹 페인 체조복을 입고 산뜻한 색깔로 발 토시를 착용한 모습은 생각만 해도 발랄하고 유쾌한 모습이다. 리본체조, 공 체조 등이 여학생들에게만 주어지는 기회가 아니란 것을 체조반의 할머니들이 리본을 휘두르면서 공을 튕기면서 운동하는 모습을 본 다음부터 알게 되었다. 자연스럽게 다양한 종류의 운동을 하는 할머니들의 모습이 나의 노년기 모습이 되기를 소망한다.

수강료 받던 할머니의 유니폼 티셔츠에 쓰여진 'Movement is life'를 떠올리면서 오늘도 열심히 체조를 한다.

카페와 잔디밭

윔블던 가는 길에 로즈 힐 마을이 있다. 로즈 힐Rose Hill이란 이름이 예뻐서 나는 그 마을을 지날 때마다 창문 너머로 공원을 본다.

로즈 힐 파크의 푸르름 위에는 이름 모를 하얀 새가 떼를 지어 앉아 있다. 공원 한 쪽에는 레크리에이션 센터가 있다. 매주 토요일이면 공원에서 카 부츠 세일을 한다. 집에서 사용하지 않는 물건들을 차에 싣고 와서 차 트렁크를 열어 놓은 채로 물건을 판다고 하여 카 부츠 세일Car Boots Sales이라 한다. 그 외에 창고 세일Garage sale, 벼룩시장Flea market, 점블 세일Jumble sale, 바자Bazaar 등 비슷한 성격의 중고 시장들이 있다.

수십 대의 승용차 트렁크의 물건들이 공원을 찾은 사람들의 눈길을 끈다. 어린이들이 장난감을 고르며 즐거워하고 있다. 어른들도 본인들이 필요한 물건을 찾으면 금맥이라도 발견한 듯이 행복해 한다. 새 물건과는 비교도 안 되는 저렴한 가격 때문에 카 부츠 세일은 모든 사람들에게 인기가 높다.

끝없이 넓고 푸른 공원을 보면 동해안 앞바다를 바라보는 듯 가슴이 후련해진다. 땅이 좁은 우리나라의 현실을 생각하면서 잔디밭 한가운데 고층 아파트 짓는 상상을 한다. 공원 한쪽 귀퉁이를 헐어내고

사 차선 도로를 만들어 아파트 입구를 넓히고 주민들에게 필요한 오락 시설이나 스포츠 센터를 짓는다. 스물 네 시간 운영하는 슈퍼마켓까지 단지 내에 둔다면 편리한 주거지역으로 완벽할 것이다. 그러나 영국인들에게 잔디밭 없애기는 상상도 못할 일이다.

런던 지역에는 산이 없다. 사계절 초록색을 띄고 있는 잔디 공원이 산을 대신하여 마을 주민들의 심신을 편안하게 해준다. 영국인들은 구름 끼고 안개비가 많은 날씨에 익숙해져 있는 만큼 햇빛을 동경하는 마음 또한 간절하다.

겨울에는 습도가 높아서 잔디밭의 땅이 질다. 공원길의 흙이 질퍽거리기 때문에 산책을 할 때 긴 장화를 신어야 한다. 하지만 여름에는 습도가 낮기 때문에 아주 상쾌하다. 햇빛이 강한 여름, 잔디밭에는 많은 사람들이 모여든다. 가족이나 직장인들이 공원에 나와 온몸으로 햇볕을 흡수한다. 남자들이 웃통을 벗고 누워 있는 일은 전혀 이상한 일이 아니다. 여자들도 비키니 수영복 차림으로 잔디 위에 누워서 일광욕을 즐긴다.

직장인들도 점심시간이면 공원에 나와서 샌드위치를 먹으며 담소를 나눈다. 복잡한 사무실을 떠나 푸른 잔디 위에서 휴식을 취하고 나면 어떠한 어려운 일도 경쾌하게 처리할 만큼 효율성 높은 오후 근무가 될 것이다. 피로를 풀어주고 에너지를 재충전시켜 주는 잔디밭의 기능은 사람들에게 없어서 안 될 초록색의 역할이다. 훌륭한 기능을 가졌다는 것을 알기 전부터 나는 초록색을 제일 좋아했다. 좋은 기능이 있다는 것을 본능적으로 이미 알아차렸던 모양이다.

잔디밭의 휴식과 함께 잘 어울리는 또 하나의 파트너는 아름답고 편안한 주택이다. 하늘에서 내려다 본 모습 중에 아름답지 않은 풍경이 어디 있을까. 하지만 런던 상공에서 내려다 본 마을, 초록색과 함께 조화를 이루고 있는 주택의 모습은 '숲 속의 카페' 그 자체이다.

도로의 양쪽으로 줄지어 있는 집이나 농장의 외딴 주택이나 어느 것을 선택해도 좋을 만큼 외모가 수려하다. 집집마다 창문에는 하얀색 망사 커튼이 드리워져 있고 백색 페인트를 칠한 외벽에 선명하게 나타나는 격자 모양의 검은 창살은 영국 전통 가옥의 표본이다. 런던 시내보다 교외에 있는 주택이 더 운치가 있어 굳이 하나를 가지라고 한다면 시골 마을의 자그마한 집 한 채를 택하고 싶다.

태양이 서쪽 하늘로 사라지기 시작하면 집집마다 하루 종일 드리워 놓았던 망사 커튼을 젖힌다. 한쪽 귀퉁이에 세워 놓은 스탠드의 주황빛 조명이 거실을 환하게 비춘다. 그것은 반투명 간접 조명으로 실내의 분위기를 온화하게 해준다. 창가에 놓인 화분의 곡선이 선명하게 드러나고 거실 벽에 걸린 그림 한 점이 실내의 디자인을 마무리한다. 나는 이곳을 집이라 하지 않고 카페라 부른다. 주택을 한참 바라보고 있노라면 저절로 생각나는 'G선상의 아리아'가 뇌리에서 떠나지 않기 때문이다.

영국 사람들은 열심히 일을 하여 모은 돈으로 휴가를 즐기는데 쓴다. 주택 적금보다 해외여행 적금에 더욱 관심 있는 영국인의 정서를 닮고 싶으면 아파트 평수 늘리기의 꿈을 먼저 버려야 한다.

나는 여행하고 싶은 마음이 없다. 매일 만나도 싫증나지 않는 잔디

밭과 하루 종일 구경해도 지루하지 않은 카페와 같은 집들이 있기 때문이다. 지금도 나는 여행 이야기를 하는 것보다 새로 구입한 우리 집 이야기를 할 때 더 신난다.

일층에 수십 명의 손님을 치를 수 있는 거실, 일산의 어느 카페 주방과 같다는 부엌, 정원으로 통하는 컨서버토리가 있는 우리 집이다. 이층에는 마스터 베드룸과 아들의 싱글 룸, 드레싱 룸과 연결된 욕실과 화장실이 있다. 삼층에는 두 딸이 사용하는 트윈 룸이 있다. 지하실에는 대표작 '타임머신'의 작가, 조지 웰스가 글을 썼던 조그만 공간 하나가 우리 집의 가치를 한층 높여 준다.

마당 잔디밭의 가장자리를 따라 열무와 상추를 심었다. 여름 식단에 빵과 버터 대신에 된장찌개와 상추쌈을 곁들인다면 고향 가고 싶은 마음이 조금은 옅어질 것이다.

카페의 뒤뜰에는 썸머 하우스가 여름을 찾는 손님을 기다린다. 아직도 서쪽에 해가 남아 있는 여름밤의 아홉 시이다. 옮겨심기를 막 끝낸 깻잎 모종에 물을 듬뿍 주면서 마당 가득 흩어질 가을날의 깻잎 향기를 상상한다.

퍼트니 다리 위에서

구름이 짙게 깔린 날이면 희미한 선이 다리 위를 왔다 갔다 한다. 템즈 강 수면인지, 회색 하늘인지 분간할 수 없다. 그 가운데 선상 카페가 흔들거린다. 카페 사이를 오르락내리락 하는 하얀 새들의 줄달음 또한 일련의 필름이다.

퍼트니 다리는 버스를 타고 한강 다리를 지나갈 때의 느낌과 비슷하지만 눈앞에 보이는 강변의 풍경이 이국땅에 서 있음을 알게 해준다.

한강은 그 폭이 템즈 강보다 넓어서 다리 위에 서서 보았을 때 강 양쪽의 건물이 한눈에 들어오지 않는다. 런던 시내를 가로 지르는 템즈 강은 북해로 가는 길이 먼 상류에 위치하고 있기 때문에 강의 폭이 좁다. 그리하여 다리도 한강 다리보다 짧아서 다리 위를 걷는 일이 한강 다리 위를 걸을 때만큼 부담스럽지 않다.

오랜 옛날 로마인을 런던 땅으로 안내한 템즈. 그 유유한 흐름은 많은 시대를 겪어 왔으며, 오늘날 강변을 메우고 있는 건물 하나하나를 비추면서 조용히 흐르고 있다. 그러한 템즈 강을 따라 여러 개의 다리가 런던의 남과 북을 연결한다.

런던 시내 관광버스를 타면 이쪽저쪽 몇 개의 다리를 넘나든다. 영화 '애수'의 배경이었던 워터루 브릿지를 비롯하여 런던 브릿지, 램

배스 브릿지, 국회 의사당의 모습을 한눈에 볼 수 있는 웨스트민스터 브릿지, 큰 배가 지날 때마다 다리가 올라가 장관을 이루는 타워브릿지 등을 통해서 런던의 남쪽과 북쪽을 왔다 갔다 할 수 있다.

매일 어학원에 가면서 지나가는 퍼트니 브릿지는 관광 안내도에서 제외되어 있다. 시내 한가운데를 벗어나 서쪽 상류에 있어서 런던 싸이트 씽Sightseeing 버스가 지나가지 않기 때문이다.

다리를 막 건너면 어학원이 있지만 한 정거장 앞, 다리 건너기 전에서 내릴 때가 많다. 퍼트니 다리 위를 걸어가는 동안 한국의 느낌을 갖고 싶다.

강변을 따라 출렁거리는 선상 카페를 보면서 서울의 뚝섬에 있는 유람선의 행렬을 만날 수 있고, 하얀 새들이 줄지어 오르내리는 모습을 따라가면서 인천 앞 바다의 갈매기를 만날 수 있기 때문이다. 작약도에 가면서 배를 따라 달려오는 갈매기들에게 새우깡을 던져주었다. 점점 더 많은 갈매기가 떼를 지어 몰려와 직진하는 배의 방향을 따라가던 줄을 그리다 보면 어느새 어학원에 도착해 있다. 인천 앞바다 여행을 방해 받은 것 같아서 어학원 수업을 할 때에도 계속 갈매기와 함께 날아다닌다.

다리 옆에서 잠이 덜 깬 노숙자Homeless people를 만나 동전이라도 주는 날이면 그날의 자선 행위를 일찍 끝냈다는 기쁨으로 수업 시간 내내 즐겁다.

어학원 앞의 카페에서 흘러나오는 은은한 카푸치노 향기가 흠씬 몸에 들어오면 나도 몰래 카페 안에 들어가 앉아 있다가 첫 수업 시간을 잃어버린 적이 한 두 번이 아니다.

　구름을 따라 하늘이 움직이는 속도로 따라가면 금방이라도 서울에 도착할 것만 같다. 매일 아침 한결같이 환한 웃음으로 반기는 서울의 해가 보고 싶다. 해가 높이 솟아 있을 때 집에 있으면 무언가 손해를 보는 기분이어서 어디라도 나가야 할 것만 같다. 그래서 한국생활은 늘 분주했다.

　어쩌다가 흐리고 비라도 구진 구진 오는 날이면 남편 출근하고 아이들 등교 후에도 침대를 떠나지 못하고 뒤척이며 행복한 외로움을 만끽하곤 했다. 게으름으로 하루를 보내고 아이들 귀가 시간에 맞추어 김치 부침개를 준비한다. 그런 날은 햇빛 쨍쨍한 날보다 행복하다. 그래서 구름 끼거나 비 오는 날을 사랑했다. 비가 내리는 날 창가에 다가온 나무를 바라보면서 가지에 매달인 빗방울을 쫓아 여행 할 수 있어서 좋았다.

　한국에서 비 오는 날을 좋아한 게으름뱅이였던 탓에 영국의 어둡고 긴 겨울, 우울증에 시달리지 않을 수 있었다. 회색 빛 런던의 겨울이 친근했다.

　우리나라의 사계절이 뚜렷한 것을 런던에 와서 확실히 알았다. 런던은 여름과 겨울 두 계절만 있다. 습하고 으스스한 겨울과 건조하고 햇볕 따가운 여름만 있다. 퍼트니 다리 아래에 흐르는 탬즈 강 색깔도 회색과 파란색 두 가지뿐이다. 다리 건너 저편 어학원을 향하여 발걸음을 재촉한다.

마더스 데이, 화더스 데이

아들 내외가 킹스톤의 레스토랑에서 만나자고 한다. 오늘은 부활절 몇 주일 전 '마더링 썬데이'이다.

영국에서는 부활절이 되기 전 세 번째 일요일이 어머니 날이다. 매년 날짜가 다르므로 달력을 보아야 정확한 날짜를 알 수 있고, 상점에 나온 꽃바구니나 선물을 보고 어머니 날이 다가옴을 알 수 있다.

그러나 아버지 날은 다르다. 화더스 데이는 유월 세 번째 일요일로 정해져 있지만 어머니 날보다 가볍게 여기는 경향이 있다. 우리 아이들도 어머니 날에는 선물을 준비하지만 아버지 날은 슬그머니 지나간다. 어머니 날에 함께 식사하고 아버지 날 행사도 치른 것으로 간주한다. 어떤 해에는 오월 팔 일에 함께 식사를 하기도 한다.

영국에 사는 아이는 영국 일정에 맞춘 '마더스 데이'에 선물을 하고 한국에 사는 둘째 딸은 한국 일정에 맞춘 '어버이 날'을 기억해 준다. 날짜에 상관없이 아이들이 전화를 하거나 식사 요청을 하면 연인으로부터 데이트 신청을 받은 것처럼 마음이 설레고 가슴이 뛴다.

킹스톤의 레스토랑 '티지아이 후라이데이'이다. 연어와 비비큐 소스를 얹은 돼지 갈비와 양파링을 곁들인 요리를 주문했다. 종업원들은 등에 풍선을 매달고 음식을 나른다. 남편과 아들의 이야기가 한창이다. 회사나 사회 문제에 관하여 이야기꽃을 피우고 있고 나와 며느리는 멀뚱멀뚱 주위만 두리번거린다. 아버지와 아들 사이는 나이 들수록 이야기가 많아지는데 아들과 엄마는 점점 대화가 줄어든다.

그래서 딸이 좋다고 하는가보다. 엄마에게 딸은 꼭 있어야 한다고 했다. 여자가 나이 들수록 필요한 것 다섯 가지 중에 첫 번째가 딸이다. 딸, 친구, 돈, 애완동물, 여행이 요즈음 휴대폰에 번지고 있는 메시지다.

아들과의 대화가 줄어도 괜찮다. 친구 같은 딸 둘이 있으니까. 아들 대신 며느리와 소통하니까. 아들에게 하고 싶은 말을 다 못하고 며느리에게 푸념을 한다. 그것은 딸과의 대화처럼 거름망 없이 쏟아붓는 수다가 아니라 잘 걸러져서 아들에게 좋은 결과만 전달되기를 바라는 아부성이 짙은 대화이고 긍정적인 결과를 소망하는 메시지에 가깝다.

며느리가 말한다. 마더스 데이라서 저녁 식사 함께 하는 것인데 아버님과 아들의 대화가 더 진지하다고⋯ 며느리도 뭔가 아니란 생각이 드는 가보다. 공통 화제가 없어서일까. 그 말 한마디 하고 또 침묵이다.

침묵이라도 좋다. 바라보기만 해도 나는 행복하다.

마더스나 화더스 데이가 아니어도 가끔 찾아와 함께 식사를 하면 며칠 동안 그 여운이 남아서 생활이 온통 즐겁다. 집에 다녀간 지 삼 주일이 넘어가고 한 달이 되면 충전해 놓은 배터리가 다 소모된 전기 제품처럼 나도 모르게 얼굴 표정이 굳어진다.

고등학교 윤리 시간에 효도에 관한 내용을 배웠다. 부모의 마음을 편안하게 해드리는 것이 효의 기본이라고 했다. 나갈 때에는 부모에게 가는 곳을 알리고, 돌아왔을 때는 부모를 뵙고 인사하며 부모의 안부를 살피고, 어두운 일에 종사하지 말고 위태로운 곳에 오르지 않는다는 등의 내용은 핵가족화된 요즈음과는 사뭇 거리가 있는 듯 하다. 하지만 부모의 마음을 편안하게 해야 한다는 기본 핵심은 변함이 없다.

　자주 얼굴 보여주는 것이 가장 부모의 마음을 즐겁게 해주는 것임을 이제서야 실감한다. 아버지가 돌아가신 후에 어머니 혼자 계실 때 자주 찾아뵙지 못한 것이 마음에 걸린다. 내가 이제 부모가 되어 아이들을 기다리는 입장이 되어보니 참으로 나는 인정머리 없는 딸이었다. 치매 증상이 없었을 때 한번이라도 더 뵙지 못한 것이 후회스럽다.

　유월의 세 번째 일요일 '화더스 데이'를 아이들이 기억해 줄지 모르겠으나 그 전이라도 내 마음의 배터리가 최소한 두 번은 재충전 되고 싶다.

주차위반 티켓

'무단 주차 시 족쇄 채움, 무단 주차비용 (1일) 5만원'

우리 아파트 주차장에 걸려있는 현수막의 내용이다. 서울에 사는 사람들은 하루에 오 만원이란 무단 주차비가 비싸다고 생각하겠지만 내가 영국에서 부담했던 주차비와 비교하면 참으로 적은 금액이다.

영국에서는 눈에 잘 띄는 장소에 무단주차 안내문이 적힌 현수막을 걸지 않는다. 주차장 쪽 건물 외벽에 자그마한 글씨로 몇 시부터 몇 시까지 주차 가능하고 위반할 경우 견인해 간다는 내용, 주차장 내에서 차 안의 물건을 잃어버리거나 차에 손상이 가는 경우 본사가 책임지지 않는다는 내용 등이 적힌 벽지가 붙어 있다. 도로변 주차 시는 귀퉁이의 가로등에 조그만 스티커에 No Parking이라고 적혀 있다.

런던 생활 초기에 여러 번의 주차위반 티켓을 받았다. 우리 집은 도로변에 있었기 때문에 집 앞의 도로위에 노란 줄이 그어져 있었다. 보도블록이 깔려 있는 앞마당에 차를 세워야 하고 도로를 조금이라도 점령하거나 노란 선을 밟고 주차할 경우는 주차 위반이다. 우리 집 앞 마당에는 소형차 두 대를 세울 수 있었다.

친구가 우리 집에 놀러 왔을 때이다. 친구 자동차가 대형 승용차라서 우리 자동차 옆에 세우기 불편하여 내 차를 앞 쪽 골목에 세웠다.

잠시 후 트렁크에서 꺼낼 물건이 있어서 내 차에 갔더니 자동차 바퀴에 노란색 족쇄가 채워져 있었다. 주차하지 말라는 스티커가 보이지 않아서 주차 가능한 지역인 줄 알았다. 십 분도 채 안 되었을 때였는데 그 사이에 누군가가 족쇄를 채웠다. 두리번거리고 보니 앞집의 벽에 'Private Road'라고 쓰여 있다. 개인 도로私道에는 주차할 수 없다. 주차할 경우 족쇄를 채운다는 내용이 적혀 있었다.

족쇄와 함께 자동차 창문에 주차위반 스티커가 붙어 있었다. 스티커에 있는 번호로 족쇄 풀어 달라고 말했다. 백파운드를 납부하면 삼십 분 이내에 족쇄를 풀어준다고 하여 신용 카드 번호를 불러 주었다. 잠시 후에 주차 요원이 와서 족쇄를 풀었다. 백 파운드를 우리 돈으로 환산하면 그 당시 환율로 이십 만원이다.

우리 집 거실을 수리하느라 집 앞에 차를 세울 수 없어서 다음 골목에 차를 세웠다. 거주지 주차 가능 지역을 확인하고 차를 세웠고, 공사 중에는 내 자동차를 사용하지 않았다. 일주일 후에 자동차를 타려고 골목으로 갔다. 자동차 전면 유리창 앞에 일곱 장의 주차 위반 티켓이 놓여 있었다. 순간 머리카락이 서는 것 같았다. 하루에 한 장씩 매일 주차 위반 티켓이 발행되어 있었다. 거주자 주차 가능 지역인 줄 알았지만 그것 역시 실수였다. 주차 안내를 자세히 보니 내가 세운 옆 자리까지 거주자용 주차선이고, 내가 차 세운 자리부터 유료 주차 구간이었다. 하루에 사십 파운드, 일주일 이백 팔십 파운드였다. 한 달 식비에 해당하는 비용이 주차위반 벌금으로 사라졌다.

주차비를 내고 티켓을 차에 놓았다. 두 시간 후에 가보니 주차 위반 딱지가 붙어 있었다. 벌금 딱지를 보니 주차선을 밟고 주차를 했다는 것이다. 자세히 보니 뒷바퀴가 조금 옆으로 비뚤어져 세워져 있었다. 즉시 은행으로 달려가 납부했다. 눈앞에 벌금 티켓을 보는 것만으로도 스트레스가 되기 때문이다.

남편이 런던으로 온 후에 나와 같은 절차를 밟았다. 남편의 경우에 운전은 초보가 아니지만 주차 예절은 초보였다. 주로 버스 전용 도로로 운전하여 승용차 번호판 사진을 첨부한 벌금 통지서가 날아왔는데 그때마다 나는 숨이 멎을 것만 같았다. 버스 전용 도로 위반금은 팔십 파운드, 열흘 분 식비이다.

우리 부부가 남의 나라에서 살기 위하여 치른 홍역은 많은 비용을 납부하고 난 후에 완치되었다. 그도 그럴 것이 다른 사람들은 젊은 날에 외국 주재 상사로 갔다가 중년이 되어 본국으로 돌아올 나이에 우리는 이민을 택했으니까 어쩌면 당연한 대가를 지불했는지도 모를 일이다. 그래도 감사한 것은 돈으로 해결할 수 있는 어려움이었다는 것이다. 모든 고통 중에서 가장 가벼운 고통은 돈으로 해결할 수 있는 고통이라는 말을 어디선가 들었다. 그 모든 비용은 영국에 들어가 살기 위한 입장료라고 생각했다.

인터넷 없는 세상

새로 이사를 왔다. 전화도 안 되고 인터넷도 안 된다. 전화 연결은 안 되지만 휴대폰이 있어서 큰 불편은 없다. 텔레비전은 영어 방송이라 원래 잘 보지 않는다. 하지만 인터넷이 연결되지 않은 것은 여간 불편한 게 아니다.

인터넷을 통하여 전자 메일을 주고받고 영화를 다운로드 받고 한국 드라마를 보고 쇼핑도 한다. 한 달 반 동안 인터넷을 할 수 없다는 것은 일상생활을 포기하는 것과 같다.

이번에 이사 오면서 인터넷 회사를 바꾸어 신청했다. 다른 회사로 바꾸었기 때문에 조금 더 걸릴 것이라 예상은 했지만 한 달 반이나 기다리게 될 줄은 몰랐다.

영국은 선진국이지만 언뜻 보기에 우리나라 6, 70년대의 생활수준이라 할 정도로 낙후된 면이 보일 때가 있다. 한국 사람은 이해할 수 없을 만큼 느리고 답답한 면이 있다. 육 주일을 기다리는 이번 경우도 신청한 사람이 많아서 순서를 기다려야 하는 이유도 있지만 하루에 근무해야 할 시간이 우리나라보다 짧은 이유이기도 하다. 토, 일요일을 제외하고 월요일부터 금요일까지 하루에 정해진 시간만큼의 일을 처리하다 보면 한 달 반이 걸릴 수 있다고 이해한다.

피할 수 없으면 즐기라 했다. 드라마를 매일 보지 못하는 불편함을 제외하면 크게 달라질 것이 없는 생활 속에서 인터넷이 없던 시절로 돌아가는 여행을 시도해 본다.

텔레비전 켜는 시간이 줄어드니 실내가 조용해졌다. 고요함과 한가함은 세상이 넓게 느껴진다. 세상이 넓어지니 할 일도 많음을 일깨워 준다. '세계는 넓고 할 일은 많다'란 말이 있다. 이미 오래 전에 은퇴한 재벌 기업 회장 저서의 제목으로 살아갈수록 할 일이 더 많음을 실감나게 하는 구절이다. 몇 번의 이삿짐 속을 들락날락 하면서 주인의 손에 선택되지 못했던 책들이 한 권씩 손에 들어온다.

책을 읽다가 안경을 벗고 무언가를 뒤진다. 작년에 뜨기 시작하여 몸통만 짜고 중단했던 스웨터를 꺼내 소매를 짜기 시작한다. 눈이 뻑뻑하게 피곤할 때까지 쉬지 않고 짠다. 소매 중간 부분까지 짜던 것을 다시 상자에 넣고 앨범을 뒤적거린다. 사진을 끼워 넣은 후 처음으로 펼쳐보는 앨범이다. 영국에 오기 전과 후로 나누어 보관한 앨범도 어느 순간, 사진이 뚝 끊어져 있다.

인터넷의 용도가 다양해지고 전화기가 스마트폰으로 바뀌면서 카메라의 역할이 사라졌다. 카메라에 담겨 있던 사진들만 앨범에 보관되어 있다. 스마트폰으로 찍은 사진들은 컴퓨터에 저장되어 있다. 인터넷이 연결되지 않아도 컴퓨터에 저장 되어 있는 사진은 볼 수 있다. 저장되어 있는 사진을 보다가 이멜 체크는 할 수 없음을 재확인하고 이내 컴퓨터를 끈다.

거실로 나갔다. 남편이 며칠 째 영화 비디오테이프를 반복해서 보고 있다. 화면에 '빠삐용'의 스티브 멕퀸이 감옥 안에서 벌레를 잡아 먹는 장면이 나오고 있다. 들락날락 하면서 유난히 그 장면과 자주 부딪친다. 감옥 내부의 우중충한 조명 아래 주인공에게 먹을 것이 충분히 공급되지 않아 감방 내부를 돌면서 벌레를 잡아먹는 장면은 최악의 조건에서 인간의 위대함을 충분히 묘사하고 있다.

인터넷이 없는 세상이 바로 저 감옥 안의 세상과 같다. 앞뒤가 막히고 위아래가 막혀버린 한 평 남짓한 저 방에서 주인공은 여전히 자유롭다. 세상을 나르는 상상을 하면서 탈옥을 꿈꾸는 즐거움이야 말로 암흑과도 같은 공간에서 살아남을 수 있는 유일한 원동력이다. 몰골은 일그러져 있지만 영혼은 자유롭기에 어디에서도 공급받을 수 없는 원초적인 평온함을 지니고 있다.

우리는 때때로 많은 것을 가지고 있음에도 가지지 못한 몇 가지로 인하여 마음을 송두리째 저당 잡히는 어리석음을 행한다. 내 마음 중심으로, 내가 하고 싶은 것을 위하여, 내 위주로 생활하다 보니 하기 싫은 일이나 보기 싫은 장면과 부딪칠 때 순간적인 폭발을 할 때가 있다. '이제 그 벌레 잡아먹는 것 좀 그만 보세요?' 하고 남편에게 쏘아붙였다.

나는 인터넷을 하지 않는 동안에 이것저것 묵은 일을 찾아서 하는데 왜 남편은 멍하니 앉아서 텔레비전 화면에만 몰두하는 것인가에 대한 불만의 폭발이었다. 갑자기 터진 금속성 고음에 대하여 남편이 어이가 없는 듯 물끄러미 나를 바라본다. 인터넷 없는 세상, 그것은 감옥이다. 그러나 진정 자유로운 시간이다.

중등학교 졸업식

강당에는 학생들과 학부형들로 꽉 찼다. 뒤에서 얼핏 보면 학생과 학부형 구분이 잘 안 된다. 졸업식 날은 학생들이 교복을 입지 않기 때문이다. 한껏 멋을 부린 학생들을 보고 며칠 전부터 아이가 졸업식 날 무슨 옷을 입을까 고민하던 이유를 알 수 있었다.

영국은 우리나라와 학제가 다르다. 만 다섯 살이 되면 초등학교에 입학하여 6년간 공부를 하고 7학년부터 11학년까지 5년 동안 중등 교육을 받는다. 그 후에 대학교 진학할 학생은 입시 준비 과정을 2년 공부한 후 대학에 들어가고 취업할 학생은 2년 동안 직업 교육을 받고 사회생활을 시작한다.

중등 교육이 끝나는 11학년은 우리나라의 고등학교 1학년에 해당한다. 11학년 말에 그동안의 교육에 대한 총결산의 의미로 GCSEGeneral Certificate of Secondary Education라 하는 연합고사를 치른다. 대학에 진학할 학생들은 성적이 C등급 이상 나와야 대학 진학 준비 과정인 에이 레벨 A Level 과정을 공부할 수 있다. 연합고사 GCSE 성적은 대학에 가지 않고 바로 사회생활을 하는 학생에게도 중요한 시험이다. 연합고사 성적이 평생 따라다니기 때문이다.

둘째 딸은 11학년에 런던으로 왔다. 10학년부터 연합고사 과정이 시작되므로 11학년에는 전학을 할 수 없고 설령 들어간다 해도 연합고사를 치를 수가 없다. 연합고사는 필기시험과 과제물이 있는데 과제물은 2년 동안 준비하는 프로젝트이기 때문이다.

한 학년 낮추어 10학년에 입학했다. 그것도 10월 말에 런던에 왔기 때문에 9월부터 12월까지의 1학기가 지난 후 새해 1월부터 공부할 수 있었다.

영국은 한 학년이 3학기로 이루어져 있다. 딸아이는 2년간 총 여섯 학기 중에 다섯 학기만 공부하고 연합고사를 치렀다. 한 학기에 해당하는 학습은 별도로 과외 수업을 받았고 과제물은 담당 선생님의 도움을 받아서 해결할 수 있었다. 영어를 완전히 익히지 못한 상태에서 열 과목을 공부하는 것이 쉽지 않았다. 다행히 한국에서의 학습 진도가 빨라서 배경 지식이 있었던 탓에 연합고사 과목을 커버할 수 있었다.

시험 과목도 영국 학생들은 보통 열 과목내지 열 두 과목을 치루지만 우리 아이는 최소한의 과목, 여섯 개만 선택했다. 필수 과목인 영어, 수학, 과학에 선택과목은 음악, 미술, 요리 과목이었다. 역사나 지리 과목은 과제도 많고 학습 내용이 외국에서 전학 온 학생이 감당하기에는 방대한 분량이라 선택하지 않았다.

영어는 문학과 어학, 수학은 1, 2, 과학은 물리, 화학, 생물로 나누어져 있어서 표면적으로는 여섯 과목이지만 실제로는 열 과목의 학습을 5학기동안 공부하고 시험을 치른 것이다.

아이는 어느새 졸업식을 마치고 사진 촬영을 하느라 바쁘다. 연합고사 성적은 잊고 있는 듯하다. 일단 한 과정이 끝났다는 후련함으로 졸업식에만 몰두하고 있다.

딸은 영국 친구는 물론 이태리, 독일, 짐바브웨 친구들과 함께 카메라 앞에서 포즈를 취하느라 가족들과 사진 찍는 일은 잊은 듯하다. 언제 저렇게 친구들이 생겼을까 의문이 생길 정도로 친구가 많다. 활달하고 원만한 성격이라 새로운 곳에서의 적응을 크게 염려하지는 않았지만 상상했던 것보다 잘 어울리는 모습을 보고 외국 학교로 전학 시킨 일은 일단 안심이 된다.

딸아이는 하이스쿨에 다니면서 늘 말했다. 한국에서 오자마자 아무 곳에서도 받아주지 않았던 자신을 스탠리 파크 하이 스쿨에서 받아 주어서 다행이었다고 말이다. 상급학교 진학률도 높지 않고 부자아이들이 많이 다니는 학교가 아니어서 그런지 학생들이 서민적이어서 좋았다고 한다. 영어 때문에 귀머거리, 벙어리로 고생했던 몇 개월 동안 친절하게 도와주는 친구들이 고마웠다고 한다. 화장실 바닥에 무릎을 꿇고 앉아서 껌을 떼어내고 있던 교장 선생님을 보았을 때 깜짝 놀랐다고 한다. 사무실이 아닌 화장실에서의 교장 선생님 모습은 살아가는 동안 내내 기억에서 사라지지 않을 것이라고 말했다. 공부를 마친 후에 사회생활을 하게 되면 모교인 스탠리 파크 하이스쿨에 만 파운드의 기부금을 내서 학교에서 받은 사랑의 빚을 조금이라도 갚을 것이라고 말했다.

중등학교 졸업 후에는 대학 입시 과정을 공부하기 위하여 사립학교로 전학을 갔다. 사립학교 등록금이 일 년에 만 파운드였는데 아마도 중등 과정 하이스쿨이 공립학교이기 때문에 등록금을 한 푼도 내지 않고 다닌 것에 대한 감사함을 만 파운드 기부금 내기로 표현한 것 같다. 그런 계산이라면 그 학교에 이 년 동안 다녔으니까 이 만 파운드를 기부하는 것이 맞는다고 말해 주고 싶다.

3부

런던의 안개는 사라지고

런던의 겨울, 그것은 진회색이다. 거의 매일 내리는 안
개비 때문에 태양은 제 역할을 하지 못한다. 강한 바람이
불거나 눈이 내리는 것은 아니다. 기온은 영상이지만 습
도가 높기 때문에 체감온도는 실제 기온보다 훨씬 낮다.

3부 런던의 안개는 사라지고

가을 정원

외국인 친구 하이디의 정원에 앉아서 차를 마신다. 푸른 잔디 위에 갈색 잎이 하나 둘 내려앉기 시작한다. 태양이 하늘에 오랫동안 머물러 있었을 때 여러 번의 가든파티를 묵묵히 치르고 이제는 휴식을 취할 준비를 한다. 사과나무에 열린 과일이 가지에 매달려 있기를 힘겨워 한다. 살며시 불어오는 바람에도 그 무게를 견디지 못하고 아래로 툭 떨어진다. 주인이 따 주기를 기다리다가 스스로 생명줄을 놓아 버렸다. 이리 저리 뒹굴고 있는 사과를 하나 주워서 한입 깨문다. 새콤한 향이 침샘을 자극하고, 달콤한 맛이 씹는 속도를 재촉한다. 껍질까지 꼭꼭 씹으니 까만 씨앗이 입안에 남는다.

주먹만한 크기의 잘 익은 배는 약수터 목마른 이의 목을 축여주는 표주박 같다. 가을 햇볕의 따가움에도 생명 가지를 놓지 않고 꼭 붙잡고 있는 모습은 위대하기까지 하다. 마지막 영양분을 공급받기 위하여 안간 힘을 쓰고 있는 배 하나를 땄다. 진한 녹색 껍질이 벗겨지고 하얗게 드러난 속살을 보면 당분의 함유량을 짐작할 수 있다.

굵은 나무 가지에 매달려 있는 빈 그네는 여름 내내 즐거웠던 아가들의 웃음소리를 벌써부터 그리워하는 듯하다. 두 나무를 연결하여 매달아 놓았던 그물 침대와 정원 한쪽에 누워 있는 흔들의자는 잔디의 푸르름과 함께 가족들의 일광욕에 도움을 주었던 공로자들이다.

정원 식탁의 파라솔은 거두어 세탁을 하고 뼈대는 분해하여 창고에 넣어야 한다고 친구는 푸념을 한다. 울타리 사이로 들어온 고양이가 이곳저곳 정원을 걸어 다닌다. 먹을 것을 찾는지 친구를 찾는지 이유를 알 수 없는 방황을 한다.

사 오십 명의 손님들을 거뜬히 품었던 정원이다. 여기 저기 마련된 식탁에 앉아 음식을 나누던 여름날의 추억은 파티에 참석했던 사람들의 가슴에만 남아 있는 것이 아니다. 정원도 기억을 하고 있다. 사람들의 이야기와 웃음소리, 알코올의 힘으로 용기 내어 부르던 노래소리까지도 모두 담고 있다. 그날의 파티는 슬그머니 놀러 왔던 이웃집 고양이와 숲 속에서 산책 나왔던 다람쥐, 먹이를 찾아 주택가를 배회하던 여우도 함께 즐거워했던 여름날의 향연이었다.

대형 양초가 유리병 안에서 제 형태를 허물기 시작하고 담화하는 사람들의 말소리가 점점 크게 들리면 이미 세상은 잠들었을 때이다. 한 사람씩 일어나 작별 인사를 하고, 자동차에 시동을 켜면 파티의 끝이 보인다.

차 한 잔을 더 요청하면서 마지막 순간까지 식탁에 앉아 있는 사람은 아직도 짝이 없는 마흔 살 독신남이다. 멋있고, 부자이고, 많이 배웠지만 아무리 계산을 해 보아도 내 첫 딸과는 짝이 될 수 없다는 헛된 상상을 해 보았다

정원사가 나무 가지를 쳐 내고 있다. 잔디를 깎고 화분을 갖다 놓고 울타리 나무를 다듬고 나면 산뜻한 정원이 나타난다. 장미 가득

피었던 정원에서 국화 향기 그윽한 꽃밭으로 바뀌었다.

　정원사는 수북이 쌓인 낙엽을 갈고리로 긁어모아 정사각형 비닐 가방에 담는다. 정원쓰레기 가방은 순식간에 낙엽을 가득 채우고 정원 입구에서 청소부를 기다리고 있다.

　가을 정원의 잔디밭 위에는 어린이용 잔디 깎는 기계가 덩그러니 놓여 있다. 알렉스가 아장아장 걸음마를 하던 곳, 하이디의 정원이 몇 년 후에는 힘차게 공을 차는 알렉스의 운동장이 될 것이다. 그러다가 꽃나무 가지를 부러뜨리고 엄마의 꾸지람 소리는 정원 가득히 퍼질 것이다.

중고품 가게에서

일주일에 두 번 중고품 가게에서 자원 봉사를 했다. 챠리티 숍
Charity Shop은 중고품만 취급한다 하여 새컨 핸드 숍Second Hand Shop
이라고도 한다.

영국에는 여러 종류의 자선 단체가 있다. 암 퇴치와 예방을 목적으
로 하는 켄서 리서치 캠페인Cancer Research Campaign, 난민과 기아로
어려움을 겪고 있는 나라를 돕는 옥스팜Oxfam, 정치적, 사회적, 교육
면에서 소외되기 쉬운 장애자들을 위한 활동을 뒷받침하고 있는 스
코프Scope, 심방병 퇴치 목적의 브리티쉬 하트 화운테이션British Heart
Foundation등 그 외에도 여러 단체가 있다.

자선 단체를 돕는 방법은 기부금을 내거나 시간을 내어 자원봉사
하는 것, 자선 캠페인에 참여하는 방법, 각종 행사에 참여함으로 후원
금 마련에 도움을 주는 일 등이 있다. 나는 시간과 노동력을 후원하
는 자원 봉사를 택했다. 영어를 좀 더 배우고 영국 문화를 더욱 많이
이해하기 위한 숨은 이유도 있다.

내가 일 한 곳은 BHF, '브리티쉬 하트 화운데이션'인데 영국의 심
장질환 환자를 돕거나 심장병에 관한 연구를 하는 단체이다. 하루에
다섯 시간 일하는 동안 직원들과 대화를 하고 손님들에게 서비스하

는 방법을 익히고 장사에 대한 경험도 쌓는다.

내가 일한 BHF에는 가구보다는 생활소품과 의류가 많았다. 사람들이 집에서 더 이상 사용하지 않는 물건을 직접 가게로 가져오는 경우도 있고 다른 지역의 BHF에서 전달되어 오는 물건도 있다. 다른 지역에서 온 물건은 라벨을 떼고 우리 가게에서 다시 라벨을 붙인다. 이 주일이 지나도 팔지 못한 물건들은 다시 포장해서 다른 지역으로 보내거나 폐기 처분한다.

나의 역할은 산더미처럼 쌓여 있는 의류에 라벨을 부치고 다림질을 하는 일이다. 의류가 우리 가게에 도착하면 매니저가 먼저 판매 가능한 옷, 버려야 할 옷으로 구분한다. 다음에 세 가지로 분류하여 큰 바구니에 담아 놓으면 의류 표준 가격표를 보고 라벨에 코드와 가격을 적어서 옷에 부착한다. 유명 메이커 옷, 보통 상표의 것 그리고 저렴한 가게의 옷으로 구분한다. 유명 브랜드 옷은 헌 옷 가격도 비싸게 정해지는 것을 보고 좋은 학교를 졸업한 사람의 학력이나 경력이 평생 따라 다니는 것과 흡사하다는 생각을 했다.

라벨 작업이 끝나면 다림질을 한다. 긴 스탠드에 걸려 있는 옷들을 하나씩 밀어 내면서 스팀다리미로 한 번씩 지나가면 주름살이 다 펴진다. 집에서는 할 수 없는 스팀다리미 경험이라 재미있다. 다림질을 마친 옷이 매장으로 이동하면 나의 일은 끝난다.

내 일이 끝나면 카운터에 있는 봉사자를 도와서 함께 케쉬어 일을 한다. 여든 살이 넘은 할머니는 자원봉사로 일 한지 이십 년이 되었다. 이십 년째 된 올해 초에 감사패와 기념품으로 금반지를 받았다고 자랑하면서 손가락을 펴서 반지를 보여준다. 나에게 언제부터 나왔느냐는 질문에 이 년 째라고 대답하는 것이 쑥스러웠다.

이 년 동안 나온 것도 나에겐 힘겨울 때가 많았다. 소득이 있는 일자리를 찾을까 고민이 될 때에도 섣불리 그만 둔다는 소리를 하지 못하고 자리를 지켜 왔던 나에게 스스로 대견하다고 여기고 있었다. 하지만 이십 년동안 봉사한 할머니 앞에서 무색해졌다. 여든 살 할머니는 나에게 삼 년째부터는 감사 증서를 받을 수 있다고 말했다.

함께 일하던 동료가 다른 브랜치로 옮긴다고 작별인사를 한다. 그녀는 자원 봉사자가 아니고 파트타임 직원이라고 했다. 나는 어떻게 직원이 되었느냐고 물었다. BHF 회사 웹 사이트에 들어가서 직원 모집 광고를 보고 지원했다고 말한다. 내년에 삼 년 자원 봉사에 대한 감사 증서를 받는 일보다 파트타임 일을 택하기로 했다. 매니저에게 파트 타임제로 일하고 싶다고 직접 말했다. 매니저는 친절하게 안내해 주었고 나는 지원했다. 몇 개월이 지난 후 채용 요청이 왔지만 BHF에서 일 하지 못했다.

때마침 한인이 운영하는 부동산 사무실에서 직원이 필요했고 지인의 소개를 받아 채용되었기 때문이다. 일 년도 못 되어 부동산 사무실을 그만 두게 될 줄 알았더라면 그냥 챠리티 숍에 남아 있었을 것이다. 영국 회사를 택하지 않고 한인 업체를 선택한 것이 잘못이었다. 부동산 사무실을 그만 둔 후에는 챠리티 숍으로 다시 가지 않았다. BHF에서 일하는 동안 누렸던 혜택을 생각하면 다시 가는 것을 망설일 필요가 없었지만 결국 돌아가지 않았다. 그렇다. 그것은 분명히 자원 봉사의 특권이 주는 혜택이었다.

의복의 라벨을 달 때 가끔 마음에 드는 옷이 눈에 띈다. 가격표를 붙이기 전에 발견하고 매니저에게 말하면 무료로 내 옷이 된다. 이미 가격표가 붙어 있는 것 중에서 마음에 드는 옷을 발견하면 삼십 퍼센트의 직원 할인Staff Discount을 받는다. 헌 물건이라서 가격이 저렴한데 할인까지 받으면 거의 일, 이 파운드에 구입할 수 있다.

돈을 받지 않고 일하는 자원 봉사 일이지만 가게 매니저의 재량으로 무료로 가질 수 있는 것이 많았다. 예쁜 옷은 물론 생활 소도구나 액세서리, 구두 등 많은 물건들이 새 주인을 만나기 전에 내가 먼저 주인이 되었다. 그것은 많은 혜택이었고 소득을 얻는 것과 같았다.

자선 단체 가게에서 일을 한 것은 나의 목적이었던 '영어 소통'에 많은 도움이 되었고 영국의 자선 단체의 조직력에 대하여 많은 부분을 알 수 있었던 좋은 기회였다.

태양을 그리며

아침, 저녁 쌀쌀한 공기가 늦은 가을임을 실감나게 한다. 대낮 행인들의 옷차림은 다양하다. 코트를 걸친 사람이 있는가 하면, 민소매에 반바지 차림의 젊은이도 있다. 옷 속으로 파고드는 바람결은 스산하지만 한 낮의 태양열은 여전히 뜨겁다. 마지막 태양 볕을 조금이라도 더 쬐기 위한 젊은이들의 표정이 진지하기까지 하다. 기약 없는 이별이라도 하는 듯 태양을 보내기 아쉬운 모양이다.

런던의 여름은 온통 햇빛 축제이다. 겨울을 나는 동안 태양을 구경하기 어려워서인지 영국인들의 햇볕 사랑은 대단히 크다. 반나체로 거리를 활보하는 사람도 많고 웃통을 벗고 오픈카를 몰고 가는 남자 옆에 속이 훤히 비치는 옷을 입은 여자가 태양을 향하여 환호한다.

아기를 가진 임산부는 배꼽티와 핫팬츠를 입고 고무호스에서 나오는 물줄기로 더위를 달래며 세차를 하고 있다. 티셔츠를 입었다 해도 함지박만한 배가 나와 있고 배꼽 중심으로 그려져 있는 문신은 마치 아기를 보호하는 수호천사 같다. 만삭이 다 되어도 꽉 끼는 바지에 헐렁한 티셔츠를 입고 불뚝 나온 배를 자랑스럽게 내밀고 다니는 모습은 새 생명의 탄생에 대한 위대함을 미리 뽐내는 것처럼 보인다. 남산만한 배를 부대자루 같은 옷에 감추고, 말과 행동, 음식에 있어

많은 제약을 받는 우리네 여인들과는 사뭇 대조적이다.

한여름, 사정없이 내리쬐는 뜨거운 태양 아래 잔디밭에서 수많은 사람들이 일광욕을 즐긴다. 비키니 수영복으로 중요한 부분만 가린 여자들이 검은 안경을 쓰고 잔디밭에 누워 온몸으로 햇빛을 흡수한다. 라디오를 켜 놓고 책을 읽는 사람, 하늘을 바라보다가 푸른빛을 안고 잠이 든 사람, 점심으로 샌드위치를 먹는 직장인들이 눈에 띈다.

아이들은 나에게 제발 양산을 접으라고 애원한다. 다른 사람들은 조금이라도 햇볕을 더 쬐기 위하여 최대한 노출하는데 엄마는 양산으로 귀한 햇빛을 가리는 것이 이방인임을 강조하는 행위인 듯 하여 눈에 거슬리는 모양이다.

그래도 나는 양산을 접지 않았다. 서울에서 올 때 잊지 않고 챙겨 넣은 소지품 양산을 자외선 가득한 햇빛 아래에서 사용하지 않을 수 없다. 내 얼굴에 검버섯이 늘어나는 것을 아이들이 책임질 수 없으므로 양산을 접으라는 말을 무시해 버린다. 모자를 쓰라 해도 머리는 시원해야 한다고 고집을 부린다.

아이들이 양산 쓰는 것을 싫어해서 모자를 쓴 적이 있다. 이마의 땀이 모자에 베이고, 모자 안쪽에 화운데이션 자국 남는 것이 눈에 거슬려서 다시 양산을 썼다. 낮에 해가 너무 강하면 외출을 삼가하고 장보는 일도 해가 진 후에 갈 때가 많다. 슈퍼마켓 마치는 시간의 반액 세일도 밤에 장을 보는 또 하나의 이유이다. 그렇게 햇빛을 피해서 생활하는 것이 나의 피부를 보호 하는 것이라 생각했다.

하지만 영국의 겨울 날씨가 거의 흐린 날이라 해를 만날 수 없으니 해가 길어지는 여름을 기다리게 되었다. 피부에 곰팡이라도 생긴 듯이 해만 나면 웃통을 벗어 던지고 햇빛에 피부를 노출시키는 영국 사람들의 행동을 이해하게 되었다. 일광욕은 반드시 필요한 건강 관리법이다.

냉장고가 텅텅 비어 있어 슈퍼마켓에 갔다. 이제는 밤에 마켓 가는 일을 하지 않는다. 따끈따끈한 태양열을 쬐고 싶어서 낮에 간다. 얼굴에 기미 생기는 것을 감수해야 한다. 온몸에 냉기보다는 햇볕을 쪼이는 것이 옳다. 검버섯 방지를 위하여 썬 크림을 바르고 무 생즙을 복용하면 검버섯 걱정은 안 해도 된다.

양산을 접은 지 이미 오래다. 로마에 가면 그곳의 법을 따르라 하여 이방인의 습관을 없앤 것은 아니다. 겨울 내내 태양 구경 자주 못할 것에 대비하여 조금이라도 햇빛을 더 쪼여서 비타민 D를 보충 시켜 놓아야 하기 때문이다. 겨울잠 자는 동물들이 겨우내 견딜 만큼의 에너지를 체내에 저장하듯이 태양의 열기를 보존하고 싶기 때문이다.

고도가 많이 낮아졌다. 태양이 머물러 있는 시간이 짧아진 하늘의 푸른 기운이 냉기가 되어 뼛속까지 파고든다. 한 여름의 작열하는 태양 빛도 모자라 온몸을 흠뻑 달구어 주는 서울의 찜질방에 가고 싶다.

떠나는 사랑을 위하여

　그날도 학교에서 아이를 태우고 운전을 하고 있었다. 뉴몰든을 지나 우리가 사는 써튼으로 진입할 때였다. 아이가 나에게 213번 버스 종점까지 가 달라고 했다. 종점에 가는 이유를 물었다. 여자 친구가 휴대폰을 버스에 두고 내렸고, 연락해 보니 종점 사무실에 보관 중이라고 했다. 버스 종점은 우리 집에서 멀지 않은 곳이다. 종점이 먼 곳에 있다 해도 아이의 부탁을 거절하지 않았을 것이다.

　아이는 고등학교 삼 학년이었고, 아이 여자 친구는 중학교 이 학년이었다. 같은 교회의 중고등부에서 만났고 호감을 가지고 있다는 것도 알고 있었다. 여자 친구를 위하여 조그만 일이라도 해결해 주고 싶어 하는 아이의 마음을 이해할 수 있었다. 그렇게 하는 아이의 행복한 표정을 보는 것 역시 즐거운 일이다.

　집으로 오자마자 여학생과 통화하는 소리가 들렸다. 통화 내용을 자세히 들을 수 없었지만 문제를 해결해 준 것에 대한 성취감으로 다소 흥분된 어조였다. 저녁 준비를 하는 동안 내내 버스 회사 사무실에 뛰어 들어가 여자 친구의 휴대폰을 들고 나오는 아이의 흐뭇한 표정이 머릿속을 떠나지 않았다.

　런던으로 온 후 몇 년간은 언어 문제의 어려움 때문에 다른 생각을 할 틈이 없었다. 버거운 일상에 대한 염증이 아이 스스로도 인식하지 못한 채 조금씩 자라고 있었던 것 같다. 한국에서 금방 온 여학생에게서 느낀 신선함이 아이의 마음을 사로잡은 모양이다. 다른 나라 학생들과 함께 그들의 언어로 공부하면서 생길 수밖에 없는 갭Gap이 한국 여학생과의 사이에서는 없었고 오히려 친근감이 들었던 것 같다. 함께 있는 모습을 자주 보았고 나란히 앉아 예배드릴 때의 뒷모습은 어떤 연인보다 다정해 보였다. 그저 일반적인 자연스러운 과정으로 여겼지만 나의 마음 관리는 아이의 진행 속도를 따라 잡지 못했다.

함께 버스 종점에 가서 여자 친구의 휴대폰을 찾아주던 날, 아이에게는 행복한 시간이었지만 나에게는 아끼고 소중한 대상을 떠나보내는 첫 날이 되었다. 아이에게 쏠려 있던 무게 중심을 나에게 옮겨야 한다는 다짐을 한 날이다.

아이가 사무실에 다녀오는 동안 차 안에서 기다릴 때까지는 이성적인 엄마의 모습이었다. 하지만 시간이 흐를수록 감정이 이성을 지배함으로 나타나는 현상은 내 의지의 한계를 드러내고 있었다. 생각의 굴레를 벗어날 수 없었고 어떻게 아이들 저녁 식사 준비를 했는지 기억이 나지 않는다.

일찌감치 잠자리에 누웠다. 천정을 바라보고 똑바로 눕기도 부담스러웠다. 가슴이 짓눌리는 것 같아 옆으로 누워서 그날의 일을 되새김질 했다. 가슴속 저 아래로부터 밀고 올라오는 주먹 같은 버거움이 눈물로 바뀌어 베개를 적셨다.

나는 있는 힘을 다하여 기도했다. 그것은 감정이 시키는 대로 하는 것이 아니라 의지적으로 노력하는 강한 기도였다.

십구 년 동안 아이를 키우면서 누릴 수 있었던 기쁨에 감사하다고.

딸만 두 명 키울 뻔 했는데 세 번째 홈런을 날리고, 이 세상에서 나만 아들을 낳은 것처럼 남편으로부터 찬사를 받게 해 주어서 감사하다고.

세 번째가 딸이라 해도 내리 사랑이라 예뻤을 텐데 아들로 태어남으로 시댁에 대한 나의 체면을 세워 주어서 고마웠다고.

자라는 동안 한 번도 부모의 마음을 헤아리지 못해 마음 상하게 한 적이 없어서 고마웠다고.

공부하란 말 한마디 듣지 않고 학교생활 열심히 해 주어 고마웠다고.

기도하면서 아들로부터의 분리감에 대한 고통을 조금이라도 이겨 내고자 안간 힘을 썼다. 나의 모습은, 영국의 동남쪽 이스트 본에 있는 절벽, 세븐 시스터즈 앞에 서 있는 듯 당황한 모습이었고 어찌할 바 모르는 방랑자가 된 듯했다.

여자 친구가 처음은 아니었고 그때마다 벌써 자라서 이성 친구를 사귀는 것이 신기하고 대견스럽게 여겼었다. 하지만 이번에 만난 여자 친구에게는 감정적인 성숙함과 함께 또 다른 느낌을 가진 것처럼 보였다.

종점 사무실에서 여자 친구의 휴대폰을 가지고 나오던 아이의 모습이 마음속에서 쉽게 사라지지 않는다. 지금 생각해 보니 나의 몸은, 그 여학생이 육 년 후 나의 며느리가 될 줄을 미리 알고 있었던 것 같다.

떠나가는 짝사랑을 위하여 내가 할 수 있는 일은 오로지 감사 기도 뿐이라고 스스로에게 다짐하듯이 말한다. 몇 번이고 되풀이 되는 기도와 함께 언제 잠이 들었는지 모른다. 창문 밖의 햇볕이 뜨겁게 이마에 내리 쏠 때까지 잤다.

일어나자마자 어학원으로 달려갔다. 그동안 게을리 했던 영어 공부를 다시 하려고 수강 신청을 했다. 무언가 다른 일을 시작하지 않으면 떠나가는 사랑을 마음속에서 밀어낼 수 없기 때문이다.

랑리 파크 로드 25번지

우리 집은 허버트 조지 웰스H.G.Wells가 살았던 집이다. 그는 과학적인 사실과 상상력에 바탕을 둔 소설 '타임머신The Time Machine'과 '투명 인간The Invisible Man'을 쓴 작가이다. 대문 위에 걸려 있는 명패를 보면서 나도 웰스의 기운을 받아 글을 잘 쓸 수 있을 것이란 기대를 했다.

웰스는 지하실 한 구석에서 글을 썼다. 두 평 정도의 공간에서 밤을 새워 글을 썼을 옛 문인을 생각하니 금방이라도 몇 편의 작품을 쓸 수 있을 것 같은 시상이 떠오르는 듯 했다. 하지만 지하실 방에 서 있으면 뒤에서 누가 잡아당기는 것 같아서 금방 계단을 올라왔다. 지하실이 아닌 다른 공간에서도 작가의 숨결을 느낄 수 있을 것이라 생각하니 굳이 지하실 방을 나의 공간으로 사용할 필요는 없었다. 이집에 사는 동안 언제라도 책을 한 권 정도는 낼 수 있으리라는 기대감만으로도 마음이 편안했다.

그러나 수 년 간 그 곳에 살면서 글을 쓰기는커녕 책 읽을 시간도 갖지 못했다. 눈앞에 있는 현실과 타협하기에 바빠서 인생의 뒤안길을 누비며 컴퓨터 자판을 두드릴 만한 여유가 없었다.

문학은 내면 깊숙이 간직해 놓았다. 누구에게도 보여주고 싶지 않은 소중한 물건을 감춰 놓고 가끔 한 번씩 꺼내 보며 흐뭇해하는 것처럼 말이다.

겉으로 드러난 나의 관심은 아이들의 학업을 제 때에 마칠 수 있도록 도와주는데 있었다. 아이들이 중·고등학교 시절에 런던에 왔기 때문에 공립학교보다는 맞춤 교육을 하는 사립학교에서 공부를 시켜야 할 것 같았다.

우리 집에는 방이 네 개 있다. 화장실이 딸린 가장 큰 침실은 마스터 베드룸이라 하여 우리 부부가 사용하고 세 개는 우리 아이들이 하나씩 사용했다. 런던에 와서 처음으로 구입한 집에 대한 기쁨이 컸지만 그것도 잠깐이었다. 여행사로부터 한국에서 오는 여행객을 소개받아서 가족 단위의 손님을 우리 집에 머물게 했다.

각 방의 주인이 바뀌었다. 두 딸이 함께 방을 쓰고 우리 부부는 큰딸이 사용하던 방으로 옮겼다. 마스터 베드룸을 손님방으로 사용했다. 손님들 방으로 사용한 대가로 파운드를 손에 넣은 뿌듯함은 유명 작가의 집에 이사 온 기쁨과는 다른 것이었다.

하지만 아이들은 달랐다. 세 아이가 한 방에 모여 수군대고 있었다. 우왕좌왕 하는 아이들에게 그렇게 하는 이유를 물었다. 아이들은 우리 집을 게스트 하우스로 사용하지 않으면 안 되겠느냐고 오히려 내게 되물었다. 나는 그 일을 그만 둘 수 없다고 단호하게 말했지만 뒤통수를 맞은 듯했다.

아이들에게는 손님들의 가방을 들고 이층으로 올라가는 아빠의 모습이 낯설었고, 게스트 룸에서 손님의 요구 사항에 귀를 기울이는 엄마의 다른 모습을 보고 놀란 모양이다.

특별한 재주나 자격증도 없는 내가 할 수 있는 일은 집을 이용하여 경제 활동을 하는 것뿐이었다. 게스트 하우스가 적합하다 여겼는데 손님들에 대한 우리 부부의 달라진 모습을 보고 아이들이 충격을 받았다.

우연히 영국의 가디언 제도에 대하여 알게 되었다. 가디언Guardian 은 영국에서 공부하는 열여섯 살 미만 유학생들의 부모 역할을 대신 하는 사람이다. 학교에서 보내오는 통신문을 받아보고 학교의 학생 에 대한 요구 사항을 해결해 주는 역할을 한다. 유학생들이 안전하게 공부할 수 있도록 영국 내에서의 모든 책임을 지는 제도로서 영국 학 교에서는 가디언을 선정해야만 외국 학생의 입학을 허가한다.

나는 구청 직원으로부터 세부적인 조사를 받고 소정의 절차를 밟 아 가디언이 되었다. 아이들을 보살피면서 유학생들의 대리 부모가 되는 것은 나의 적성과 잘 맞았다.

기숙사 학교를 보딩 스쿨이라 하고 집에서 다니는 사립학교를 데 이 스쿨이라 한다. 데이 스쿨에 입학한 남매가 우리 집에 왔다. 우리 부부는 다시 마스터 베드룸을 사용하였고 두 개의 방을 유학생 남매 에게 주었다. 나머지 방 하나는 큰 딸이 사용했다. 정원에 있는 두 개 의 썸머 하우스를 방으로 만들어서 둘째 딸과 아들에게 내주었다.

창고로 쓰던 공간을 방으로 사용하기 위하여 이중벽을 만들고 바 닥에는 카페트를 깔았다. 책상과 침대를 마련하고 전기난로도 놓았 다. 본체에서 썸머 하우스까지 가는 잔디밭 땅 밑으로 파이프를 연결하여 세면기도 설치했다. 샤워를 할 수는 없지만 세수하거나 손을 씻기에는 충분한 시설이라고 아이들은 만족해했다. 두 개의 방을 연결한 통로로 두 아이가 오갈 수 있도록 하였고 본체와의 분리감에 대한 두려움도 덜어줄 수 있었다.

영국의 주택법에 의하면 정원의 썸머 하우스나 쉐드Shed는 아이들의 놀이 공간이나 짐을 보관하는 용도로만 사용해야 한다. 잠을 자는 일은 법으로 금지되어 있지만 우리는 그러한 규정을 지킬 수 없었다.

나는 우리 아이 세 명과 유학생을 합한 다섯 명의 엄마가 되었다. 처음에 왔던 두 명의 남매가 대학에 진학하여 우리 집을 떠난 후에 또 다른 학생들이 게스트 룸을 채워 주었다. 하루에도 몇 번씩 일층에서 삼층까지 오르내렸지만 힘들거나 지치지 않았다.

남편의 봉급과 가디언 비용으로도 아이들 등록금이 모자랄 때가 있었다. 그러면 은행의 도움을 받았다. 집을 이용하여 돈을 벌 수 있고 주택을 담보로 자금을 빌릴 수 있으니 글을 쓸 수 있는 여유를 갖지 못한다 할지라도 아쉬움이나 미련은 없었다.

몇 년을 정신없이 보냈다. 어느 날 이마가 서늘해짐을 느꼈다. 아이들이 모두 졸업을 한 것이다. 홀가분한 마음은 하늘을 나는 것 같고 후련한 가슴은 백 미터 달리기의 결승선을 가로지른 듯했다.

저녁을 먹고 놀다가 잘 시간이 되어 정원의 쉐드로 나가는 두 아이의 축축한 뒷모습을 더 이상 보지 않아도 된다. 좀 더 여유 있는 부모였다면 아이들에게 불필요한 고생을 시키지 않았을 것이라는 자책을 더 이상 하지 않아도 된다.

우리 집 이층에서 정원을 내려다보면 양쪽 집 정원이 모두 보인다. 옆집에서 놀던 다람쥐가 우리 마당을 가로질러 재빠르게 지나가면 고양이가 걸어와 오수를 즐긴다. 잠에서 깬 고양이가 눈을 비비고 마당 한 켠에 놓여 있는 먹이를 축낸다. 고양이는 먹이를 준 것에 대한 감사의 표시라도 하듯이 정원에 돌아다니는 생쥐를 쫓아낸다. 그러나 이제는 더 이상 생쥐의 출입에 대한 고양이의 도움을 받을 필요가 없다. 뿌듯한 여유로움이 나에게 오랜만에 찾아왔다.

웰스는 소설을 교훈적인 목적을 위한 전달체로만 생각한 작가이다. 소설에 대한 예술로서의 관심보다는 아이디어 전달만 되면 목적이 달성되는 것이라고 생각한 작가이다. 웰스의 성향을 파악하고 보니 내가 글을 쓸 수 있는 여건이었다 하더라도 그의 과학적인 풍부한 상상력에 대해 기가 죽어서 감히 글을 쓸 엄두조차 내지 못했을지 모른다는 변명 같은 타당성도 찾을 수 있었다.

작가의 혼을 이어받지는 못했지만 영문학사의 한 사람에 대한 상식과 이해의 폭이 넓어짐으로 인문학적 교양이 늘어난 것은 분명하다. 스스로에게 위안이라도 해야 나의 마음이 편할 것 같다.

랑리 공원 길 25번지에서의 목적이 끝났다. 아이들은 모두 떠났고 유학생도 오지 않는다. 은행에서 융자금을 갚아 달라는 편지가 자주 날아온다. 우리 집 앞에 서 있는 부동산 매매For Sale 팻말이 새 주인을 기다리고 있다.

잔디 향기 흩어지는 날

　새로 이사 간 집에 잔디 깎는 기계, 모우어가 필요하다. 모우어 Mower는 전기로 하는 것과 기름을 넣고 하는 것이 있다. 기름용은 큰 저택이나 공원의 정원사가 트랙터처럼 밀고 다니며 잔디를 깎는 기계로 성능은 좋지만 가격이 아주 비싸다. 전기용은 전기 줄을 길게 연결해야 하므로 다소 불편하지만 개인 주택의 조그만 정원에 사용하기에 알맞은 제품이다.

　비엔 큐에 진열되어 있는 다양한 제품 중 하나를 고르는 것이 쉽지 않다. 잔디 깎는 기계를 다루기가 쉽지 않으니 보통 가격보다 조금 비싼 제품이 무난할 것 같다. 블레이드 길이가 사십 센티미터이고 깎은 잔디를 담는 콜렉터 용량이 오십 리터이면 가정에서 사용하기에 적당하다 판단하고 하나를 구입했다.

　정원 입구의 한 귀퉁이에서부터 기계를 밀었다. 기계가 지나간 자리는 납작한 초록색 융단이 되고 잘라진 잔디는 기계와 연결된 바구니로 들어가면서 정원에는 온통 풀잎 향기가 날린다. 사방으로 퍼지는 그 향기는 복숭아나 레몬 향기를 모방한 방향제와는 비교할 수 없다.

　어릴 적 향수가 스쳐간다. 소꿉장난할 때 흙으로 밥을 짓고 풀로 반찬을 만들었다. 돌멩이로 한참동안 풀을 찧으면 죽이 되어버린 풀

물이 사방으로 튀면서 풀 향기가 코를 찌른다. 진해 앞바다의 소금향기보다 풀 냄새 초록 향기가 더 짙었던 것 같다. 곤죽이 된 풀에 고운 흙을 살짝 뿌려서 조개껍데기에 담는다. 밥과 반찬 먹는 흉내를 내고 설거지를 한다. 설거지는 썰물이 남기고 간 갯벌의 웅덩이에서 조개껍데기를 씻는 일이다. 소꿉놀이가 끝나면 인형 놀이, 그 다음엔 노래 부르기를 하면서 외출하신 할머니가 오실 때까지 혼자 놀기에 몰두했다.

주택으로 이사 오기 전에 플랫Flat에 잠깐 살았다. 플랫은 우리나라의 아파트나 연립 주택을 말한다. 현관문 쪽에 도로가 있고 뒤에는 주민들의 공동 정원이 있었다. 창문으로 내다보면 연두색 카페트가 깔려 있는 것처럼 깔끔한 정원이 눈의 피로를 덜어 주었다.

어느 날 요란하게 모터 돌아가는 소리가 들렸다. 창밖을 내다보니 정원사가 잔디를 깎고 있었다. 웃통을 벗고 잔디 기계차를 운전하고 있는 정원사를 보고 깜짝 놀랐다. 따뜻한 날씨인데 웃통을 벗고 일하는 모습이 보기에 민망스러워 얼른 실내 쪽으로 시선을 옮겼다. 그러나 계속 되는 소리와 함께 바람을 타고 창문으로 들어오는 풀 냄새를 외면할 수 없어서 다시 창문 밖으로 고개를 내밀었다. 잔디가 별로 긴 것같이 보이지 않아도 정기적으로 잔디를 깎는다. 정원사의 인건비는 집 주인이 내는 관리비 속에 포함되어 있으므로 세입자는 그저 초록을 즐기기만 하면 된다.

가끔 주민들이 일광욕 하는 모습도 볼 수 있다. 여자들은 비키니 수영복을 입고 썬 글라스를 끼고 잔디에 누워서 햇볕을 쪼인다. 겨울에 공급받지 못할 것에 대비해 햇볕을 저축이라도 하듯이 긴 시간동안 뜨거움을 흡수한다. 남자들은 아예 윗도리를 벗고 엎드려 있다. 여러 세대가 함께 사용하는 공동 정원에서 나의 일광욕은 꿈도 꾸지 못한다.

한국에서 전원생활은 아마도 아이들이 모두 떠난 후 예순 살이 넘어서야 가능한 일이겠지만 나는 사십대 중반에 런더너Londoner가 되면서 나의 정원을 가질 수 있었다. 정원이 서울에 있다면 참으로 많은 사람들이 우리 마당에서 여러 가지 꽃을 구경하며 잔디밭을 거닐며 기쁨을 나눌 수 있을 것이다. 많은 사람들이 잔디를 짓밟아 엉망으로 만들지라도 기꺼이 나는 우리 정원을 이웃 사람들에게 개방할 것이다. 붓꽃, 양귀비, 접시꽃, 무궁화 가득한 내 어릴 적 포항 집의 정원을 생각하면서 나의 집, 온통 풀 냄새 가득한 정원에 누워 이제는 일광욕을 할 수 있을 것 같다.

카페 모카

카페에 가면 항상 모카커피를 주문한다. 카페에 따라 맛은 다르지만 느낌은 어디서나 똑같다. 모카커피 한 잔과 머핀 케익을 들고 집에 오던 아이의 모습이 떠오르기 때문이다.

막내 아이는 십이 학년 때 스타벅스에서 일을 했다. 영국의 십이 학년은 한국의 고등학교 이 학년에 해당하고 학생들은 일주일에 하루 정도는 일을 할 수 있다. 토요일 하루 일하면 일주일 분의 기본 용돈을 벌 수 있다.

런던에 온 지 서너 달 되었을 때이다. 토요일 아침, 아이가 자전거를 타고 나갔다. 일요일 아침에도 나갔다가 두 시간 후에 돌아왔다. 아침 운동을 한 것처럼 보였다.

한 달 후 아침 외출에서 돌아온 아이는 주머니에서 십 파운드 지폐 몇 장을 꺼냈다. 한 달 동안 신문을 돌리고 월급을 받은 것이라고 했다. 열네 살 어린이의 최저 임금은 시간당 이 파운드 오 십 펜스, 하루 두 시간에 오 파운드이고 일주일에 이틀씩 사 주일 분의 금액이었다.

파운드 지폐를 보는 순간, 아무 말도 하지 못했다. 부모로서 부끄러움과 아이에 대한 대견스러움과 교육을 제대로 시키고 있는 것인가에 대한 혼돈스러움으로 뒤범벅이 되었다. 마지막에 남는 마음은

'그래. 괜찮아, 남자이니까'였다. 누나들은 고등학생, 대학생일 때 영국에 왔으므로 학교생활 적응하기에 바빴지만 중학생인 막둥이에게는 시간적으로나 정신적인 여유가 좀 있었다. 내밀었던 지폐를 아이의 주머니에 밀어 넣으며 빨리 식사나 하자고 말했다. 칭찬은 고사하고 야단치지 않는 것만으로도 다행이라 여겼는지 아이는 안심하는 표정이었다.

이튿날 아침 식사하며 내게 물었다. "계속 해도 되지요?" 나는 아무 대답도 하지 않았다. 아이는 안 된다고 말하지 않는 것으로도 허락하는 의미로 받아들인 모양이다. 다음 주, 그 다음 주도 계속 자전거를 타고 나갔다.

고등학생이 되자 스타벅스 카페의 구인 광고를 보고 지원서를 냈다. 최소한 대학생이 되어야 카페에 채용될 수 있다. 아이는 고등학생이었지만 어떤 방법으로 지원했는지 그 회사에 입사했고 매주 토요일 하루 종일, 여덟 시간동안 일했다.

카페의 회사 측은 일주일에 하루만 일하는 파트 타임제 학생이지만 풀타임 직원에게 적용되는 할인 제도Staff Discount와 임금의 몇 퍼센트를 회사 주식으로 받을 수 있는 혜택도 적용시켜 주었다.

친구들과 함께 카페에 갔다. 친구들이 커피를 주문하는 동안 나는 어떤 종류의 커피를 시킬지 몰라서 머뭇거렸다. 아이는 내게 딱 맞는 것을 골라 주겠다며 모카커피를 추천해 주었다. 쌉소롬한 커피 맛에 쵸콜렛 향이 가득한 모카커피는 분명히 엄마가 좋아할 것이라 했다.

커피와 쵸콜렛이 혼합된 맛, 크림 위에 코코아 가루를 살살 뿌려서 더욱 달콤하고 풍성해 보이는 모카커피를 받아 들었다. 머그잔 위의 크림을 먼저 핥으며 그 사이로 나오는 커피를 조금씩 마셨다. 아이는 엄마의 입맛을 너무나 잘 알고 있었다.

친구들에게 뽐내며 커피 인심을 쓰는 엄마의 행동이 아이가 보기에 오히려 내가 아이처럼 보였을 것이다. 아이는 열심히 일하는데 엄마는 친구들과 함께 몰려와서 이야기꽃을 피우는, 정말로 철없는 엄마가 되어 버린 것이다.

커피 값을 지불할 때 또한 감동이었다. 직원 할인을 적용해 주고 무슨 쿠폰을 사용했는지 반값 이상 할인해 주었다. 커피와 케익, 그리고 왕성한 수다를 떨고 카페를 나올 때 지불한 금액은 민망스러울 정도로 적은 액수였다.

이렇게 해도 괜찮은 것이냐고 비공식적으로 나쁜 짓이라도 한 것처럼 소리 낮추어 아이에게 물었다. 아이는 적법한 절차를 밟은 것이니 염려하지 말라 하며 나를 안심시켰다. 터무니없는 비용으로 고급 카페의 커피를 마신 것도 충분한데 또 다른 덤이 있었다.

아이는 퇴근할 때마다 두툼한 종이컵에 모카커피 한 잔과 머핀 케익을 들고 오는 것이다. 하루 종일 일하고 지친 몸으로 귀가 하면서 잊지 않고 챙겨오는 모카와 머핀 케익을 받아 드는 순간, 가슴 저 편으로부터 형언할 수 없는 아릿함이 밀려왔다. 마침내 눈시울이 뜨거워지기도 했다.

대학생이 된 후에는 번역 일을 하면서 개인 과외 교습을 했다. 신문 돌리기를 할 때에는 영국의 신문 종류를 모두 알게 되었고, 카페에서는 기업의 구조를 알 수 있고 본인이 서 있는 위치를 파악할 수 있다고 했다. 번역 일을 할 때에는 우리나라의 특정 분야에 대한 내용을 알 수 있었고 아이들을 가르칠 때에는 제 안에 고여 있는 물을 흘려 내보내는 느낌이었다고 말했다.

신문 배달할 때 가장 고마운 집은 대문에 붙어 있는 숫자가 큰 집이었다고 한다. 본인에게 도움이 많이 되었기에 우리 집 주소의 숫자를 크게 바꾸어 집배원 아저씨의 눈을 편안하게 해 주었다.

아이는 카페 일을 그만 둔 후에도 종종 집에서 모카커피를 만들어 주었다. 커피, 우유, 초콜렛만 있으면 가정용 커피 기계로 충분히 만들 수 있다고 한다. 캠브리지로 갈 때까지 홈 카페 모카를 즐겼다. 대학원 마친 후 취직하고 결혼을 했다. 더 이상 집에서 아들이 만들어 주는 모카커피 맛을 볼 수 없다.

아들 내외가 우리 집에 왔을 때 모카커피를 만들어 달라고 요청하고 싶었지만 침 한번 꿀꺽 삼키고 말았다. 이제는 나의 아들이라기보다 며느리의 남편이기에 선뜻 주문할 용기가 나지 않았다. 게다가 모카커피를 마시는 동안 아이의 파트타임 일하던 시절을 생각하며 감상에 빠지지만 아이에게는 어쩌면 생각하기 싫은 고통의 시간이었을지도 모른다는 생각이 들기 때문이다. 아들 내외가 돌아간 후 전화로 물어 본다. 카페 모카 어떻게 만드는가를.

"커피에 코코아 조금 섞으면 되고요. 거품을 내려면 에스프레소 머신이 있어야 해요. 그 기계 있으면 우유 데워서 에스프레소 샷에 넣고 코코아 넣으면 돼요. 그렇지 않으면 걸러 먹는 커피에 우유 데워서 적당히 넣고 코코아 첨가하면 돼요." 하며 다양하고 손쉬운 방법을 알려 준다.

아직도 스스로 만들어 본 적은 없다. 하지만 요즘도 카페에 가면 망설이지 않고 카페 모카를 주문한다. 미디움 사이즈가 아닌 큰 것으로 주문한다. 그리고 마시는 동안 써튼 하이스트릿트에 있는 '스타벅스'에 다녀온다.

멘탈 메스

 존은 우리 학원에서 가장 나이가 많은 학생이다. 그는 올해 여든 여덟 살인데, 석 달 전에 미국 뉴욕에서 왔다. 몇 개월 전에 함께 살던 아내가 세상을 떠난 후, 런던에 살고 있는 둘째 딸 집으로 왔다.

 딸 제니스는 아버지를 모시고 우리 학원 문을 두드렸다. 아버지 나이가 많아 기억력이 점점 쇠퇴해지는 것이 염려되었다. 일주일에 한 번씩 선생님과 함께 산수 공부를 한다면 기억력 감퇴 속도가 조금이라도 늦추어 질 것이라는 바람으로 학원에 등록했다.

 원장은 그 할아버지를 나에게 소개했다. 나는 학원에서 영어와 국어를 담당하고 있다. 한국에서 온 학생들에게 영어 과목을 도와주고 어느 정도 적응이 되면 영국 선생님에게 안내한다. 또한 우리말을 배우고자 하는 외국 사람이나 영국에서 태어난 한국 아이들에게 국어를 가르친다. 그런 나에게 존과 함께 멘탈 메스Mental Math 수업을 해보라는 것이다.

 여든 여섯 살 할아버지에게 수학을 가르치라는 제안에 나는 당황스러웠고, 망설이지 않을 수 없었다. 하지만 미분, 적분을 가르치는 고등수학이 아니라 초등학교 저학년 학생들이 많이 하는 암산이라 생각했기 때문에 큰 염려는 하지 않았다.

수업 시작하기 전, 일주일 동안 여러 가지 계획을 세웠다. '수학의 정복Conquer Math'과 같은 웹사이트에 들어가 초등 수학을 단계별로 검토하며 존에게 적용시킬 만한 레벨을 찾아보았다. 머릿속으로 계산하기 어려운 단계는 주판으로 계산할 수 있도록 주산 교본을 훑어보면서 존의 레벨을 정하려 했으나 그 어느 방법도 적합하지 않았다.

서울의 목동 아이스 링크에 간 일이 있다. 초등학생인 우리 아이가 스케이트를 배우기 위하여 링크 한 쪽에서 뒤뚱거리고 있을 때였다. 얼음판 한 가운데에서 유유히 춤을 추며 이리 저리 돌고 있는 몇 명의 할아버지 모습이 내 눈에 들어왔다. 피겨 스케이트를 타고 자유롭게 빙판을 돌고 있는 장면은 마치 여러 마리의 두루미 같았다. 나도 그들처럼 아름답게 나이 들기를 원하며 한참 동안 바라보았다.

친구가 보내준 글 가운데 아흔 살 노인의 이야기가 있다. 좋은 직장에서 삼십 년간 일하고 예순 살에 은퇴를 하여 별다른 계획 없이 사는 동안 아흔 살이 되었다. 퇴직 후의 삼십 년이란 시간은 젊었을 때 일했던 기간만큼 긴 세월이었다. 그렇게 오래 살 줄 미리 알았더라면 일흔 살, 여든 살에도 새로운 일을 시작했을 것이다. 아무 일도 시작하지 않았고 아흔 살이 되었다. 늦었다 생각하고 못했던 것을 아쉬워하며 그는 이제 영어 공부를 시작했다. 또 다른 십 년이 지나 백 살이 되었을 때, 아흔 살에 시작하지 못한 것을 후회하지 않기 위해서였다.

나와 함께 수학 공부를 하려는 존도 목동 아이스링크 위에서 춤을 추던 할아버지도 헤드폰을 끼고 영어를 따라 하는 아흔 살의 할아버지가 모두 비슷하다. 멘탈 메스의 두 단어 중에서 Math(수학)를 빼고 Mental(정신의)이란 단어에 초점을 맞추니 수업의 방향이 보였다.

첫 수업하는 날이다. 존에게 A4 용지와 펜을 주면서 나이와 이름, 생년 월 일 등을 적으라고 했다. 존은 펜을 들고 허리를 곳곳이 세우고, 1928년 모월 모일 생, 한국 이름, 영어 이름, 한자 이름까지 또박또박 적었다. 돋보기안경도 끼지 않고 작은 글씨를 쓸 수 있는 그의 시력을 부러워하며 다음 질문을 했다. 왜 미국에 갔는지, 무슨 공부를 했는지, 결혼은 언제 했는지에 대하여 물었다. 그는 전공과목이나 자녀 숫자 등의 단순한 질문에는 금방 대답했지만 결혼생활이나 미국 가게 된 동기 등을 말할 때에는 기억을 더듬어 가며 천천히 대답했다.

존은 서울대 상과 대학을 졸업하고, 대통령이 주는 장학금으로 미국 유학을 했다. 박사 학위 과정을 마친 후 한국에 돌아오기를 여러 번 시도했지만 끝내 오지 못하고 미국에서 살았다. 그는 록펠러재단만큼이나 유명한 큰 회사에서 고위 간부로 일할 때 한국의 대학 동창생들을 고용하여 회사의 중요한 일들을 배우게 했다. 친구들이 한국에 돌아와 큰 회사에서 일했고 마침내 그 회사는 우리나라 최고의 기업이 되었다.

미국에서 평생 동안 일하며 누릴 수 있었던 혜택이나 젊은 날의 과거 이야기를 펼쳐 나갈 때 그의 눈은 빛나고 목소리는 점점 더 높아졌다. 한국에 사는 친구들 중에는 장관을 역임한 친구들도 많다. 존도 한국에 살았으면 장관을 했을 것이다. 장관이 되었다 해도 본인은 윗 사람에게 손바닥 비비는 일을 잘 못하기 때문에 그 수명이 아주 짧았을 것이라며 빙그레 웃었다.

한 시간의 수업이 너무 짧았다. 대기실에서 기다리고 있던 딸이 집에 가자고 교실 문을 두드릴 때까지 이야기는 계속되었다. 존은 집으로 가는 것을 아쉬워했다. 수십 년 동안 한 번도 받아본 적이 없는 자신의 과거에 대한 질문을 받았고, 긴 세월 동안 묻혀져 있던 이야기들을 세상에 내놓았다. 오래된 일들을 기억해 낸 것이 신기하다면서 "So strange, so strange, it's funny, I was interested in my class today."를 되풀이 했다.

수업 시작한 지 여러 달이 지났지만 첫날 수업처럼 늘 새롭다. 주판 사용이나 암산보다 지난 날의 삶을 이야기 하는 시간이 훨씬 길다. 앞날의 계획에 대하여 물어볼 때에는 고개를 좌우로 흔들며 침묵하다가 지난 날의 삶에 관한 질문에는 기나긴 이야기를 풀어놓는다.

노인은 역시 미래보다는 과거에 산다는 말이 실감난다. 정신적으로는 비록 과거지향적인 삶으로 한가한 듯 하지만 육체적인 현실은 여전히 바쁘다. 지금도 그는 일주일에 두세 번 골프를 하고, 하루는 구청에서 운영하는 치매 방지 프로그램에 참여한다. 수요일에는 한인 마을에 와서 한식으로 점심을 먹고, 우리 학원에서 나와 함께 멘탈 수업을 한다. 일요일에 교회에 가서 하나님께 예배를 드리고 영적인 양식을 공급받는 일도 빼놓지 않는다.

나는 생각한다. 내가 존을 가르치는 것이 아니라 오히려 그를 통해 더 많은 것을 배우고 있다고…….

나는 학원수업을 제외한 나머지 시간을 짜임새 있게 쓰지 못하고 있다. 수영장에 등록했지만 일주일에 한 번이나 두 번만 수영한다. 친구들이 골프 클럽에 회원 가입하라고 권유했지만 걷는 것을 싫어하여 아직도 골프를 배우지 않고 있다. 여가 시간만 있으면 인터넷 방문을 하고, 휴대폰에 온 메시지에 답하기 바쁘다. 카카오톡 확인을 빼놓지 않으면서 독서는 게을리 한다. 수업만 끝나면 대단한 스트레스라도 받은 양, 머릿속을 비운다는 명분으로 한국 드라마를 즐겨보면서 저녁 시간을 낭비한다.

존의 나이가 되었을 때 나의 기억력이 약해지는 것을 막기 위하여 어떤 노력을 할까 생각조차 하지 않았다. 계속 이대로 게으른 생활을 해 한다면 영화 '노트북'에 나오는 할머니처럼 대부분의 기억을 잃을지 모른다. 남편의 피나는 노력과 극진한 사랑으로 기억을 되찾는 영화 속의 주인공과는 달리, 남편은 물론 아이들 이름조차 기억하지 못하고, 요양원에 누워 있을 지도 모른다.

생각만 해도 끔찍하다. 오늘부터라도 나의 두뇌를 괴롭히는 일을 찾아 신나게 일해야 할 것이다. 너무 늦었다는 생각 때문에 시작하지 못했던 일들을 지금 당장 해야 한다. 나의 미래는 외로운 노년, 초라한 노년이 아니라 아이스 링크 위의 할아버지처럼, 아흔 살에 외국어를 배우는 할아버지처럼 늘 새로운 도전을 하는 삶이 되어야 한다.

워즈워드의 고향을 찾아서

영국의 김소월이라 일컫는 윌리엄 워즈워드의 흔적을 더듬어 보고 싶었다. 런던 유스턴 역에서 기차를 타고 네 시간쯤 달리면 그의 고향, 호수 지방Lake District이 있다. 호수 지방은 영국 제1국립공원으로 잉글랜드 북서부에 위치하고 있다.

영국의 스위스라 불릴 정도로 아름다운 국립공원은 크고 작은 호수와 산이 잘 어우러져 있으며 잉글랜드에서 가장 높은 산(960m)도 거기에 있다. 그 곳에 워즈워드가 태어난 코커마우스, 젊은 시절에 살았던 그라스미어의 도브 코티지, 생애를 마감한 곳 라이달 마운트가 있다. 또한 동화 '피터 레빗'의 작가 베아트릭스 포터가 살았던 '힐탑'도 그 곳에 있다.

삼일 여정의 첫 날이다. 호수지방의 초입에 있는 켄달에 숙소를 정하고 하이스트릿트로 나갔다. 저녁 식사 후에 켄달 마을 주변을 산책하려고 마을버스를 탔다. 종점에서 다시 되돌아오면서 마을 관광을 할 참이었다. 이십 분 후에 마지막 정류장에 닿았고 내려서 마을 구경을 했다. 현관문 마다 꽃바구니가 걸려 있고 낮은 돌담 위에는 잔잔한 이름 모를 꽃들이 형형색색 피어서 담을 예쁘게 장식하고 있다. 여기가 천국일지도 모른다는 생각을 했다.

산책을 마치고 종점으로 가서 버스를 기다렸으나 아무리 기다려도 오지 않았다. 정류장 팻말을 보니 우리가 타고 온 버스가 여섯 시반 차였는데 그것이 마지막이었다. 휴대폰의 구글 맵을 통해 숙소 위치를 파악하고 지도가 안내해 주는 대로 걸었다. 돌담길을 돌아 끝이 없는 길을 따라갔다. 한 시간 동안 걸어서 숙소로 오자마자 우리는 곯아 떨어졌다.

다음날, 예약한 렌터카를 타고 도브 코티지가 있는 그라스미어로 갔다. 양들이 풀을 뜯는 언덕과 아기자기한 낮은 산이 어우러져 있는 사이사이로 호수가 드리워져 있다. 구름이 끼어 있을 때에는 호수도 회색빛으로 물들고, 파란 하늘이 펼쳐지면 호수도 선명한 푸른색으로 바뀐다.

하루 종일 나지막한 언덕에서 풀을 뜯는 양들과 파란 하늘을 바라보고 날씨에 따라 바뀌는 호수의 다양한 색깔의 변화로 하루가 지루하지 않았을 워즈워드의 일상을 그릴 수 있다.

그는 1770년 4월 17일에 호수 지방의 북부, 코커마우스에서 태어났다. 켐브리지 대학에서 공부하였지만 좋은 성적을 거두지는 못했다. 1789년에 프랑스 대혁명이 일어나고 1790년에 프랑스와 스위스를 여행한다. 이때 네 살 연상인 프랑스 처녀 마리안느 발롱과 사랑에 빠져 사생아 캐롤라인을 낳는다. 그는 평생 발롱과 캐럴라인의 생계를 도왔다. 1795년, 시인 콜리지를 만나고, 형편이 조금 나아지자 여동생 도로시와 도셋에 정착하게 된다. 1798~1799년까지 여동생 도로시와 독일에서 살게 되고 수수께끼 같은 '그 애는 인적 없는 곳에 살았다.'라는 시를 쓴다. 시 종반부에 나오는 루시가 워즈워드가 사랑한 친 여동생이란 사실은 참으로 수수께끼 같다. 독일에서 돌아와 호수 지방의 그라스미어 지역의 도브 코티지에 살게 되는데 이때 도로시의 친구 메리 허치슨과 서른 두 살의 나이에 결혼하게 된다. 그의 아름다운 시는 대부분 이때 쓰여졌다. 1813년 그라스미어를 떠나 앰블 사이드의 라이달 마운트에서 살았다. 라이달 마운트에서 1850년 4월 23일 산보를 하다가 감기 든 것이 악화되어 여든 살 나이로 세상을 떠났다.

윈드미어를 지나고 앰블사이드를 지나 워즈워드가 살던 도브코티지에 도착할 때까지 나는 그의 자취에 흠뻑 젖어 있었다. 하찮은 것에도 의미를 부여할 줄을 하는 사람이 시인이라면 보잘것없는 작은 것에도 생명력을 불어 넣어주는 워즈워드는 창조주에 가깝다. 그는 자연에 의미를 부여함과 동시에 인간의 삶에 대한 의미를 준 시인이다.

도브 코티지가 있는 그라스미어는 워즈워드와 그의 시를 사랑하는 많은 사람들이 찾는 곳이다. 도브 코티지 돌집에서 구 년 동안 살았고 이곳에서 그 유명한 '무지개'와 '수선화'를 썼다

주차장 입구에 있는 '브로시스'란 카페를 보니 시장기가 돌았다. 도브코티지와 워즈워드 박물관이 바로 옆에 있지만 점심 식사를 먼저 하기로 했다. 커피와 함께 영국의 전통 음식, 휘시 앤 칩스와 자켓 포테이토를 주문했다. 런던에서나 호수 지방의 카페에서나 '휘시 앤 칩스' 맛의 차이는 별로 없지만 분위기는 많이 다르다. 산이 있고, 호

수가 있고 파란 하늘에 구름이 흘러가는 곳에서의 식사는 지하철 먼지 냄새가 배어 있는 런던 시내 식당의 공기와는 비교도 할 수 없다.

한적한 실내에서의 평온함을 더 누릴 수가 없다. 도브 코티지도 둘러보아야 하고 박물관에도 들어가야 한다. 남은 커피를 비우고 도브 코티지로 걸어갔다.

도브 코티지 내부는 삼십 분에 한 번씩 들여보낸다. 안내원이 각 방으로 안내하면서 그 방에 대한 설명을 해주기 때문에 한 팀당 방문 소요 시간이 삼십 분 걸리는 것이다.

맨 처음 들어간 곳은 거실이다. 거실에 걸려 있는 액자에 관한 설명을 시작으로 침실, 서재, 부엌, 아이들 놀이방 등을 차례로 보여 주면서 친절하게 설명해 준다. 워즈워드가 쓰던 책상, 침대, 부엌용품 등을 보면서 안내자가 설명해 주었다. 벽에 걸려 있는 액자와 휘장이 둘러싸여 있는 침대를 보고 있노라니 잠시 그가 살던 시대로 옮겨가 있는 듯했다.

도브 코티지의 뒤쪽 정원은 시골집 뒤뜰의 언덕과도 같다. 사람이 많이 찾는 곳이지만 한꺼번에 많은 사람들이 붐비지는 않는다. 그저 동네 사람들이 방문하듯이 천천히 여유롭게 뜰 주위를 둘러보는 사람들이 끊어지지 않는다.

다음으로 호수 지방의 절경 더웬트 워터Derwent Water로 달려갔다. 케스윅에 차를 세우고 숲을 따라 호수를 따라 걸어 들어갔다. 퀸스 오브 더 레이크Queen of the Lakes라 할 만큼 경치가 아름다웠다. 숲속 끝까지 걸어가면 탁 트인 호수가 나오고 그 끝에 두 사람 앉을 수 있는 벤치가 놓여져 있다. 벤치에 앉아서 뒷모습을 찍기도 하고 멀리 보이는 배를 뒤 배경으로 서서 사진을 찍기도 한다. 이런 곳에 묻혀서 실컷 글을 써 보고 싶은 충동을 잠깐 느꼈다.

되돌아 나오면서 주차장 맞은쪽에 있는 낮은 언덕으로 갔다. 처음으로 가까이에서 양을 보았다. 하얀색 작은 소를 보는 느낌이었다. 시골 마을 가축의 퀴퀴한 장면을 보는 듯했다. 멀리서 보았을 때 아름다운 것은 절대로 가까이 하지 않는 것이 좋겠다는 생각을 했다.

다음날 우리는 호수 지방의 서쪽으로 갔다. 윈드미어 호수를 건너서 '피터 레빗'의 작가 베아트릭스 포터가 살았던 '힐탑'으로 갔지만 포터 갤러리의 내부를 관람하기 위하여 기다리는 사람들이 너무 많아서 기다릴 수 없었다.

주변을 드라이브하기로 했다. 캐슬 뷰잉을 지나 워레이 캐슬, 워터헤드까지 운전하여 갔다. 양쪽으로 끝없이 이어지는 산과 호수와 함께 신나게 드라이브를 했다. 갈 때는 호수를 건너갔지만 다시 건너올 필요 없이 호수를 따라 운전하여 원점으로 돌아왔다. 엠블 사이드의 라이달 마운트는 워즈워드가 나이가 들어 생을 마감할 때까지 살았던 곳이다.

영국인들은 호수 지방이라 써 놓고 낭만이라고 읽는다. 영국인 중에서도 특히 호수지방을 사랑한 사람들은 작가들이었다. 로버트 사우디, 퍼시 셸리, S.T. 콜리지 등 낭만파 혹은 호수파 시인들이 지금도 사랑받는 애송시를 이곳에서 쓰고 활동했다. 특히 윌리엄 워즈워드는 이곳에 매료되어 평생 떠나지 않고 호수지방에서 살았던 것이다.

호수 지방은 대단한 유적지가 있는 곳도 아니고 그냥 산, 호수, 벌판, 숲, 나무들만 있다. 정말로 호수 지방을 사랑하는 사람들만 온다. 잠깐 들러 기념 촬영하는 정도로 호수 지방을 둘러보았다고 말하기엔 턱없이 부족한 일정이다. 삼박 사일 동안 그 곳에 머물렀지만 베아트릭스 포터가 살았던 힐탑의 갤러리를 보지 못했고 워즈워드의 생가 코커마우스까지 가지 못했다.

일주일 정도는 호수 지방에 머무르며 켄달에서 코커마우스까지 드라이브하면서 천천히 시인의 숨결을 느껴본 사람만 워즈워드의 고향을 방문했다고 말할 수 있을 것 같다. 수선화가 피는 계절, 이른 봄에 다시 한 번 가겠다는 다짐을 하며 '수선화'와 '무지개' 시를 다시 한 번 외워본다.

수선화

구름처럼 외로이 헤맸네
그러다가 문득 한 무리 꽃을 보았네
무수한 황금빛 수선화가
호숫가 나무 밑에서
미풍에 흔들리면서 춤추는 것을 보았네
은하수에서 반짝이는
별들처럼 이어져
호숫가를 따라 돌며 끝없이
끝없이 피어 있었네

무지개

하늘의 무지개를 바라보면
내 가슴은 뛰누나
어렸을 적에도 그러했고
어른인 지금도 그러하고
나이가 들어도 그러하리라
아니면 죽어도 좋으리 !
아이들은 어른의 아버지
내 생활이 자연을 경애하는 마음으로
하루하루 이어지기를

셰익스피어의 고향을 찾아서

런던에서 북쪽으로 200km쯤 달려가면 윌리엄 셰익스피어의 고향인 스트랫퍼드 어폰 에이번Stratford-upon-Avon이 있다. 마을 입구에 셰익스피어의 생가 표지판이 있지만 마을을 몇 바퀴 돌아도 생가를 찾을 수 없었다. 마을 중심으로 향한 일방통행 길로 들어가니 조그마한 이정표가 보였다. 마을 한가운데에 전혀 예상치 못한 장소에 셰익스피어의 기념관이 있고 그의 생가가 있다. 셰익스피어의 생가라 하여 크고 웅장한 건물을 상상했던 것과는 달리 작고 보잘것 없어 보이는 건물이었다. 그래서 찾기가 더 힘들었던 것 같다.

방문자 센터를 통과하여 들어간 기념관에는 셰익스피어에 관한 각종 자료와 전시물들이 있고 그것을 보며 걸어가다 보니 생가로 이어지는 출구가 있었다. 생가로 가는 길은 정원으로 연결되어 있다.

정원 벤치에 앉았다. 정원에는 상주해 있는 배우들이 다른 사람과 사진을 찍고 있다. 나는 강아지를 안고 있어서 함께 사진 찍자고 말할 용기가 나지 않았다. 다른 사람들의 모습만 보아도 즐겁고 그저 셰익스피어의 정원에 앉아 있는 것만으로도 그의 숨결을 느끼기에 충분했다.

생가는 16세기에 유행하던 튜더 양식의 3층 목조 건물로 내부는 소박하게 꾸며져 있다. 이층 거실 창가에는 토마스 카알라일과 아이작 뉴튼 등 유명작가들의 사인이 새겨져 있다. 또한 그가 사용하던 침대와 나무의자, 책상이 보존되어 있으며 가족들의 손때가 묻은 낡은 가재도구들이 눈길을 끈다. 그 시대의 생활 모습들이 담겨있는 사진을 들여다보니 역사의 흐름 가운데 한순간을 잘라내고 내가 그 속에 들어가 앉아 있는 것 같다.

셰익스피어가 어릴 때 뛰놀았던 생가의 마당에는 작품에 등장했다는 나무와 꽃들이 심어져 있다. 뒤쪽 정원에는 셰익스피어 재단 소속 배우들의 즉흥 공연이 이루어지고 있다. 관객 중 누가 연극의 제목을 말하고 특정 장면을 이야기하면 바로 배우들의 대사가 나온다. 셰익스피어 전문 배우답게 연극 전체를 소화하고 있다는 뜻이다.

셰익스피어는 1564년 4월 26일, 마을 읍장 출신의 부유한 상인 존 셰익스피어의 장남으로 태어났다. 유년시절을 행복하게 보낸 셰익스피어는 열세 살에 집안이 몰락하여 대학에 진학하지 못했다. 열여덟 살에 8년 연상의 여인 앤 하서웨이Ann Hathaway와 결혼하여 삼 남매를 두었으나 모두 요절하였다. 1580년대 후반에 런던으로 나온 셰익스피어는 배우, 시인, 극작가로서의 길을 걷는다. 런던 생활을 끝내고 다시 고향으로 가서 1590년부터 1613년까지 모두 38편의 희곡을 발표했다.

그는 영국인들이 인도와도 바꾸지 않는다고 할 만큼 영어와 문학의 발전에 지대한 공헌을 한 작가로서 영국을 빛낸 인물들 중 1위를 놓치지 않고 영국인의 정신세계를 지배하고 있다.

우리에게 잘 알려진 표현 몇 가지만 봐도 셰익스피어가 얼마나 많은 사람들의 정신세계를 지배하고 있는가 하는 것을 알 수 있고 나도 그의 정신세계를 조금은 나눠 가졌다는 즐거운 착각을 한다.

자주 사용되는 글귀 '사느냐 죽느냐 그것이 문제로다 To be or not to be, 약한 자여 그대 이름은 여자나라 Frailry!, Thy name is woman' 이해하기 어렵다 It was Greek to me, 끝이 좋으면 다 좋은 것이다 All is well that ends well, 올 것은 결국 온다 Come what come may, 사랑은 결코 쉽게 이루어지지 않는다 The course of love never did run smooth, 옷이 진정 남자를 만든다 혹은 옷이 날개다 Clothes make the man.'의 표현이 모두 셰익스피어의 작품에서 나온 대사 중에서 인용된 것을 보면 우리의 정신세계에는 누구나 공감하는 공통점이 있다는 생각이 든다.

셰익스피어가 상황에 맞는 단어만을 선택하기 위해 각고의 노력을 기울였다는 것을 셰익스피어 전문가들을 통해 할 수 있다. 그들은 셰익스피어 작품에 나오는 단어와 구, 문장을 전부 찾아냈고, 희곡 38편에서 2만 8천 단어를 88만 4천 번 사용해서 만들었다는 사실도 밝혀냈다. 그 중 거의 반 정도인 1만 3천 단어는 딱 한 번만 작품에 등장했다. 단 한 번 사용하더라도 그 장면에서는 바로 그 단어만 사용하여 상황을 완벽하게 표현할 수 있도록 작품을 쓴 셰익스피어의 방대한 어휘력에 대하여 경탄하지 않을 수 없다. 나 같은 풋내기는 감히 흉내는커녕 그의 작품을 제대로 읽거나 이해하지도 못한다. 대학교 시절 '햄릿'의 원서를 공부할 때 셰익스피어 용어사전Shakespeare's Glossary이 꼭 필요했던 이유를 이제서야 분명히 알게 되었다.

런던에서 극작가로서 큰 성공을 거둔 셰익스피어는 고향에 엄청난 규모의 정원을 가진 새 집을 짓게 되는데 이것이 셰익스피어의 새 집 New Place이다. 생가Birthpalce가 그의 성공 이전의 삶을 보여준다면 새 집은 성공 이후의 삶을 보여준다. 생가가 셰익스피어의 초창기 삶을 함께 했다면 새 집은 런던 이후의 삶을 담고 있다.

생가와 새 집은 그리 멀지 않다. 생가는 작은 규모의 아늑하고 소박한 규모이고 새 집은 어마 어마하게 크다. 정원은 너무 넓어서 마치 공원 같다. 그 공원을 돌면 다음 코스를 놓칠 것 같아서 생략하고 셰익스피어 딸의 집으로 향했다.

셰익스피어의 딸, 수산나와 그의 남편 닥터 존 홀이 살았던 집은 홀스 크로프트Hall's Croft이다. 딸의 집은 생가와 새집과는 달리 당시의 생활 모습을 보여주는 내부 구조와 가구를 고스란히 간직하고 있다. 셰익스피어의 사위인 존 홀이 의사였기 때문인지 그와 관련된 약제도구도 있다. 중요한 전시품들에 대한 설명은 홀스 크로프트 입구에서 나눠주는 안내책자에 상세히 설명되어 있어서 안내자의 설명없이 둘러보기에 좋다. 내부를 지나는 복도나 그 외의 구조 하나 하나에서 당시의 삶을 그려볼 수 있다.

쉬지 않고 세 군데의 전시장과 집의 내부를 둘러보니 다리도 아프고 지쳐서 홀 크로프트 옆에 붙어 있는 카페에 들렀다. 작가의 향기를 느끼며 에푸터눈 티로 홍차를 한 잔 마셨다. 따뜻한 차와 부드러운 음악이 흐르는 카페에서의 티타임은 마음에 평온과 생기를 불어 넣어 주는 시간이다. 너무 오래 지체할 수 없다. 다음으로 발길을 옮긴 곳은 셰익스피어의 아내 앤의 집, 앤 하서웨이 코티지Ann Hathaway's Cottage이다.

앤 하서웨이 코티지는 훗날 셰익스피어의 아내가 되었던 앤이 태어나고 자랐던 집이다. 앤의 집은 눈길을 끌 만큼 아름다워서 셰익스피어 생가와 앤의 집이 미니어처 모형으로 만들어져 기념품 가게에 진열되어 있다. 집 앞의 정원은 각종 꽃이 잘 어우러져 피어 있어 영국식 정원의 전형적인 모델이라 할 수 있다.

앤은 셰익스피어보다 팔 년 연상의 여인이다. 열여덟 살의 셰익스피어가 앤에게 혼전 임신을 시킴으로 부랴부랴 결혼을 서둘렀다는 이야기가 있다. 그 당시 통념으로는 상상할 수 없는 아주 자유분방한 커플이었음이 분명하다.

앤의 집은 500년 된 집이고 처음엔 농장 주택이었다. 앤의 할아버지가 양을 치는 농부로 세를 살았고 앤이 그 집에서 태어났다. 앤 가족은 그 집에 살면서 더욱 번창했고, 아버지가 죽은 후에 앤의 오빠 바돌로메가 농장의 소유주가 되었다. 1800년대 후반에 집안이 기울기 시작했고, 모게지가 많아서 마침내 팔게 되었지만 하서웨이 가족이 세입자로 계속 살게 되었다.

그 집에서 살았던 하서웨이 가의 마지막 자손은 메리 베이커였다. 셰익스피어 재단에서 그 집을 샀고 소유주가 되었다. 메리와 그녀의 가족은 관리비를 받고 집을 관리해주고 있으며 오늘날까지 이어오고 있다.

마지막으로 홀리 트리니티 성당Holy Trinity Church에 들렀다. 셰익스피어와 그의 아내, 딸, 사위, 손자들이 함께 잠들어 있는 곳이다. 12세기에 지어진 교회의 제대 앞에 그들의 무덤이 있다. 성당에서 가장 성스러운 곳이라는 뜻, '지성소'의 바로 앞에 묻혀 있다. 지성소는 아무리 돈이 많아도 그 자리에 합당한 사람이 아니면 묻힐 수 없는 곳이다. 과연 셰익스피어를 인도와 바꿀 수 없을 정도로 대단히 여기고 있음을 입증하는 것이다. 누구에게라도 생을 마감하는 순간은 꼭 찾아온다는 사실이 우리를 숙연하게 한다.

한 군데 더 가야 할 곳이 있지만 저녁 늦은 시간이라 런던으로 오는 고속도로를 타야만 한다. 에이번 강가에 있는 RSCRoyal Shakespeare Company 극장과 그 주변을 보지 못하고 온 것이 아쉽다.

일 년 내내 셰익스피어 작품만 공연하는 극장과 강가에 자리한 셰익스피어 동상과 네 개 주요작품의 주인공 조각을 보지 못했다. 특히 맥베스의 '레이디 멕베스'가 퀭한 눈동자를 하고 있다는 동상과 해골을 손에 쥐고 고민하는 햄릿의 얼굴은 꼭 보고 싶다.

셰익스피어가 태어나 어린 시절과 청년기를 보낸 마을, 해마다 봄이 되면 노란 수선화와 연보라색 크로커스가 만발하는 예쁜 마을, 그래서 이 마을을 가리켜 영국 사람들은 '셰익스피어 컨트리'라 부른다.

셰익스피어 기념관, 셰익스피어 생가, 셰익스피어의 새 집, 앤의 집, 딸의 가족이 살던 집, 셰익스피어 무덤이 있는 성당을 수박 겉핥기식으로 하루에 보고 발길을 돌린다는 것은 애초에 무리가 있었다.

하루 밤 묵으면서 극장에서 공연도 보고 작품 속의 동상과 셰익스피어 동상을 감상하는 것이 셰익스피어에 대한 예의인 것 같았다. 꼭 일박 이일 일정으로 다시 가야 한다.

영국 나이

나에게는 두 종류의 나이가 있다. 한국 나이 마흔 네 살, 영국 나이 열여섯 살이다. 마흔 네 살은 한국 떠났을 때의 나이이고 열여섯 살은 영국에서 생활한 나이이다. 런던으로 이사를 온 후에 만나는 사람마다 묻는 것이 있다. 영국에 온 지 얼마나 되었는가, 왜 왔는가에 대한 질문이다.

언제 왔느냐 하는 질문을 받을 때 처음 일 년 동안은 개월 수로 대답한다. 런던에 온 지 한 달이 되면 내가 살고 있는 마을의 이곳저곳을 파악하는 단계이다. 달이 지나 갈수록 이민 생활에 대한 정보나 상식이 늘어 가기 때문에 런던에 온 지 얼마나 되었나 하는 것은 런던 생활이 어느 정도 익숙해졌는지를 간접적으로 묻는 말이다.

일 년도 안 되었다는 것은 첫돌이 안 된 어린 아이와 같은 뜻이고 이십 년 되었다는 것은 성인이 되었다는 의미이다. 영국 생활에 필요한 정보는 거의 파악했기 때문에 다른 사람의 도움 없이 충분히 살아갈 수 있다는 뜻이다.

영국 생활 삼십 년이 되었다고 말하는 사람의 목소리에는 '나 이런 사람이야' 라는 의미가 담겨 있다. 한국인의 영국 이민역사가 짧아서 영국 생활 삼십 년이 넘는 사람은 많지 않고, 그들이 영국 이민의 선구자라 자부하기 때문이다. 그 사람의 입장에서 런던에 온 지 일 년도 채 못 된 우리를 볼 때에는 걸음마도 못하는 어린 아이에 불과하다

왜 왔냐고 하는 질문은 회사를 통해서 나온 주재 상사인지, 순수한 유학생인지, 자녀와 함께 온 교육 이민자인지를 묻는 것이다. 요즈음 한국 사회가 교육 문제로 많은 갈등을 겪고 있다. 교육 이민은 공교육의 붕괴, 치솟는 사교육비로 인한 결과가 빚어낸 새로운 형태의 해외 이민이다. 가족이 모두 해외로 교육 이민을 택하는 경우도 있고 어머니와 자녀만 외국에 가고 아버지는 한국에 남아서 가족의 생활비와 학비를 보내는 경우도 있다. 우리는 후자에 속하는 경우라고 명확하게 신분을 밝혔다.

평소에는 한국에서 일하다가 일 년에 한 두 번씩 가족을 만나기 위하여 외국으로 날아간다는 의미로 '기러기 아빠'라는 신종어가 나올 정도로 기러기 가족이 많이 있었다. 기러기 아빠, 기러기 엄마가 되어 생활하는 것이 그리 쉽지만 않다.

런던에 도착한 날부터 나는 늘 아이들과 함께 있었다. 아이들이 학교에 있는 시간을 제외하고 슈퍼마켓, 공원, 도서관 등, 가는 곳마다 함께 했다. 어디에 가든지 사람들로 붐비는 서울 거리와는 달리 인적이 드문 주택가에서의 한적함은 낯선 곳에서 둥지를 트는 우리에게 한없이 두렵기만 했다. 잠잘 때에도 카펫 바닥에 전기장판을 켜고 세 명이 함께 잤다. 혼자 있는 것이 두려운 것은 첫돌 전의 아이에게 엄마가 보이지 않을 때 느끼는 불안함과 같은 것이었다.

외국에서는 십대 청소년들과 엄마가 함께 자는 일은 있을 수 없는

일이란 것을 나중에, 영국 생활이 어느 정도 익숙해 진 후에 알았다. 처음부터 알았다 하더라도 '우리는 한국 사람이니까' 하고 아무렇지 않은 듯 그대로 행했을 것이다. 구청이나 청소년 보호센터에 신고 당하지 않은 것을 생각하니 끔찍한 과정을 무사히 넘겼다는 안도감이 들었다.

당시에 고발당했다 할지라도 외국인으로서 미성년자의 삶이라고, 이해해 주기를 바란다고, 영국인들에게 막무가내 때를 쓰며 요청하고도 남을 사람은 한국의 기러기 엄마 뿐이었을 것이다.

일 년이 지난 후에도 영국에 온 지 얼마나 되었는가에 대한 질문을 계속 받았다. 그때부터는 몇 개월이라 대답하지 않고 '몇 년 째 된다.'고 대답했다. 그것 또한 아이가 첫돌이 지난 후에 두 살, 세 살이라고 말하는 것과 흡사하다. 영국 나이 두 살이 되었을 때 우리는 기러기 가족이란 별명을 떼었다. 남편이 영국에 오면서 남편도 새로운 나이를 계산하게 되었다.

영국 생활이 익숙해지고 열 살이 넘으니 혼자 있는 시간이 두렵지 않았다. 한적한 마을이 친근해지고 홀로 산책하는 것이 편안했다. 오히려 적막함을 즐기며 조용한 공기를 깊숙이 들이쉴 줄도 알게 되었다. 창문의 망사커튼 사이로 밖을 내다보면서 드문드문 지나가는 사람 숫자를 헤아리기도 했다. 앞집의 차고 문이 열릴 때마다 외출하는 장소를 상상하면서 한나절 내내 창가에 서 있기도 했다.

영국 할머니들이 창문을 통해 옆집 정원을 내다보다가 잔디가 많이 자랐음에도 깎지 않고 그대로 두면 구청에 연락하여 옆집 사람에게 잔디를 깎으라는 신호를 보낸다. 할 일 없는 노인들이 남의 집 정원 관리 문제까지 참견하는 것 같아서 영국 할머니가 싫었다. 그러면서도 혹시 신고를 당할까 봐 염려가 되어 우리 정원의 잔디가 10센티만 자라도 어김없이 잔디 깎기를 서둘렀다.

이제는 영국 나이 열여섯 살이다. 할머니의 한가함이 저지른 불필요한 친절을 시간의 여유로움이 가져다 준 결과로 이해할 수 있을 만큼 영국 생활이 익숙해진 나이가 되었다.

한국의 가을 하늘처럼 맑고 푸르른 하늘을 쳐다본다. 비행기가 지나간 하얀 줄을 따라가면서 파란 하늘을 마음껏 헤엄친다. 저 길을 따라 되돌아가면 서울이 나온다. 한국 나이로 이제 예순이 되지만 한국 정서는 한국을 떠날 때의 나이, 마흔 네 살에 멈춰 있다.

레스터 스퀘어에 가면

레스터 스퀘어는 런던 중심가 웨스트 앤드에 있는 광장이다. 주변에는 극장, 레스토랑, 나이트클럽 등 오락시설과 라디오 방송국과 MTV스튜디오 등 미디어 기업이 모여 있는 곳이다.

런던 외곽에 사는 주민들이 나른한 일상에서 벗어나고 싶을 때 여러 가지 공연을 보면서 마음을 환기시키기에 손색이 없는 곳으로 우리나라의 혜화동이나 대학로의 분위기와 비슷한 곳이다.

겨울 방학이 되자 한국에 홀로 있던 남편이 런던으로 휴가를 왔다. 그날도 우리 가족은 런던 시내로 나갔고 목적지는 레스터 스퀘어였다. 영화 '헤리 포터'를 보기 위하여 아이들은 극장에 들어갔고 우리 부부는 근처의 펍에서 와인을 마셨다. 문득 남편이 성인용품 가게를 찾아보자고 했다. 직장 동료가 말한 것인데 꼭 사야 할 물건이 있다는 것이다. 광장 주변에서 어덜트 숍Adult Shop이란 간판을 어렵지 않게 찾을 수 있었다. 평소에는 간판도 제대로 쳐다보지 못했지만 남편과 함께 있으니 거리낌이 없었다.

가게 안을 둘러보았다. 잡지에서 흔히 볼 수 있는 여러가지 속옷 용품들이 붉은빛 조명을 받으며 진열되어 있다. 복숭아색이나 검정색은 물론 빨강, 노랑, 파란색 스타킹과 그것을 고정시키는 홀더가 놓여 있다. 가발 역시 다양한 색깔과 모양을 갖추고 있다. 그 외에도 어디에 사용하는 것인지 알 수 없는 물건들이 내 눈을 어지럽혔다. 별다른 세상이다.

어떤 물건을 살 것인지 남편에게 물었다. 남편은 내가 사용할 남자 모형을 사야한다고 했다. 순간 입을 다물 수 없었다. 남편이 아내와 떨어져 있으니까 여자 모형이 필요한 줄 알았다. 런던 휴가 온 김에 하나 구입하려는 줄 알았다. 남편은 나의 짐작을 뒤로 하고 나에게 그것이 왜 필요한지 설명했다.

몇 달 전에 내가 한의원에 간 일이 있다. 갑자기 어깨가 아파서 조금도 움직일 수 없어서 침을 맞았다. 운전할 때 기어 변속조차 할 수 없을 정도로 심한 통증이 있어서 아들이 조수석에 앉아 함께 운전했다. 내가 클러치를 밟는 순간에 아이가 기어 변속하는 방식으로 운전하고 있다는 소식을 듣고 동료 직원이 남편에게 말했다.

내가 남편 없이 혼자 생활을 하니 온몸의 혈액 순환이 되지 않아서 몸이 아프다는 것이다. 그러므로 이번 런던 방문 때에 꼭 남성 모조품을 아내에게 사 주고 오라는 말을 했다는 것이다. 그 말을 해 준 동료는 부인과 딸을 미국에 보내고 혼자서 지낸 지 몇 년 지났다. 미국에 있는 아내에게 남성 모조품을 사용하라고 권장했고 국제 전화를 통하여 사용 여부를 확인하고 있다는 것이다. 남편은 그 이야기를 들은 후 공감했고 동료가 말한 대로 하고 싶다고 했다. 가게 안에서 더이상 실랑이를 벌일 수 없었다.

남성과 여성 모조품이 진열되어 있는 코너에서 멈추었다. 둘이 하나씩 사자고 했다. 여성 모형은 쳐다보기도 민망스러웠지만 용기를 내어 하나를 골라 남편에게 권했다. 남편은 손사래를 치면서 내가 사용할 것 하나만 사자고 했다. 나도 막무가내 거절했지만 남편의 의지는 꺾이지 않았다.

남성 모형은 크기가 아주 작은 것부터 끔찍하다 싶을 정도로 큰 것까지 다양했다. 딱딱한 재질의 주황색 프라스틱 모형부터 부드러운 촉감의 실리콘 제품까지 다양한 크기와 가격이 나를 또 한 번 놀라게 했다. 가격은 삼 만원부터 사십 만원까지이고 손님들은 주머니 사정에 따라 다양한 선택을 할 수 있다.

이왕이면 큰 것을 사기로 하고 품질 좋아 보이는 모형 하나를 골랐다. 크기는 중상 사이즈 제품으로 가격은 삼십 만원짜리를 사겠다고 하니 남편의 눈이 휘둥그레졌다. 집에 오면서 남편은 구입한 물건에 대하여 크기가 괜찮은지 적당히 부드러운 재질인지 내게 물었다. 남편은 물론이란 대답을 들으면서 본인의 숙제가 끝났다는 듯이 편안한 호흡을 내쉬는 듯했다.

남편은 다시 한국으로 갔다. 아이들을 학교에 데려다 주고 어학원에 갔다가 아이들이 오는 시간에 맞추어 집에 돌아와 저녁 준비를 하는 나의 하루를 남편이 모를 리 없다. 하지만 얼마나 바쁜지는 이해하지 못한 듯했다. 국제전화로 그 물건을 잘 사용하고 있는지 물어보지만 나는 건성으로 대답했다. 어깨는 물론 다리가 아파도 말하지 않았고 조용히 한의원에 가서 침을 맞았다.

그래도 고민은 사라지지 않았다. 서랍 속에 넣어둔 그 물건을 혹여라도 아이들이 볼까 염려가 되었다. 옷장에 잠금 장치도 없다. 삼십만원이란 가격이 마음에서 떠나지 않아 새 물건을 쓰레기통에 넣을 용기가 나지 않았다. 그 액수는 일주일분 식대와 비슷하다. 몇 달 후 남편이 휴가 올 때까지는 보관하고 있는 것이 선물한 사람에 대한 최소한의 예의가 아닐까 하는 생각도 했다.

좋은 곳이 떠올랐다. 열쇠가 달려 있는 여행용 가방이다. 그 물건을 여행용 가방에 넣고 열쇠로 채우고 옷장 안에 보관했다. 그것도 마음이 편하지 않았다. 작은 열쇠를 보관하는 일이 어려운 일은 아니지만 아이들이 학교에서 여행 간다고 큰 가방이 필요하다 했을 때 아무 생각 없이 열쇠를 내어줄 나 자신을 믿을 수 없었다.

며칠 후 대청소를 하던 날, 헌 옷과 사용하지 않는 물건들을 모아서 중고품 가게에 가져다주던 날, 온통 내 머리 속을 차지하고 있던 그 물건도 함께 넣어서 중고품 가게 '옥스팜Oxfam'에 갖다 주었다.

옥스팜 직원이 물건을 정리하면서 생활용품이 아닌 특별한 물건을 보고 화들짝 놀랄 것이다. 미안한 마음이 없지 않았지만 일단 내 머리 속에서 떠나간 홀가분함의 무게가 더 컸기에 상대방의 마음에 대한 배려를 할 만한 여유가 없었다.

아이들에게 들키지 않고 내가 가지고 있다 해도 그것이 현금화 되어서 가계 재정에 도움을 줄 리가 없다. 모조용품을 사용한다 할지라도 찰나의 쾌락을 위하여 에너지를 낭비하는 내 자신의 모습이 한없이 초라할 것이다. '초라한 더블보다 화려한 싱글이 낫다'는 책 제목이 생각난다. 초라한 쾌락보다 당당한 고통이 낫다는 생각이 나를 위로해 주었다.

　지금도 레스터 스퀘어에 가면 그쪽으로 시선이 간다. 여전히 그 자리에서 손님들을 향하여 들어오라 손짓하고 있는 입구를 바라본다.

귀국 매매

한국에 돌아갈 날이 다가온다. 런던의 살림살이를 모두 가져가는 것은 무리이다. 책과 부엌용품만 챙겨서 배로 보내고 여행 가방에는 중요한 물건 몇 가지만 가져간다.

한국으로 보내지 못하는 가구와 생활용품을 그냥 버릴 수 없다. 영국 생활하는 동안 우리 가족과 함께 했던 생활필수품과의 이별은 사람과 헤어질 때의 서운함 못지않다. 새 주인을 만나서 꼭 필요한 용도로 쓰이기를 바라는 마음이 지금까지 그것들과 함께 했던 인연에 대한 최소한의 배려이다.

'영국사랑'이란 인터넷 사이트가 있다. 영국의 한인 사회에서 일어나는 소식을 접할 수 있고 영국 생활에 필요한 정보를 얻을 수 있는 유익한 사이트이다.

중고물품을 매매하는 코너도 있다. 실시간으로 새로운 물건들이 소개되기 때문에 필요한 물건이 있을 때 새 것을 구입하지 않고 먼저 벼룩시장 코너에서 찾아본다. 나처럼 한국으로 돌아가는 사람들이 그 코너를 통해 물건을 팔기 때문에 웬만한 생활용품은 대부분 찾을 수 있다.

가끔 새 물건이 나오는 때도 있다. 책상을 샀는데 상표가 그대로 붙어 있었다. 구입한 사람이 어떤 사정으로 되팔았는지 모르지만 나에게는 행운이었다. 그 책상이 이제 중고품이 되어 새로운 주인을 찾아 가야한다.

귀국하는 사람들이 주로 쓰는 '귀국 매매' 란 제목을 적었다. 팔고 싶은 물건의 목록을 적고 물건 상태에 대한 설명을 적었다. 항아리도 목록에 넣었다.

된장을 담그고 싶어서 해외 배송 가능한 메주를 주문했다. 정원 한 구석에 땅을 파고 커다란 프라스틱 통을 묻고 그 곳에 장을 담아 먹는 한인도 있지만 숨을 쉰다는 전통 항아리에 장을 담고 싶었다. 한인 슈퍼마켓에서 파는 항아리는 가격이 아주 비싸기 때문에 살 엄두를 내지 못한다. 분명히 한국으로 돌아가는 사람이나 더 이상 항아리를 필요로 하지 않는 사람이 있을 것이란 추측을 했다. '영국사랑'의 중고생활용품 코너에 항아리를 산다는 광고를 냈다.

나의 예상은 빗나가지 않았다. 마당 한 구석에 방치해 놓은 항아리 다섯 개를 가지고 있는 사람에게서 연락이 왔다. 항아리 한 개의 가격으로 다섯 개 모두 샀다. 간장, 된장, 고추장을 담고도 두 개가 남아서 깻잎 장아찌까지 담을 수 있었다. 장독대를 바라보고 흐뭇해했던 일들을 이제 뒤로 하고 항아리들과 이별을 해야 한다.

한국에서 가져 왔던 아이들 책도 목록에 적었다. 유명한 출판사에서 전집 세트로 구입한 책이다. 어마어마한 가격을 생각하면 한국으로 다시 가지고 가야 마음이 편하겠지만 그 책은 더 이상 필요가 없다. 몇 권의 가격으로 전집 세트 모두를 살 수 있는 새 주인을 찾고 있다.

한국 사람들에게 인기 만점인 포트멜리온 접시도 과감하게 내 놓았다. 선물로 받은 것은 남겨 놓고 직접 구입한 커다란 타원형 접시 대 여섯 개와 밥공기나 국그릇, 개인 접시 등 작은 그릇들을 내 놓았다. 그냥 주는 것과 같은 가격, 하나에 일 파운드씩 가져가라고 광고를 했다.

글을 올리자마자 쉴 새 없이 전화가 걸려 왔다. 그릇에 대한 문의가 가장 많다. 광고를 본 사람들은 명품 도자기 그릇이 하나에 일 파운드라는 말이 믿어지지 않은가 보다. 정말로 그 가격이 맞는 것인지 재확인을 한다. 전화 문의보다는 집으로 직접 찾아오는 순서에 따라 물건의 주인이 되는 것은 그들이 더 잘 알고 있다.

오크 제품의 팔각형 식탁은 정말로 팔기 아까운 가구이다. 한국으로 가져가는 것이 부담스럽다는 것을 알고 있는 구매자는 몇 파운드라도 더 깎아 달라고 흥정을 한다. 정한 가격의 절반을 깎아도 그냥 팔 수 밖에 없다. 새 주인을 만나서 소중하게 다루어지기 바라는 마음으로 그들이 원하는 가격으로 팔았다.

거실에 있던 가구와 소품들은 거의 팔렸고 피아노만 제 자리를 지키고 있다. 우리 집에 세 들어오는 사람에게 빌려 주기로 했다.

팔아야 할 물건들이 거의 다 사라졌다. 물건이 하나 둘 새 주인을 찾아가니 집 안은 이사 들어왔을 때처럼 텅 빈 모습을 드러낸다. 그동안 많이 채우고 살았다. 때마다 필요해서 구입한 물건이지만 조금씩 늘어났던 나의 욕심을 보는 것 같았다. 이제는 비워도 좋을 때이다. 사라진 물건과 함께 마음도 정리한다. '귀국 매매' 광고를 삭제했다.

세 번째 케리

귀국할 날이 다가왔다. 애완견 케리도 동행하기로 했다. 예방 접종을 하고 영구 피임 수술도 시켰다. 건강 검진을 마친 후 애견 여권도 만들었다. 케리를 키우고 싶어 하는 사람도 있었지만 맡기기를 사양했다. 첫째와 두 번째 케리와의 헤어짐에 대한 서운함을 또다시 경험하고 싶지 않았다.

첫 번째 케리는 영국에 오기 전까지 키우던 말티즈 견이다. 케리가 낳은 네 마리의 강아지는 애완견을 원하는 사람들에게 선물했다. 동물 병원에서 좋은 값에 판매하라는 전화가 왔지만 거절했다. 애지중지 키우던 개가 낳은 강아지를 돈 받고 판다는 것은 주인으로서 할 일이 아닌 것 같았다. 강아지를 상자에 넣어 새 주인의 책상 위에 놓고 나올 때 나를 향해 물끄러미 쳐다보던 새까만 두 눈동자가 지금도 눈에 선하다.

두 번째 케리는 영국에서 키우던 애완견으로 몇 년 전에 귀국할 때 동물 보호센터Dogs & Cats Home에 갖다 주었다. 그 개의 품종은 안내견으로 잘 알려져 있는 라브라도 리트리버Labrador Retriever였다. 생후 2개월 되었을 때 우리 집에 왔는데 엄마와 떨어진 슬픔에 잠긴 듯 밤새 앉아 있는 모습이 안쓰러워서 침대 옆에서 재웠다. 서울에 두고 왔던 케리에 대한 미안한 마음을 담아 이름을 케리 투로 정했다.

케리 투는 하루가 다르게 쑥쑥 자라더니 어느새 응가 분량이 대접 크기만큼 많아졌다. 덩치 큰 개가 집 안 구석을 쿵쿵거리고, 경중경중 걸어 다니는 모습이 부담스러워 정원으로 거처를 옮겨 주었다. 아이들은 케리가 혼자 밖에서 자는 것이 안쓰럽다면서 부엌과 연결되어 있는 컨서버토리에 재우자고 성화를 부렸다.

밤에 '큰 일'은 물론 '작은 용무'라도 보게 될 경우 그 분량이 어마어마한 것이 실내 숙소로 허락할 수 없는 이유였다. 용변 패드를 자주 바꿔줄 수도 없고 카페트 바닥에 실수라도 하는 날이면 뒷감당은 모두 내 차지이다. 애완견이 좋아서 키우지만 그것은 용변 문제가 해결된 후에만 가능한 일이다. 냉정과 열정사이가 결코 멀지 않은 것처럼 애완견에 대한 나의 태도가 그러하다.

케리 투는 매일 산책을 시켜주어야 한다. 하루에 몇 바퀴씩 넓은 공원을 뛰어야 우리 정원의 잔디가 무사하다. 덩치가 큰 만큼 에너지가 많아서 그것을 소비시켜 주지 않으면 우리 집 잔디밭을 엉망으로 만들기 때문에 산책시키기는 나의 의무였다. 운동량도 많고 사료 소비량도 많고 목욕시키는 일도 부담스러웠지만 커다란 개가 주는 든든함은 미니어처를 키울 때와는 다른 느낌이었다.

그렇게 정이 든 케리 투와 헤어지던 날을 잊을 수 없다. 한 달 전에 동물 센터에 예약을 하고 정해진 날에 케리를 데리고 갔다. 동물 수첩에 있는 내용 외에도 서너 장 분량의 서류가 더 있었다. 먹였던 사료 이름, 성격, 부드러운 행동이나 거친 습관의 유무 등 애완견에 대한 내용을 자세히 쓰게 되어 있었다. 일등급 사료 이름을 자랑스레 적고, 성격은 수줍음이 많다고 쓰면서 조심스레 다뤄 달라는 마음도 함께 적었다. 기재 사항을 모두 적고 후원금 오 십 파운드와 함께 서류를 제출했다. 잠시 후에 수의사가 나와서 케리의 건강 상태를 체크하고 들어갔다.

한참 후에 하얀 가운 입은 직원이 활짝 웃으며 다가왔다. 고삐를 건네주었더니 주인과 함께 들어가는 것이라고 말했다. 케리와 헤어지는 순간이 조금 늦춰진 의미로 들리면서 두근거리는 마음 가운데 연한 안도감이 흐르는 듯 했다. 그러나 케리는 이미 상황을 알아차린 듯 시무룩한 표정으로 나를 따라왔다.

철 대문을 지나 긴 복도를 걸어갔다. 지정된 방에 들어가니 담당 직원이 바닥에 그림 그려져 있는 곳에 케리를 세우라고 했다. 케리를 표시된 자리에 세우고 나는 한 걸음 물러섰다. 고삐를 놓으라는 지시에 따라 손에 힘을 빼는 순간, 위에서 칸막이가 스르르 내려와서 케리와 나 사이를 갈라놓았다. 두 번째 케리와 그렇게 헤어졌다.

한국 생활 일 년 후 다시 런던으로 왔다. 우리 부부 둘만 있는 거실이 넓어 보였다. 서울에 두고 왔던 케리와 런던에 두고 갔던 케리가 생각났다. 사람은 보고 싶은 사람을 다른 사람으로 대체시킬 수 없지만 동물일 경우에는 그렇게 할 수 있다. 설령 그것이 인간의 이기적인 착각이라 할지라도 나는 그것을 선택하고 싶었다.

인터넷을 통하여 갓 태어난 말티즈Maltese를 찾았다. 입양 신청을 하고 엄마 젖을 떼는 시기인 두 달 후에 분양 장소로 갔다. 새로운 주인이 온 것도 모르고 정원에서 뛰어놀고 있던 강아지 한 마리를 품에 안는 순간, 한국에 두고 왔던 첫 번째 케리 같아서 이름을 이번에도 케리라고 지었다.

애완동물과의 헤어짐이 사람과의 이별과 다른 점이 없다는 것을 경험했다. 키우던 고양이에게 전 재산을 물려주고 세상을 떠난 사람의 마음을 이해할 수 있다.

아이들은 말한다. 엄마와 함께 비행기를 타게 된 세 번째 케리가 우리 집에서 키우던 강아지 중에 가장 복이 많은 반려견이라고. 엄청 버릇없이 자라고 있는 부잣집 오 대 독자 같은 럭셔리한 생활을 하고 있다고. 그리고 저희들에 대한 엄마의 사랑이 케리 뒤로 순위가 밀려났다고 아쉬워한다. 가까이에서 꼬리 흔드는 케리가 있어서 멀리 있는 아이들 보고 싶은 마음을 달랠 수 있다고 아이들에게 말해 주고 싶다. 그리고 덧붙인다. 뭐니 뭐니 해도 우리 아가들이 엄마의 사랑 영순위라고.

런던의 안개는 사라지고

약속 시간에 맞추어 워털루행 기차를 탔다. 하늘은 여전히 맑고 푸르다. 한여름의 열기를 식혀 주던 파란 하늘이 두툼한 구름으로 가리어지면 음산한 겨울이 찾아온다.

런던의 겨울, 그것은 진회색이다. 거의 매일 내리는 안개비 때문에 태양은 제 역할을 하지 못한다. 강한 바람이 불거나 눈이 내리는 것은 아니다. 기온은 영상이지만 습도가 높기 때문에 체감온도는 실제 기온보다 훨씬 낮다. 뼛속까지 파고드는 칼날 같은 추위가 전기장판의 도움을 재촉하고 한국에서도 입지 않았던 내복을 껴입게 만든다.

히드로 공항에 처음 내렸을 때에도 지금 같은 초겨울이었다. 활주로에는 짙은 안개가 깔려 있었고 하늘은 온통 구름이었다. 공항의 이민국, 그때나 지금이나 왜 그렇게 홈 오피스 직원 앞에서는 주눅이 드는지 모르겠다. 외국인 신분의 첫 번째 설차, 비자를 받는 순간부터 남의 나라임을 절실하게 느낀다. 나는 유학 비자를, 아이들은 동반 비자를 받고 출구로 나왔다.

그렇게 시작된 런던 생활은 짙은 안개 속 같았다. 마치 밤안개 가득한 고속도로 위에서 운전대를 꼭 붙잡고, 앞에 가는 자동차의 사라질 듯 이어지는 미등을 놓칠 세라 바짝 붙어 따라가는 것과 같았다.

영국 학교에 들어간 아이들은 벙어리가 되고 귀머거리가 되었다. 학교 수업이 끝나고 힘없이 집에 오는 아이들을 위해 엄마로서 해 줄 수 있는 것은 저녁 식사뿐이었다.

식사를 하면서 수다를 떨었다. 하루 종일 닫혀 있던 귀와 입을 열고 담탱이, 금붕어, 대빵, 뚱땡이 등의 별명을 지어 놓고 마구 떠들었다. 선생님들의 별명이 생김새나 특징으로 보아 아주 잘 어울린다는 것을 며칠 후 학부모 면담 하는 날 확인할 수 있었다. 그렇게 신나게 떠들고 웃으면 하루 종일 쌓였던 긴장이 풀렸다.

아이들이 학교에 가면 나는 영어 학원으로 간다. 일주일에 닷새의 수업이 있지만 하루 이틀은 결석이다. 수업 세 시간 내내 꼬부랑글씨와 싸우는 일이 마흔 살 넘은 나에게는 머리에 쥐가 나는 것 같이 힘들었다. 어학 교재를 들고 집을 나서지만 볼 것이 많은 런던 시내의 한복판을 그냥 지나가기 쉽지 않았다. 쇼핑 몰을 두루 다니다 보면 세 시간이 결코 길지 않음을 쇼핑 좋아하는 사람이면 누구나 공감할 것이다. 영어 학원 수업 대신 즐거운 아이 쇼핑을 하고 아이들 귀가 시간에 맞추어 집에 온다.

아이들을 유학시킨다는 명분으로 나에게는 결혼 후 처음으로 휴가 같은 삶이 주어졌다. 남편과 떨어져 있으므로 출근 준비에 신경 쓰지 않아도 되고, 아이들 뒷바라지만 하면서 내 시간을 마음껏 즐길 수 있었다.

나의 어학공부는 자유로운 공부지만 아이들은 그렇지 않았다. 마음대로 결석할 수 없고 중간에 뛰쳐나올 수도 없다. 마지막 수업을 끝내기까지 참고 견뎌야 하는 아이들의 심정을 머리로는 이해할 수 있지만 가슴으로 느낌은 불가능했다. 봄이 되어 겨우내 런던을 덮고 있던 안개가 걷히기 시작하자 아이들의 표정도 밝아지기 시작했다.

런던의 안개가 유명한 것은 겨울의 안개비 때문만이 아니다. 1952년에 유독성 안개가 런던을 질식시켰던 역사적인 스모그사건 때문이다. 안개Fog가 공장이나 가정에서 배출되는 아황산가스, 매연 Smoke 등과 합쳐 스모그Smog를 이루었다. 많은 사람들의 생명을 앗아간 런던 스모그 사건은 바로 이런 매연 안개가 일으킨 참사였다.

영국 정부는 끔찍한 사건 이후 런던의 공해문제를 해결하기 위하여 공기 정화법을 만들었고 매연발생에 대한 엄격한 기준을 정했다. 대기 오염 청정법은 성공적이었고 유독성 안개는 사라졌다. 게다가 요즈음은 운 좋게도 날씨가 바뀌어 습도가 높은 서풍이 줄어들었기 때문에 안개가 덜 생기는 날씨로 바뀌었다. 우리의 영국 생활이 런던을 오염시켰던 독성의 매연 안개는 아니었지만 한 치 앞을 볼 수 없는 짙은 안개 속이었음은 분명하다.

한국말을 뒤로 하고 영어로 공부해야 하는 아이들 경우는 더욱 그러했다. 다행인 것은 한국에 있을 때 방과 후에 수영과 악기, 무용을 배웠던 경험이 학교생활에 도움이 되었다. 영국 학생들은 피아노를 치거나 수학을 잘하는 한국 학생들에게 호감을 보였고 친하게 지내고 싶어 했다. 영어에 대한 두려움이 사라지고 학교 수업에 대한 초기 적응 기간이 예상보다 짧게 걸렸다. 학과 공부 외에 피아노와 수영을 계속 배울 수 있었고 고등학교에 다닐 때에는 대학입시 준비를 하며 파트타임 일도 했다. 후라이드 치킨 가게나 유명한 커피 전문점에서 일주일에 몇 시간씩 일 하면서 아이들 스스로 용돈을 벌었다.

한국의 고등학교 시절은 하루 24시간 중 잠자는 시간을 제외하고 학교와 학원, 독서실에서 시간을 보낸다. 운동을 전혀 할 수 없었던 큰 아이의 고등학교 시절 몸무게는 지금도 밝힐 수 없을 만큼 끔찍하다. 그렇게 열심히 대학 입학시험 준비를 했지만 만족스런 결과를 얻지 못했다. 둘째, 셋째 아이에게는 큰 아이와 같은 과정을 경험시키고 싶지 않았다. 그것이 유학을 선택한 이유이다.

서울을 떠날 때 좋아하는 가수의 카세트테이프도 가져가지 않았다. 서울 생활이 그리워 돌아가고 싶은 마음이 생길까 봐 친구들과 연락도 하지 않았다. 되돌아오는 것이 앞으로 나가는 것보다 더 어렵기 때문이다.

안개 속을 더듬듯이 조금씩 걸어가다 보니 어느새 안개가 걷히고 앞이 보이기 시작했다. 어두움을 지나 환한 세상이 보이는 곳에 서 있다. 아이들은 모두 학업을 마쳤고 전공에 따른 일자리를 찾아 직장 생활을 하고 있다.

과거 속을 여행하고 있는 동안 기차는 워털루 역에 도착했다. 워털루 다리를 건너 아들이 근무하는 회사 앞으로 달려갔다.

아침에 아이가 말했다. 처음 봉급 타는 날이니까 나에게 식사를 대접하여 주겠다고 회사 근처로 나오라고 했다. 아이는 나에게 근사한 저녁을 사주고 싶어 했지만 일본 식당에서 가벼운 점심을 먹자고 했다. 남편이 참석하지 못해 혼자 대접받는 것이 마음에 걸려 푸짐한 식사를 사양했다.

내가 어미라 하여 버젓이 대접 받을 일이 아니었다. 언어표현 방식이 달라서 상대방 의도를 제대로 이해하지 못해 엉뚱한 행동을 한 적이 있고, 문화의 차이로 인한 당황스러움에 밤새도록 그 장면을 떠올리며 잠을 설친 적도 있다. 그럼에도 불구하고 무난히 졸업할 때까지 한 치도 옆길로 빠지지 않고 제 길을 걸어온 아이에게 오히려 내가 고맙다는 말을 해야 한다. 정말 고생 많았다고 등을 두드려 주어야 한다.

사랑한다는 말보다 더욱 더 마음 저리는 것은 작은 웃음이라 했던가. 마음속으로만 고맙고 대견스럽다 여기며 머뭇거리다가 아이로부터 먼저 식사 초대를 받은 것이다. 식사 후에 아이는 나를 템즈 강 유람선 타는 곳으로 안내해 주고 회사로 다시 들어갔다.

혼자 템즈 강의 크루즈 여행을 하고 있다. 배는 런던 브릿지와 타워 브릿지를 지나 그리니치를 향하여 물살을 가르고 있다. 어디가 푸른 강이고 어디가 파란 하늘인지 분간할 수 없다.

함께 행복한 사회를 꿈꾸며

1. 수영장에서

걷지 못하는 사람이 자유롭게 수영하는 모습을 처음 보았다. 머리를 물 밖으로 내놓고 유유히 헤엄치는 모습이 평화롭다. 수영장 레인을 몇 바퀴 돌고 삼십 분가량 지났을 때 수영장 직원을 향하여 손짓을 한다. 금세 직원이 달려와서 장애인이 물 밖으로 나갈 수 있도록 도와준다.

다른 날에 볼 수 없었던 기구 하나가 풀장 가장자리에 설치되어 있었다. 기역자 모양의 하얀색 금속 제품인데 기구 안쪽으로 작은 의자가 매달려 있고 중심 기둥에 'Dipper'라고 새겨져 있다. 어떻게 움직일 것인지 궁금하여 수영을 하면서도 시선은 그쪽을 떠나지 않았다.

잠시 후에 안전요원이 사람을 태운 휠체어를 밀고 수영장 안으로 들어 왔다. 휠체어를 '디퍼' 앞에 멈추고 휠체어 의자에 앉아 있던 사람을 부축하여 디퍼에 매달려 있는 의자에 앉도록 도와주었다. 안전 요원이 의자의 걸쇠를 닫고 디퍼 핸들을 돌리니 의자가 천천히 물속으로 내려 간다. 의자가 물속에 잠기자 의자에 앉아 있던 사람이 걸쇠를 젖히고 물속으로 들어가자마자 빈 의자는 제 자리로 다시 올라간다.

걷지 못하여 수영장에 올 엄두도 내지 못하는 사람들에게 '당신도 수영을 할 수 있다'는 말을 전해 주고 싶다.

2. 도서관에서

우리 집 가까운 곳에 마을 도서관이 있다. 방글방글 웃는 도서관 직원들의 모습은 이방인의 방문을 기꺼이 환영한다는 의미로 보인다. 층별로 분야별로 구분되어 있는 개가식 열람실을 두루 다니며 이 책 저 책을 꺼내 볼 수 있는 자유로움이 신선하다.

일층 로비의 소파에는 할아버지, 할머니들이 앉아서 신문이나 책을 읽고 있다. 이층에는 어린이 도서관이 있고 엄마와 아이가 함께 입실하여 책을 보거나 장난감 책을 가지고 놀 수 있게 되어 있다. 삼층은 카세트테이프와 CD, 레코드판 등을 포함한 음악 교재들이 진열되어 있는 코너이다.

여러 개의 서가가 세워져 있는 중앙에 휴식 공간이 있다. 둥그런 소파에 몸을 자유롭게 움직일 수 없는 소녀가 앉아서 무엇인가에 집중하고 있다. 소파 옆으로 연결되어 있는 전기 코드에 헤드폰을 연결하고 카세트에서 들려오는 음악 소리에 맞추어 흥얼거리고 있다. 음악 소리에 취해서 옆에 누가 서 있는지 누가 지나가는지 전혀 의식하지 않는다. 음악을 듣고 있는 소녀의 모습은 평온해 보인다. 장애인이란 사실이 믿어지지 않는다. 남녀노소, 장애인과 비장애인이 자연스레 어우러져 있는 도서관 풍경이다.

3. 뜨개질 수업

나는 뜨개질을 좋아한다. 뜨개질 책을 보고 스웨터를 짜기 시작
했지만 전문 용어로 된 설명이 무슨 말인지 이해가 되지 않았다. 좀
더 체계적으로 배우고 싶어서 사우스 템즈 컬리지의 손뜨개 반Hand
Knitting Class에 등록했다.

내 옆에 앉은 수강생은 흑인 아주머니였다. 두 명의 흑인이 다정하
게 이야기 하면서 능숙하게 손을 움직이는 모습으로 보아 꽤 오랫동
안 배워온 것 같았다. 교실 안에서 검은 안경을 끼고 있는 것이 예사
로 보이지 않아 자세히 보니 앞을 못 보는 사람이었다. 순간 놀랐지
만 애써 태연한 척했다.

잠시 후에 보조 교사가 들어왔다. 옆에 있는 슬라이드 화면에 뜨
개질 도안을 올려놓고 전원을 켰다. 화면에 나타난 도안은 실제 크
기보다 훨씬 큰 그림이었다. 불빛이 환한 슬라이드 위에 비추어진
확대된 도안을 보고 한 코 한 코 짜는 흑인 여인의 손놀림에 놀라지
않을 수 없었다. 보조 교사는 수강생이 코 수의 변화 없이 평평하게
짤 때까지 도와주었다.

다음 시간부터는 담당 선생님께 직접 도움을 받았다. 무늬를 넣은
스웨터는 짤 수 없지만 색깔의 변화를 주면서 기본 형식으로 짜는 것
은 나의 뜨개질 속도보다 빨랐다. 코를 늘일 때나 줄일 때에 담당 선
생님이 도와주었고 집에서 도안 모양대로 부분별로 짜서 가지고 오
면 수업 시간에 선생님이 돗바늘로 조각을 이어 옷 모양을 완성해 주
었다.

두 사람은 완전히 앞을 못 보는 것이 아닌 듯했다. 어느 정도 볼 수 있는지도 알 수 없었다. 나에게 재료 주머니에서 자를 좀 꺼내 달라는 부탁을 하고 지정된 위치의 뜨개질 코 수를 세어 달라고 요청하는 것으로 보아 희미하게 형체만 보이는 것으로 짐작할 수 있었다.

수업을 마치고 돌아갈 때 옆에 접어 두었던 안내 지팡이를 펴서 앞을 두드리며 걸어가는 모습을 한참동안 지켜보곤 했다. 두 사람의 흑인 아주머니는 내가 다녔던 이 년 내내 결석한 적이 거의 없었다.

앞이 잘 보이지 않지만 열심히 뜨개질을 배우는 그들의 열정은 나에게 적지 않은 충격과 삶에 대한 또 다른 자극을 주었다. 또한 불편한 상황에 놓인 학생들을 정상인과 함께 수업할 수 있도록 도와주는 담당교사나 보조 교사의 수고는 숭고함 그 자체였다.

4. 시내버스를 탈 때

런던의 시내버스에는 계단이 없다. 보도步道의 높이와 버스의 출입구 바닥 높이가 비슷하다. 차를 타고 내릴 때 나이든 사람이 실수로 넘어지는 일도 없다. 하지만 가끔 인도人道의 높이가 버스의 바닥과 일치하지 않을 때가 있다. 운전사는 백미러를 통하여 정류장에서 기다리고 있던 휠체어 탄 손님을 보는 순간 승차 보조기 버튼을 누른다. 버튼을 누르면 버스 입구의 바닥에서 평평한 철판이 나와 인도와 연결되는 다리 역할을 한다. 휠체어를 탄 손님은 무사히 차에 오른다.

버스 안 출구 맞은편에 휠체어 공간이 따로 있어서 휠체어나 유모차 두 대를 세울 수 있다. 두 대의 공간이 다 차면 좌석이 비어 있는 경우라도 휠체어를 탄 사람이나 유모차에 아기를 태운 아기 엄마는 다음 차를 탄다.

5. 애견 미용실에서

키우고 있는 애완견 케리가 영구 피임 수술을 받았다. 사 주일 후에 의사 선생님은 수술 자국이 잘 아물었다고 병원에 그만 와도 된다고 했다.

케리의 털이 길어서 수술 후에 털을 깎아줄 계획이었다. 약속한 날에 케리를 데리고 애견 미용실에 갔다. 미용사는 케리의 배를 보더니 수술했느냐고 묻는다. 그렇다고 대답하니 오늘은 털을 깎을 수 없다고 한다. 의사 선생님이 이제 다 회복되었다고 괜찮다고 했지만 미용실 직원은 고개를 좌우로 흔든다. 왜냐고 물으니 'She is so stressful'이라고 말하면서 일주일 지난 후에 다시 오라는 것이다. 수술하느라 스트레스를 받았을 것인데 털을 깎으면 또 스트레스를 받을 것이기 때문에 지금은 털을 깎을 수 없다는 것이다.

이해할 수 없는 상황이었지만 사람 입장이 아니라 동물 입장에서 배려해 준 것임을 생각하니 금방 이해할 수 있었다.

금붕어 아저씨 생각이 났다. 친구가 어항을 하나 샀고 어항에 넣을 금붕어를 사러 가게에 갔다. 금붕어도 애완동물임을 나는 그때 처음 알았다. 서너 마리의 금붕어를 키울 것이란 친구의 계획은 어긋났다.

가게 주인이 어항 사이즈를 묻더니 그렇게 작은 어항에는 한 마리를 넣어야 한다고 한 마리만 팔았다. 가게의 매상을 올림보다는 금붕어 입장에서 금붕어가 놀 수 있는 공간을 먼저 생각한 수족관 아저씨의 마음은 과연 동물을 사랑하는 마음에서만 나온 것일까. 아닐 것이다. 동물을 사랑하는 만큼 사람은 그 이상 사랑할 것이다.

미용실 직원과 수족관 가게 주인의 마음처럼 애완동물을 사랑한다면 키우던 개나 고양이를 길에 내다 버리는 일은 더 이상 일어나지 않을 것이다.

6. 공동 주택과 자동차

영국에서는 공동 주택을 지을 때 여덟 채 중에 한 채를 구청에 기증해야 한다. 구청 소유의 장애인용 주택이다. 건축업자는 여덟 채의 주택 분양 가격을 일곱 명의 분양자에게 부담시키기 때문에 건축비의 손해를 보지 않는다. 결국 집을 사는 사람이 장애인용 주택비의 일부분을 부담하는 것이다.

교우 한 사람이 공동 주택 단지에 살고 있다. 단지 가운데 위치한 주차장을 중심으로 여덟 채의 집이 디귿자 모양으로 배치되어 있다. 구청으로부터 공급받은 장애인용 주택에는 현관 바로 앞에 주차장이 있다. 한쪽에 마련된 공동 주차장을 이용하는 불편을 덜기 위하여 자신의 집 바로 앞에 차를 세울 수 있도록 햇빛 가리개가 설치되어 있다. 장애인에게는 국가에서 자동차도 준다. 자동차는 개인의 형편에 따라 다소 차이가 있지만 일반적으로 이 년 내지 삼 년에 한 번씩 새 차로 바꾸어 준다. 중고차는 장애인들이 운행함에 있어서 불편함을 준다는 이유 때문이다.

11월 말부터 집 안팎으로 크리스마스 장식을 시작한다. 가장 먼저 크리스마스 장식으로 번쩍이는 등을 다는 것도 장애인이 살고 있는 집이다. 그 곳에 사는 교우의 딸은 '저거 다 우리가 내는 세금으로 장식한 거야' 하는 말을 했다. 그 말을 들으며 장애인에 대한 도움은 국가의 도움이 아니라 우리 이웃의 도움으로 이루어져 있음을 실감한다.

우리는 혼자 살 수 없다. 어려운 처지에 놓인 이웃과 떨어질 수 없는 관계이다. 사회는 나의 것을 이웃을 위해 기꺼이 내 놓을 수 있도록, 이웃에 대하여 인색하지 않도록, 자연스럽게 이웃과 함께 걸어갈 수 있도록 노력하는 단체이다. 그것이 사회의 역할이고 궁극적인 기능이라 하겠다. 또한 나는 과연 어려운 이웃과 동참하고 있는지 이웃의 고통에 귀를 기울이고 있는지 스스로 점검한다.

4부
꽃도 질 때가 있겠지

'꽃도 질 때가 있겠지.'라는 표현은 '이 또한 지나가리

라.' 하는 구절과 함께 힘겨운 고통을 당하고 있던 나에

게 희망적인 메시지를 암시하여 준 가장 간결하고도

깊은 뜻을 포함한 잊을 수 없는 구절이다.

4부 꽃도 질 때가 있겠지

IFC, SFC, KFC

　나는 캔터키 후라이드 치킨을 좋아한다. 서울에서 먹었던 후라이드 치킨을 런던에서도 먹을 수 있음은 고향의 맛을 즐기는 것과 같다.

　둘째 아이가 대학교에 입학하자마자 켄터키 후라이드 치킨 가게에서 파트타임 일을 했다. 딸아이가 일하는 가게에서 치킨을 사면 덤을 많이 주었다. 가게 문 닫을 때까지 일하는 날은 퇴근할 때 팔다 남은 치킨을 가지고 올 때가 있다. 남은 치킨을 가져올 때에는 감수해야 할 일이 있다.

　치킨을 튀긴 지 한 시간 삼십 분이 지나도 팔지 못할 경우에 남아 있는 치킨을 모두 버리고 다시 튀긴다고 한다. 그 시간이 지나면 튀긴 기름이 산화되어 우리 몸에 좋지 않기 때문에 손님들에게 팔지 않는다. 그래서 여유분을 조금씩 튀겨 놓는다. 가게 문을 닫을 때까지 팔지 못한 치킨은 모두 쓰레기통에 넣는다. 딸아이는 아까운 마음으로 남은 치킨을 집으로 가지고 온다. 퇴근할 때 가져온 치킨을 먹었을 때에는 치킨을 먹은 후에 배탈이 나지 않아야 한다. 사고가 났을 경우 회사에게 아무런 책임이 없다는 것을 알아야만 치킨을 집에 가져올 수 있다. 집에 가져온 치킨을 먹었지만 우리에게 아무 일도 일어나지 않았다. 우리는 한동안 신나게 공짜 치킨을 먹었지만 한두 달 후에는 그만 두었다.

아이는 대학교 졸업하고 영국 은행에서 일하게 되었다. KFC에서 일하던 경력 때문에 갓 졸업한 학생이었지만 높은 경쟁률을 제치고 취직이 되었다. 영국 은행에서 사 년 동안 일을 한 후에 한국으로 왔다. 영국에서는 사 년 이상 열심히 일을 하면 일 년 동안 원 이어 브레이크One Year Break라 하여 무급으로 직장을 쉴 수 있는 자격이 주어진다. 딸아이는 그 제도를 이용했고 한국에 휴가를 왔다가 다른 회사에 취직을 했다.

중앙청이 보이고 이순신 장군이 서 있고 세종대왕이 앉아 있는 곳, 나의 고향과도 같은 광화문 네거리에 딸아이의 회사가 있다. 가끔 광화문 거리에 나갈 때마다 아이를 불러내어 점심 식사를 한다. 약속하지 않은 날도 회사의 로비에서 아이에게 전화를 걸어 깜짝 놀라게 하는 일도 있다.

딸아이가 일 하는 회사의 빌딩 이름이 SFCSeoul Finance Center이다. 대학교 시절, 파트타임 일을 하던 KFC와 이니셜이 비슷하다는 것을 발견했다.

지난해부터 아들이 일하는 회사의 지점이 서울에 있어서 한국 지사에 근무하게 되었다. 아들과 함께 식사 하려고 회사 근처로 갔다. 아들이 일하는 회사는 여의도에 있는데 회사 건물은 세쌍둥이 빌딩으로 지상에는 회사 사무실이 있고 지하에는 여러 가지 편의 시설을 포함한 쇼핑센터가 있으며 세 건물은 지하로 연결되어 있다. 식사를 마치고 지상으로 올라와서 건물 이름을 보고 놀랐다.

IFC International Finance Center임을 보는 순간, 딸아이가 일하고 있는 SFC Seoul Finance Center와 딸이 대학 시절 일했던 KFC가 동시에 떠올랐다. 서울의 많은 건물 중에 두 아이가 일하는 빌딩 이름이 Finance Center로 일치하는 것은 결코 우연이라 할 수 없다.

의사 집안에서 의사가 나오고 음악가 집안에서 음악가가 나온다고 했다. 자랄 때 과학자나 수학자가 될 것처럼 보였던 아들은 재무 분석가가 되었고 아나운서가 되고 싶어 했던 딸아이는 외국 은행의 리스크 관리 업무 매니저가 되었다. 모두 재정 분야의 일을 하고 있다.

삼십 년 동안 한 직장에서 일했던 남편 역시 재정 업무를 담당했었다. 남편의 직업과 두 아이의 직업을 생각할 때 우연의 일치라 하기보다는 한 집안의 직업이 대물림되었다는 것을 명확하게 설명해 준 것으로 보인다.

예전에 비해 한국에는 켄터키 후라이드 치킨 가게가 많이 사라졌지만 KFC란 이니셜은 두 빌딩 이름과 함께 나에게 특별한 의미로 새겨진다.

게으름에 대한 변명

출판기념회에 갈 때마다 받는 질문이 있다. '언제 책 내실 거예요?' 그것은 마치 혼기 찬 숙녀가 '언제 국수 먹을 거예요?'라는 질문을 받는 것과 같다. '때가 되면 결혼하겠지요.' 하고 대답한 것은 구체적인 계획이 있어서 그렇게 대답한 것이 아니란 것을, 내가 '때가 되면 책을 내겠지요.' 라고 대답하면서 알게 되었다.

영국에 오니 그러한 질문을 받지 않아 홀가분했다. 그러나 한국으로부터 우송되는 책을 받을 때마다 지난 날에 했던 문우들의 질문이 예전과 같은 부담감으로 되살아났다. 생활이 편하면 글이 나오지 않는다는 말을 실감했다. 결코 편안한 영국 생활이라 할 수 없지만 한국과는 다른 안일함이 나를 마냥 게으르게 했다.

어느 시인이 등단 후 이십 년 만에 시집을 냈다는 글을 읽고 위로가 되었다. 이십 년 후에 책을 내도 되겠구나 생각하며 또 미루었다. 제출 기간이 충분히 남아 있는 레포트를 책상 서랍 깊숙이 밀어 넣는 것과 같았다.

문득 새해 달력을 받아드는 순간 등단 이십 년이 훌쩍 넘었음을 인식했다. 아득히 멀리 있을 것이라 생각했던 지점이 어느새 스스로 연장했던 데드라인을 지났다.

글 쓰는 고통보다 쓰지 않는 고통을 견딜 수 없어서 글을 쓴다는 말이 나와는 거리가 멀다. 글을 쓰지 않고도 고통은커녕 양심의 가책도 느끼지 않았으니 문인협회 주소록에 이름이 실려 있는 것조차 자격 미달이란 생각이 들었다.

다른 사람에게 돈을 빌린 것만 빚을 진 것이 아니다. 남에게 사랑을 받는 것도 빚이다. 사랑의 빚은 많이 질수록 좋은 것이라고 말하지만 그것은 신앙이 깊은 사람의 세상에 대한 겸손한 마음에서 나온 말이다. 사랑의 빚도 빚이니 갚아야만 한다.

나는 갚아야 할 빚이 많다. 문우들의 사랑은 물론 책을 많이 받고도 책으로 갚지 않았으니 큰 빚을 진 것이다. 게으름이 분명하다. 교수님이 말씀하셨다. 글을 못 쓰는 것이 아니라 게을러서 안 쓰는 것이라고.

나의 마음 상태를 잘 아시고 예전에 이미 단정하여 말씀하신 것이 어쩌면 그렇게 정확히 들어맞는지 모르겠다. 사랑의 빚을 갚지 않음보다 더 큰 잘못은 게으름 피운 죄이다. 육체의 안일함과 정신적 평온함만 추구하며 살아온 나날이었다.

그러한 생각이 나를 지배함과 동시에, 살며시 찾아오는 생각을 떨쳐 버릴 수 없다. 헤야 할 일을 미루는 것은 나쁜 습관이지만 때로는 미루기가 좋을 때도 있다는 생각이 종종 나를 위로한다.

아무 일도 하지 않고 느슨한 상태로 있다가 해야만 할 순간이 다가오면 마음 깊은 곳으로부터 강력한 힘이 솟아난다. 그때의 힘과 아이디어는 기발한 능력으로 나타난다. 작업에 투자하는 노력은 남아 있는 시간에 반비례한다는 에드워드의 '시간과 노력의 법칙'이 있다는 것을 알았다.

평소에는 빈둥거리며 놀다가 중간고사나 학기말 시험 때만 되면 하루 이틀 전에 머리 싸매고 공부했다. 매일 조금씩 공부할 때보다 몇 배의 집중력이 생기므로 교과서 내용이 잘 외워지는 경험을 했다. 시험 시간이 다가올수록 집중력이 높아지고 그 효과도 높다는 것을 알 수 있었다. 레포트를 쓸 때에도 제출 마감일이 다가왔을 때 더욱 진지해지고 작업 효과도 높았음을 경험했다.

이렇듯이 최종 기한이 정해져 있을 경우 일에 더 집중하는 현상 '데드라인 효과Deadline Effect'가 있다는 것을 몰랐던 시절에도 이미 나는 그 이론을 실제로 체험했던 것이다.

이탈리아의 대표적인 가극 작곡가 안토니오 로시니Antonio Rossini 는 자신이 작곡한 대부분의 명곡이 미루기와 벼락치기로 이루어진 것이라고 고백했다. 그것 역시 시간과 노력의 법칙에 들어맞는 경우 였다고 볼 수 있다.

나는 로시니처럼 명작을 만들 만한 인물도 아니고 데드라인 효과 가 발휘될 만한 마감일을 가진 것도 아니다. 단지 언젠가는 꼭 해야 만 한다는 부담감을 가지고 있을 뿐이다.

내가 게으름을 피우는 이유는 매일 조금씩 글 쓰는 연습을 하라고 잔소리하는 선생님이 안 계신 때문이다. 다시 써 오라는 꾸중과 함께 원고를 내던지며 채찍질과 담금질하는 선생님이 옆에 계셨어야 했다. 멀리 이국땅에서 마음 놓고 게으름 피우며 아무런 자극도 받지 않았음이다.

언젠가는 꼭 써야 한다는 부담감과 선생님의 표정을 오버랩시키며 예순 번째 생일을 내 책 출간의 데드라인으로 정한다.

바이올린 이야기

　보일러가 고장 났다. 막내가 제 바이올린을 팔아서 보일러 교체하라는 말에 가슴이 철렁했다. 그 생각을 하지 않은 것은 아니지만 차마 그렇게 하자는 말을 할 수 없었다. 아이는 나의 마음을 꿰뚫어 보기라도 한 듯이 선뜻 제안했고 나는 거절하지 못했다. 괜찮다고 말하지 못할 만큼 가정 경제사정이 바닥이었다.

　지금 사는 집에 이사를 온 후 여러 번 보일러 고장이 있었고 그때마다 부품을 교환하거나 간단한 수리를 했다. 이제는 오래된 모델의 부품이 생산되지 않아서 고칠 수 없다. 새 보일러로 바꾸어야 한다는 난방 기사의 말을 듣고 며칠 동안 고민했다. 견적서를 보니 삼 천 파운드가 나왔다. 생활비 몇 백 파운드 밖에 없으니 잠을 설치는 일은 당연하다.

　막내 아이가 초등학교 삼학년이었던 어느 날이다. 아이는 학교에서 돌아오자마자 바이올린 협주반에 들어가기로 했다고 한다. 바이올린을 만져본 적도 없는 아이가 협주반이라 하니 이해할 수 없었다. 아이는 무슨 일이든지 하겠다는 말을 했을 때에는 꼭 하고 마는 성격이다. 이유도 묻지 않고 악기점에 갔다. 바이올린을 사고 음악학원에 등록했다. 아이는 학원에서 일 주일에 세 번씩 바이올린 교습을 받고 학교에서 매일 협주반 친구들과 함께 연습했다. 제 누나들과 함께 피아노를 이미 배우고 있기 때문인지 바이올린을 배우는 속도가 빨랐다. 겨울 방학할 무렵 교내 학예 발표회 때에 다른 학생들과 함께 연주를 할 정도로 빠른 속도였다. 학교에서 돌아오면 제 방문을 닫고 한 곡을 서른 번 또는 쉰 번씩 반복했다. 피아노를 배울 때에는 열심히 하지 않았는데 바이올린은 시간 날 때마다 틈틈이 연습했다.

딸들이 키득거리며 나에게 귀띔해 준다. 바이올린 협주반에 있는 같은 반 여학생을 동생이 좋아한다는 것이다. 귀를 의심했다. 초등학교 삼 학년인데 벌써 여학생에게 이성을 느낀다는 것이 믿어지지 않았다. 다음날 학교에 갔다. 바이올린 협주반 지도 선생님은 정년퇴임한 할아버지 선생님이었다. 우리 아이가 어느 정도 따라가고 있는지 궁금하다고 했더니 선생님은 웃으며 아이 이야기를 했다.

어느 날부터 학생 한 명이 복도에서 음악실 안을 들여다보았다. 처음에는 구경하는 줄 알고 무시했는데 계속 음악실을 찾는 것이 이상해서 너도 하고 싶으냐고 물어보았다고 한다. 바이올린 배운 적은 있느냐고 묻는 말에 아이는 다짜고짜 바이올린 반에 들어가고 싶다고 말했다. 선생님은 그러라고 했고, 그날이 집에 와서 나에게 바이올린 협주반에 들어가겠다고 말한 날이다. 아이가 협주반에 들어간 지 한 달 후에 다른 학생들과 함께 연주할 수 있을 정도로 빨리 쫓아왔다고 선생님도 덩달아 기뻐했다.

학예 발표회 할 때 우리 아이가 좋아한다는 여학생이 누구인지 보았다. 두 눈이 동그랗고 코는 오뚝하고 입술은 오밀조밀 귀여운 여학생이었다. 막내가 처음으로 좋아한 여학생 덕분에 초고속으로 바이올린을 켤 수 있었다.

중학생이 되어 영국에 와서 계속 바이올린을 배웠다. 런던에는 음악학원이 없었기 때문에 개인 선생님을 찾았다. 한국에서 쓰던 바이올린으로 배우다가 사이즈도 바꿀 겸해서 선생님 소개로 다른 바이올린을 샀다. 새로 구입한 바이올린은 악기에 대해 아는 것이 없는 내가 들어도 소리가 부드러웠고 전에 쓰던 바이올린과 같은 금속성 날카로운 소리도 아니었다. 아이는 학교 오케스트라에서 연주했고 교회의 기악부에서도 연주했다. 바이올린 선생님이 지휘를 맡고 있는 오케스트라의 한 구성원으로 연주하기도 했다.

대학교에 들어간 다음부터 자주 연주하지 않았지만 가끔 한 번씩 꺼내 연주하면서 바이올린을 쓰다듬어 줌으로써 여전히 자신이 참주인임을 확인하곤 했다. 그런 바이올린을 팔자고 말했고 나는 거절하지 못했다.

전화로 수소문하여 에그햄에 있는 바이올린 가게에 갔다. 바이올린 가격은 구입할 때보다 훨씬 적었지만 보일러 교체 비용은 충분히 감당할 수 있었다. 해산물 식당에서 점심을 먹을 때 두 사람은 아무 말도 하지 않았다. 아이에게서 친한 친구를 빼앗은 것 같은 미안한 마음을 조금이라도 덜고 싶어서 용돈으로 오백 파운드를 건네주었다.

한동안 바이올린을 연주하지 않았지만 서운한 건 사실이었던가 보다. "막상 바이올린이 없어지니까 마음이 좀 그러네요."하면서 망설이듯이 떨리는 듯 제 마음을 표현하는 아이의 얼굴을 쳐다보는 것이 참으로 힘들었다. '언젠가는 꼭 하나 다시 사 줄게.'하고 속으로 말했다.

　이제 나는 기다리고 있다. 바이올린 제작학교를 졸업하고 사제 바이올린을 만드는 사람을 알게 되었고 바이올린 하나를 주문했다. 아이의 생일이 팔월 말이니까 그때까지 만들면 된다고 제작 기간을 길게 잡았다. 내년 생일에는 아마도 바이올린 선물을 할 수 있을 것 같다.

꽃도 질 때가 있겠지

'이 또한 지나가리라.' 나는 이 구절을 좋아한다. 기쁨도 슬픔도 한 순간이다. 세상의 모든 일이 이 한마디 구절 앞에서 무색해짐을 깨닫는다.

이스라엘의 다윗왕은 큰 전쟁에서 승리했다. 왕은 승리의 기쁨을 오랫동안 기억하기 위하여 반지를 만들기로 하고 유명한 보석 세공인에게 반지를 하나 만들어 달라고 했다. 그 반지에는 왕이 큰 승리를 거두어 기쁨을 억제하지 못할 때 그것을 보고 자만심을 가라앉힐 수 있고, 절망에 빠져 있을 때는 그 반지를 보고 용기를 낼 수 있는 글귀를 새겨 달라고 했다. 보석 세공인은 왕의 반지를 만들었으나 어떤 글귀를 새겨야 할지 몰랐다. 고심 끝에 지혜로운 솔로몬 왕자를 찾아가서 물었다. 왕자는 이렇게 답했다.

'This, too, shall pass away' 보석 세공인은 솔로몬 왕자의 말 대로 이 글귀를 새겼다.

비자 문제로 힘들었던 때가 있었다. 처음 런던에 갔을 때에는 삼 년이나 사 년 동안 살다가 귀국할 생각이었다. 아이들 세 명만 런던에 두고 서울로 돌아오기로 했지만 마음이 바뀌어 영국에서 온 가족이 살고 싶었다. 아이들은 유학 비자로 거주할 수 있지만 나는 학생 비자를 연장할 수 없었다.

회사에 취직하여 노동 비자를 받으면 계속 영국에 있을 수 있다. 영어가 유창하지 않아서 영국 회사에 들어갈 수 없고 한인이 운영하는 개인 회사에 들어갔다. 사 년 동안 일하며 열심히 세금을 내면 영주권을 신청할 수 있다.

그렇게 시작된 일은 생각보다 쉽지 않았다. 취직을 하여 노동 허가 신청을 하면 보통 삼 년이나 오 년간의 허가가 나오는데 나에게 일 년의 노동 허가가 나왔다. 회사의 다른 업종에 대한 과도한 투자로 재정 상태가 좋지 않아서 회사 고용인에 대한 노동 허가 기간이 줄어들었다. 일 년 후에 노동 연장을 해 주기로 하고 일을 시작했다.

비자 만기 삼 개월 전부터 서류를 준비하여 회사에 제출했다. 아무리 늦어도 만기되기 한 달 전에는 노동 연장 허가를 받아야 한다. 회사에서는 기다리라는 말 외에 아무 말도 없었다. 비자가 만료되어서 자동으로 추방당하는 모습을 상상하니 아무 일도 손에 잡히지 않았다.

당시에 남편은 영국에 오기 위하여 직장에 명예퇴직 신청을 한 상태였고, 런던에 집을 사기 위하여 계약금을 영국 은행으로 송금하고 배우자 비자를 신청해 놓은 상태였다. 나의 노동 비자가 연장되지 않으면 우리 가족이 함께 사는 계획은 물거품이 된다.

한인 사회를 통하여 우리 회사가 다른 사람의 비자도 몇 명 더 연결 되어 있다는 말을 들을 수 있었다. 혹시 회사에 누가 될까 봐 못들은 채 아무 말도 하지 않았지만 불안한 마음은 점점 강해졌다.

나의 사정에 대하여 안타까워하는 사람이 있었다. 그 사람은 내 이야기를 한인 원로 한 사람에게 전했다. 원로는 나의 이야기를 듣고 '꽃도 질 때가 있겠지.'라는 말 한마디 외에 아무 말도 하지 않았다고 한다.

원로는 사장이 다른 사람의 비자 문제로 전에도 한인사회에 물의를 일으킨 적이 있다는 것을 알고 있었고 어떤 충고도 해 줄 수 없을 만큼 사장의 성격이 독특하다는 것도 잘 알고 있었다.

사장은 지금의 회사를 운영하기 전에 영국 이민국에서 일을 했기 때문에 이민 정보에 대하여 훤히 알고 있다. 퇴직 후에도 이민 정보를 이민법 전문 변호사보다 빨리 업데이트하여 한인들의 비자 문제를 도와 주곤 했다. 비자 문제가 잘 해결된 사람에게는 은인이었고 해결되지 못한 사람에게는 거짓말쟁이가 되었다.

나에게 비자 만기일이 다가오는 하루하루가 지옥이었다. 식사를 하지 못해 허리가 등에 붙는 것 같았다. 회사 재정 상태가 어려워서 노동 허가 연장을 하지 못하는 것이라고 판단하고 새로운 계획을 짰다.

아이들은 유학 비자로 변경하고 나는 서울로 돌아가면 된다. 남편과 함께 고향으로 가서 새로운 인생을 설계하면 된다. 집을 사는 일은 계속 진행시켜서 아이들이 그 집에 살면 된다는 등 구체적인 계획을 세웠다. 한국에 가더라도 나의 비자가 만료될 때까지 퇴직한 남편과 함께 영국에 있기로 했다. 남편이 런던으로 왔고 우리는 틈나는 대로 런던 근교로 나들이를 하면서 사장에 대하여 격앙된 마음을 가라앉히려고 노력했다.

어느 날 사장으로부터 연락이 왔다. 나의 노동 허가가 오 년 나왔으니 비자를 연장하라는 것이다. 그 말을 듣자마자 고통이 끝났다는 생각과 함께 천국을 경험하는 순간이었다.

신은 우리에게 필요한 것 이상으로 채워준다. 노동비자가 오 년 연장되었다. 나는 노동 비자 삼 년만 필요하니까 나눌 수만 있다면 비자 문제로 고통당하는 사람에게 이 년 노동 허가를 떼어 주고 싶었다. 나는 회사로 돌아갔고 세금도 열심히 납부했다.

한인 원로가 말했던 '꽃도 질 때가 있겠지.'라는 표현은 '이 또한 지나가리라.' 하는 구절과 함께 힘겨운 고통을 당하고 있던 나에게 희망적인 메시지를 암시하여 준 가장 간결하고도 깊은 뜻을 포함한 잊을 수 없는 구절이다.

홀로서기

아이들이 모두 부부 곁을 떠났다. 공허함이 나를 에워싸고 있다. 그것은 서늘한 가을바람을 타고 온 계절병만은 아니다.

랜디 피터슨과 토머스 화이트 맨이 함께 쓴 '사랑이란 이름의 중독'이란 책에서 말했듯이 여러가지 형태의 중독 가운데 엄마가 아이에게 집착하는 것도 일종의 중독이라 했다. 엄마는 그 중독에서 벗어나야 한다고 충고한다. 때가 되면 아이들이 독립할 수 있도록 부모가 도와주어야 한다고 말한다. 적당한 시기에 철저히 냉정해 지는 것이 부모의 자녀 양육에 대한 마지막 단계라고, 나는 그렇게 결론을 내렸다. 더 이상 아이들에게 마음을 쏟지 않고 깔끔하게 거두리라 결심하면서 책을 덮었다.

아이는 엄마의 뱃속으로부터 나와 약 일 년이 되면 걷기 시작한다. 누워서 뒤집고, 기어 다니다가 서서 걸어 다닐 때까지 엄마와 아이의 물리적인 거리는 매우 가깝다. 엄마의 손에서 놀다가 아이 혼자 첫 걸음을 내디딜 때 가족들은 박수를 치면서 환성을 지른다. 태어날 때 탯줄을 자르면서 엄마와의 일차적인 분리가 끝나고 일 년 후의 혼자 걷기는 육체의 두 번째 분리 작용이다. 첫 번째 분리에는 출산의 고통이 따르지만 두 번째 분리에는 기쁨이 함께 한다.

한 발짝 한 발짝 걸을 때마다 손뼉을 치면서 즐거워한다. 부모는 아이가 걸어가다가 넘어지면 다칠까 봐 걱정하고 혼자 놀다가 뜨거운 다리미를 덥석 잡지 않을까 노심초사하며 아이에게서 눈을 떼지 못한다.

성장한 후에 또 한 번의 분리를 한다. 새로운 가정을 이루고 부모 곁을 떠날 때이다. 그것은 육체적인 분리일 뿐 아니라 정신적인 독립이고 경제적 독립까지 포함한다.

부모도 자녀로부터 독립해야 한다. 부모의 진정한 독립은 자녀들로부터 경제적인 지원을 받지 않음은 물론, 아이들에 대한 관심을 배제한다는 뜻이다. 아이들이 살아가는 문제에 관하여 필요 이상으로 참견하지 말아야 하고, 궁금해 하지도 말아야 한다.

부모의 집을 자주 찾아오지 않아도 왜 안 오느냐고 묻지 말아야 하고 부모의 생일을 기억해 주지 못할 때에도 바빠서 그랬을 것이라고 이해해야 한다. 정기적으로 용돈을 부모의 통장으로 이체시켜 준다는 친구의 말을 들어도 부러워하거나 아이에게 나도 그렇게 해 달라고 요구하지 말아야 한다.

아이가 엄마 뱃속에서 나와 삼십 초 후에 탯줄이 잘림으로 물리적인 분리작용이 일어났다면 정서적 탯줄이 잘리는 데 삼십 년이 걸린다고 어느 강사가 말했다. 정서적 탯줄 자르기가 그만큼 어렵다는 이야기이다. 이것은 아이들뿐 아니라 부모의 입장에도 해당된다.

아이들은 모두 떠났고 우리 부부는 물리적인, 표면적인 독립은 하였지만 정신적으로 완전한 독립을 하지 못하고 있다. 어쩌면 나에게 있어서 정서적 탯줄 자르기는 삼십 년이 더 걸릴지도 모른다.

두 노인이 벤치에 앉아서 석양을 바라보고 있는 모습은 얼마나 아름다운 그림인가. 모두 다 이루어 놓고 어깨를 맞대고 앉아서 지는 해를 바라보며 부부의 앞날을 그리는 모습. 그것은 분명 나의 모습이어야 한다. 더 이상 아이들에게 집착하지 말고 아이들로부터 온전한 독립을 해야 한다.

나이가 지금보다 훨씬 많이 들었을 때, 눈앞에 고물거리던 손주들마저 우리 곁을 찾지 않을 때, 강아지 한 쌍을 키우며 아침이면 산책을 한다. 낮에는 마을 도서관 소파에서 신문을 보고, 저녁나절에 슈퍼마켓에 들러 장을 보고 저녁 식사 준비를 한다. 해가 지면 거실의 책상에 앉아 스탠드를 켜 놓고 하루를 되돌아보며 일기를 쓰는, 그런 일상을 보내는 진정한 홀로서기를 해야 한다.

더 보트 야드

괌 해안에 카누가 서 있다. 우리 일행이 카누 앞에서 포즈를 취한다. 다섯 명이 똑같은 꽃무늬 원피스를 입고 목에 화환을 두르고 해안을 누비고 있었다. 카누 연습을 마치고 들어오는 선수들과 마주쳤다. 선수들은 우리를 보고 환호했다. 우리도 손짓하여 화답하며 다가갔다. 함께 사진을 찍을 수 있는지 물었고 우리는 기꺼이 응해 주었다. 다섯 명의 괌 여행은 회갑 여행이었고 카누 앞에서 태평양을 배경으로 하여 찍은 사진이 회갑 여행의 하이라이트이다. 청록색 바다를 배경으로 카누가 서 있는 보트 야드에서 우리는 어린이들처럼 다양한 포즈를 취했다.

회갑을 맞이한 교우가 평소에 마음에 두고 있던 열 명의 친구를 초대했다. 전혀 어울릴 것 같지 않은 열 명 중에 개인적인 만남은 처음인 친구도 있었다. 함께 선택된 공통점 때문인지 첫 만남이 전혀 어색하지 않았다.

생일 파티 장소가 '보트 야드'라 하여 템즈 강변에 떠있는 조그만 배 한 척을 빌린 줄 알았다. 킹스톤을 지나 템즈 강변을 따라가니 카페와 펍, 레스토랑이 줄을 잇고 있다. 타고 간 승용차가 강변 쪽으로 넓게 자리 잡은 주차장으로 들어갔다. 도로 쪽으로는 주차장, 반대쪽으로는 템즈 강변인데 레스토랑의 계단이 이어져 있다.

'The Boatyard'란 간판을 보는 순간 배 위에서 하는 파티가 아님을 직감했다. 레스토랑 문을 열고 들어섰다. 밖에서 레스토랑 안으로 들어가는 것이 아니라 강을 향하여 또 다른 바깥으로 나가는 것 같았다. 나무 바닥과 천장, 몇 개의 계단으로 층을 구분하여 테이블을 배치한 것은 자유로운 식사 분위기를 연출해 내기 위한 아이디어인 듯하다.

두세 개의 계단을 더 올라가 예약 표시되어 있는 테이블로 갔다. 육십 회 생일을 알리는 현수막이 드리워져 있고 진홍색 수소풍선이 하늘로 오르지 못하고 바닥의 돌멩이에 묶여 우리들을 맞이하고 있었다. 예약한 테이블은 강이 내려다보이는 발코니 쪽이었다. 발코니 역시 나무로 만들어져서 배위의 갑판 분위기를 연출했다.

템즈강 건너편 언덕에 골프장의 잔디가 보이고 깃발이 펄럭인다. 짙은 회색 하늘이 강물에 빠진 듯 강물은 온통 검은 회색빛이다. 잠시 후 해가 나오고 파란 하늘이 되니 강물도 투명한 푸른색으로 바뀐다. 하루에도 비와 구름과 해가 숨바꼭질 하듯이 다양한 날씨를 보여준다. 런던의 날씨를 수년 간 보아 왔지만 그 변덕에 대한 당혹스러움은 늘 처음 같다.

식사 주문을 한다. 회갑 맞은 교우가 쓰리 코스로 시키라는 말이 떨어지기 무섭게 아줌마들이 반응한다. 우리 나이에는 많이 먹으면 좋지 않다, 투 코스도 충분하다, 메인 메뉴만 시키면 된다는 등 의견이 분분하다. 주인공은 자꾸 쓰리 코스로 제의하지만 그 메뉴는 채택

될 기미가 보이지 않는다.

내 머리 속에는 '스타터는 스프 오브 더 데이, 메인 디쉬로 소갈비, 디저트는 과일이나 아이스크림을 시키고 커피로 마무리 하면 근사한 생일 파티가 될 텐데'라는 생각으로 가득했다. 하지만 끝까지 나의 의견을 말하지 못했다. 메인 요리 한 가지만 주문하는 것으로 결정이 났다. 식사 분량은 적게 분위기는 풍요롭게 음식을 먹어야 하는 나이이고 호스트의 주머니 사정을 배려해서 한 가지만 주문했을 것이라고 이해했다.

에피타이저 없이 메인 디쉬로 주문한 것은 소고기 요리였다. 난 무조건 웰던이다. 빨간색 물이 흥건히 고여 있는 쇠고기는 먹지 않는다. 갈비가 붙은 살덩어리를 양념하여 절인 후 오븐에 구워 나온 요리인데 생각했던 것보다 훨씬 부드러운, 우리 음식의 푹 익은 갈비찜 같은 요리이다. 갈비뼈에 붙은 고기를 결을 따라 찢어 먹는다. 씹을수록 달콤한 육즙이 입안 가득 고이는 맛은 신비하기까지 하다. 부드럽고 달달한 갈비살과 함께 메쉬 포테토가 나왔다. 감자를 좋아하지 않았지만 오늘 먹었던 으깬 감자 덕분에 앞으로는 감자 요리를 좋아할 것 같다.

식사를 마친 후 케익 위에 촛불을 켜고 생일 축하 노래를 불렀다. 세계에서 가장 많이 불리워진다는 노래 '헤피 벌스 데이 투 유!' 오늘의 합창은 그 어느 때보다 진지하다.

한국에 나온 영국 남자와 결혼하여 영국으로 가서 세 아들을 낳은 주인공의 인생에 단 한 번의 의미 있는 생일 축하 노래이다. 일흔 살

생일에는 레스토랑 '더 보트 야드'가 아닌 템즈 강 가에 떠 있는 크루즈 위의 갑판에서 런던의 야경을 즐기며 생일 축하 노래를 불러줄 수 있기를 소망한다.

여러 장의 사진을 찍은 후에도 멍하니 서 있는 나를 향해 꽃무늬 원피스 일행이 빨리 오라고 손짓을 한다.

떠나는 연습

　다시 가야 하다니. 마음이 바뀌는 것은 순간이다. 한국에서 노년을 보내기로 단단히 결심했다. 한국으로 돌아온 것은 우리 부부의 진정한 홀로서기였다. 어떤 일에도 흔들리지 않을 작정이었다. 그러나 아무리 강한 맹세를 했음에도 불구하고 우리의 다짐은 한줄기 파도가 바닷가의 모래성을 휩쓸고 지나간 것처럼 완벽하게 무너졌다.

　일 년 전 런던에서 귀국할 때 집안 살림을 정리한 후에 필요한 살림을 서울에서 다시 장만했다. 냉장고와 세탁기, 텔레비전을 사고 부엌의 가스레인지를 바꾸고 식기 세척기를 맞추어 넣었다. 여름이 되면 얼마나 더운지 상상을 할 수 없었지만 집집마다 건물마다 외벽에 설치되어 있는 실외기를 보고 서둘러 냉방기도 주문했다.

　공기 좋은 곳에서 살기 위하여 산이 가까운 높은 지대의 아파트를 일부러 찾았다. 아파트 정문까지 마을버스가 닿으니 자가용 승용차가 없어도 교통의 불편함은 전혀 없었다. 관악산 정기를 받고자 하는 마음으로 아침에 눈을 뜨면 창문부터 활짝 열었다. 앞산만 바라보아도 숲속에 들어와 있는 것 같은 느낌이 들었다. 아무도 만나는 사람 없어도 긴 겨울이 지루하지 않았고 영하의 매서운 날씨였지만 우리에게는 따뜻한 겨울이었다.

봄이 되자 앞산의 꽃나무들은 겨우내 우리를 기다렸다는 듯이 열심히 꽃을 피웠다. 흰색부터 연분홍, 꽃분홍, 짙은 빨간색까지 다양한 철쭉이 발코니 앞마당을 가득 메꾸었다.

오랫동안 쉬었던 에어로빅 운동을 시작했고, 문학회 모임에 나가서 그동안의 못 다한 이야기의 꽃을 피웠고 맛있는 한국 음식을 실컷 먹었다. 남편과 함께 스페인에 다녀온 후에 두 번의 해외여행을 친구들과 함께 또 다녀왔다. 학생이나 주부에게 영어 레슨을 하며 나의 것을 나누는 기쁨과 보람도 느꼈다. 물고기가 물을 만난 듯이 한국의 공기를 흠뻑 들이마시고 마음껏 휘저었다.

남편은 고향 청주에 가고 싶을 때마다 언제든지 기차를 탈 수 있는 자유로움을 무엇보다 좋아했다. 전철만 타면 종로 5가까지 한 시간 내에 갈 수 있는 편리한 교통수단을 또한 좋아했다. 런던에서 전화 통화로 친구와 이야기 나누었던 것을 직접 술 한 잔 나누며 귀가 시간 걱정하지 않고 다음날 출근 신경 쓰지 않고 실컷 만났던 것도 외국에서는 누릴 수 없는 행복이었다. 한국의 모든 것은 완벽했다.

한국 생활의 평안함에 대한 감사함과 동시에 불안한 마음이 들기 시작했다. 이래도 될까 하는 묘한 느낌이었다. 아무리 좋은 일이 있어도 신이 기뻐할 만큼의 한 부분은 떼어 놓으라고 했다. 아무리 고통이 크더라도 신이 고통을 나눠 가질 수 있도록 일부분을 남겨 놓으라고 했다.

나에게는 평소에도 좋은 일이 있을 때 선뜻 타인에게 말하지 않고 내 안에서만 조심스럽게 즐거워하는 경향이 있다. 겉으로 표현함과 동시에 기쁨이 산산조각 날 것 같은 불길한 예감 때문이다. 걱정이 있을 때에도 누군가가 일을 해결해 줄 것만 같은 막연한 믿음이 나를 더 이상 고민에 빠지지 않게 한다.

하지만 이번에는 한국 생활에 대하여 너무 좋아했던 것 같다. 모든 것이 완벽했던 우리 부부의 새로운 보금자리에 몰래 숨어 들어온 묘한 기분의 이상한 느낌, 지금 이 순간 역시 지나가리라는 예감이었다. 세상의 이치라 할까. 산꼭대기에 올라가면 다음은 내려올 차례이고 달이 찬 다음에는 기울기 시작한다.

사돈의 런던 생활에 변화가 생기자, 딸아이는 우리에게 손주들을 봐 달라는 요청을 했다. 처음에는 안 된다고 했지만 시간이 지날수록 꼬리에 꼬리를 물고 계속 되는 딸의 요청에 대한 여운이 우리 부부의 뇌리를 떠나지 않았다. 우리만 편안한 것이 전부가 아니란 생각을 했다. 둘째 아이 출산 후에 정신없이 바쁜 딸의 일정을 보니 도저히 우리 부부의 안일함만 생각할 수 없었다.

떠나라는 뜻이다. 잡고 있는 것을 놓으라는 의미이다. 언제라도 훌훌 털어버릴 정도로 단순한 삶을 살라는 뜻이다. 저항할 수 없는 어떤 힘이 나의 마음을 흔들었다. 나를 필요로 하는 곳으로 가는 것이 맞다. 아직도 나를 불러주는 자녀가 고맙다. 앞으로 또 태어날 손주들도 있다. 그들을 만날 준비도 해야 한다.

떠날 준비를 한다. 삶이란 언젠가는 사라질 그날에 대해 끊임없이 떠나는 연습이다. 짙은 녹음으로 우리에게 풀냄새를 제공해 주던 앞산에 문득, 단풍이 들기 시작한다.

환송 선물

친구는 실내화를 신은 채 계속 따라온다. 그만 들어가라 해도 막무가내 쫓아온다. 사무실에서 전철역까지 꽤 먼 거리지만 실랑이 하다 보니 어느새 전철역 승강기 앞에 와 있다. 손을 흔들며 승강기 안으로 들어가는 순간 그녀가 편지 봉투를 가방에 찔러 넣는다. 무엇이냐 물으니 편지라 한다.

승강기 문이 닫히고 아래층으로 이동 중에 옆에 서있던 아주머니가 말한다. 안 봐도 뻔 한데 편지는 무슨 편지냐고, 그것을 눈치 채지 못하느냐고, 그런 사람은 세상 일이 잘 풀린다고 두서없이 말한다.

봉투 안에는 아주머니 말 대로 고액권 지폐가 들어 있었다. 나의 별명이 형광등, 사오정, 느림보이긴 하지만 이렇게까지 눈치 채지 못할 수는 없다. 무방비 상태로 당하는 느낌이었다. 슬리퍼를 신고 무작정 쫓아올 때 짐작했어야 한다.

전철 안에서 전화를 했다. 고맙다는 인사보다는 왜 그랬냐고 따지는 쪽에 가까웠다. 친구는 피식 웃으며 신사임당처럼 살라고 말했다. 미리 연락도 없이 내가 방문을 했고 바로 공항으로 가는 상황이라 아무것도 해줄 수 없음을 알았을 때 생각난 것이 그 방법 밖에 없었다고 한다. 더 이상 말을 잇지 못했다.

런던에서 함께 신앙 생활하던 교우가 귀국 발표를 했다. 갑자기 떠난다는 소식을 듣고 당황스러웠다. 이별 선물을 해야 한다. 이삿짐은 배로 이미 보냈기 때문에 부피가 있는 것은 어떤 물건도 떠나는 사람에게 부담이 된다.

한국에 갔을 때 쓰고 남은 원화가 있었다. 이별 카드와 함께 신사임당 지폐를 포장해서 떠나는 교우에게 주었다. 친구는 그 지폐를 사용할 수 없다고 카드와 함께 액자에 넣어 간직하고 싶다고 했다. 하지만 나는, 돈은 쓸 때에 가치가 있는 것이니 공항버스 탈 때 써 버리라고 말했다.

오늘 내가 한국 지폐를 받고 보니 교우의 말처럼 액자에 넣고 싶은 마음이 어떤 것인지 실감할 수 있다. 지폐의 표면에는 슬리퍼 차림으로 전철역까지 따라왔던 상기된 얼굴이 오버랩 된다.

한국을 떠날 때 내게 주었던 따뜻한 손길들이 있다. 연보라색 머플러, 인디안 핑크의 울 스웨터, 목걸이와 브로치 등 많은 선물이 있다. 그 외에 달러 지폐도 있었고, 지금의 '신사임당' 같은 고액권도 있었다.

런던으로 이주할 당시, 우리 화폐 단위에 오만원권 지폐는 없었다. 초록색 만 원권이 가장 높은 단위였는데 흔히 그것을 '배추'라 불렀다. 선물 대신 배추 몇 포기 담은 두둑한 봉투가 꽤 있었다.

결혼식 때의 방명록처럼 이름과 금액과 선물의 내용을 모두 적었다. 목록을 보면서 친구들의 사랑을 재확인했다. 그 사랑의 힘은 낯선 땅에서 든든하게 버틸 수 있게 해준 원동력이었다. 지금도 메모한 내용을 볼 때마다 무한한 행복감에 젖는다.

목록에 적을 수는 없었지만 두둑한 지폐보다 뿌듯하고 울 스웨터 만큼 따스한 선물이 또 하나 있다. 하염없이 흘리던 문우의 눈물이다. 교제를 많이 나눈 사이는 아니었지만 내가 떠난다는 소식을 듣고 말 없이 훌쩍거리기만 했다. 만날 때마다 처음 보는 듯한 서먹함으로 사무적인 용건만 나눈 사이였다. 그 친구에게서 눈물이 흐르고 있었다. 당황스러웠지만 헤어질 때 나에 대한 그의 진심을 발견한 것 같아서 아련한 행복감에 젖었다.

눈물 흘리는 모습을 떠올릴 때의 감동이 선물 리스트 볼 때의 감동 보다 진한 것은 보이는 것보다 보이지 않는 부분이 훨씬 크기 때문이 다. 우리 교제의 농도에 비하여 흐르는 눈물의 양은 나에게 과분했다. 떠나는 사람을 위하여 선물을 사거나 현금을 준비할 수 있지만 눈물 을 보이기는 쉽지 않다. 살아가는 내내 감동스러운 추억으로 남아 있 을 소중한 선물이다.

런던의 교우에게 주었던 지폐를 한국의 문우에게서 되돌려 받은 것 같아서 계산상으로는 원점이지만 마음을 주고받은 흔적은 헤아릴 수 없는 사랑이다.

전철역까지 따라와 민망스러운 듯 급하게 전해준 친구의 봉투는 선물의 목록에 추가되는 한 줄의 단순한 메모가 아니라 언젠가는 갚 아야 할 사랑의 빚이다.

서울의 공기가 그립다

　오랜만에 시내로 향하는 기차를 탔다. 한적한 생활의 연속은 마음과 육체를 느슨하게 한다. 마음이 가라앉으면 아무 것도 할 수 없다고 말하는 자신을 향한 충고가 나를 일으켜 세운다.

　전원생활이 싫증나고 도시의 분주함이 그리워 질 때 나는 런던 중심가로 나간다. 도시의 공기를 마시기 위하여 기차에 몸을 싣고 짧은 여행을 떠나는 것이다.

　클라팜 정션을 지나 빅토리아 역에 도착하면 물밀듯이 사람들이 기차에서 내린다. 전철역과 연결된 계단 아래로 군중들이 썰물처럼 내려간다. 사람들이 북적대는 중심가에 서 있으니 역시 사람이 태어나면 도시로 보내지는 것이 옳다는 생각이 든다.

　침잠했던 기운이 다시 살아난다. 사람들과 함께 어딘가로 끌려 들어가는 소속감이 나를 행복하게 한다. 먼지 섞인 금속성의 퀴퀴한 전철 냄새를 맡는 순간, 서울 냄새를 맡은 것처럼 편안해 진다. 다른 사람들과 함께 덩달아 즐거운 그 무엇이 나를 행복하게 한다.

　지하철 통로에서 나오는 후끈한 냄새가 싫어서 시내 중심가를 외면하지 않았던가. 사람들과 부대끼는 것이 싫어서 혼자 있는 것을 즐기지 않았던가.

서울의 후덥지근한 계절이 싫었다. 승객을 가득 실은 전철 안에서 이리저리 부딪치는 실근거림이 짜증스러웠다. 아스팔트 열기로 달아오른 지면 위에서 생존경쟁을 하는 아귀다툼 현장을 외면하고 싶었다. 어디로 가는지도 모르고 사람들이 몰리는 대로 쫓아가는 쏠림 현상이 싫었다. 그런 일들이 일어나지 않는 곳에서 살고 싶었다.

수천 년 전에 모세가 이스라엘 백성을 이끌고 애굽을 떠났던 것처럼 나는 출 서울을 단행했다. 모세처럼 거창한 이유나 광대한 규모는 아니지만 우리 가족이 서울을 떠난 것은 한 집안의 혁명과도 같은 일이었음을 부인할 수 없다.

나를 만든 이가 약속한 땅, 푸른 초장으로 나를 인도해 주었다. 초록 들판이 끝없이 이어지고 한가로이 풀 뜯는 양떼들 사이로 구름이 내려 앉아 있는 곳, 그 곳은 분명 나를 위한 천국이었다. 보이지 않는 쇠사슬로부터 벗어나 휴식을 취할 수 있도록 선물로 받은 곳이었다.

콩나물시루 같은 전철도 매연을 뿜어 대는 버스도 없다. 사람들 마음속의 끊임없는 전쟁도 없다. 휴양지에서 잠깐 머물러 있었던 것 같은데 십육 년이 지났다.

문득 광화문 네거리의 이순신 장군이 보고 싶고, 중앙청 앞의 팔 차선 도로를 달리는 자동차들이 보고 싶다. 경복궁을 지나 삼청동으로 가는 길목에 원조 칼국수 집이 있다. 창경원의 벚꽃도 여전한지 궁금하고 남산 타워에 올라가 서울 시내를 내려다보고 싶고 케이블카를 타고 싶다. 빠져나올 수 없는 향수가 나를 괴롭히면 옛날 사진 속으로 들어가서 하얀 밤을 보낸다. 그리고 다음날, 런던 시내로 나간다.

오래 전에 개통되어 낙후된 전철이지만 튜브 속을 통과하는 금속 덩어리의 한결 같은 모습에 감탄하고 다양한 노선버스 갈아타는 재미를 만끽한다. 여행객들로 붐비는 런던 한복판을 누비며 도시 냄새를 흠씬 들이쉰다. 트라팔가 스퀘어의 넬슨 제독 동상을 보면서 이순신 장군을 생각하고, 런던 아이London Eye를 바라보며 남산 케이블카를 그려 본다. 칼국수 대신 휘시 엔 칩스로 저녁을 먹고 집으로 돌아오면 한동안 서울을 잊을 수 있다.

금주 기간

술을 마시면 또 하나의 세상을 만난다. 평소에 잊고 있던 사람이 생각나고 멀리서 흠모했던 선생님 생각이 난다. 사소한 일에 대한 오해로 전화 통화도 하기 싫었던 선배도 생각난다. 퍼 붓는 욕설 가운데 인간 냄새 묻어나는 이웃집 아주머니 모습이 떠오르기도 한다. 아이들 문제로 우정에 금이 간 친구의 잔잔한 목소리가 들리기도 한다. 우리 아이와 함께 해외 연수 보내기로 약속해 놓고 외국에서 살다 온 아이와 함께 보냈다. 자기 아이 혼자 보냈다고 말하던 친구의 온화한 표정 뒤의 계산적인 마음에 화가 났던 일도 술김에 풀어진다.

선생님 곁에서 철통같은 수비로 다른 사람 접근 금지하던 친구 생각도 난다. 선생님에 대하여 나보다 훨씬 많이 알고 있고 나보다 더 가까이 있고 나 같은 건 별거 아니라는 눈초리로 쏘아보던 눈매가 생각난다. 대학 수학능력 시험 보름 남겨놓고 영국으로 떠나는 나에게 어쩜 그럴 수 있냐는 듯 눈물을 터뜨리던 교회 고등부의 우리 반 학생들 표정이 되살아난다.

내장산 호텔에서 겨울 문학세미나가 있었다. 대부분의 회원들이 그러하듯이 정기 세미나 시간보다 행사 후에 있는 특별 프로그램에 더욱 관심이 쏠린다. 저녁 식사와 함께 세미나가 끝나고 동인들 만남의 시간이 왔다. 전국의 회원들이 여름과 겨울에 만나므로 육 개월 동안의 이야기가 쌓여 있다.

식사를 든든히 마친 후에 맥주를 마시면 아무런 탈이 없는데 애주가들은 빈속에 술을 마신다. 나는 애주가도 아니면서 빈속에 맥주 마시기를 즐긴다. 게다가 두 종류의 술을 섞어 마시는 날은 몸과 마음의 움직임이 더욱 자유스러워진다. 행동의 통제력을 잃어버린다. 눈앞에 있는 사람을 다른 사람으로 상상하고 평소에 하지 않던 말도 서슴지 않고 말할 수 있는 용기가 생긴다.

그날도 세미나와 함께 가벼운 식사는 했지만 배부른 식사량은 아니었다. 문우 회원들끼리 맥주잔을 주고받는 속도가 잦아지고 이야기의 속도가 빨라졌다. 온몸에 알코올 기운이 퍼지면서 몸이 마음대로 움직여지지 않았지만 이성적으로 행동하려고 애썼다.

숙소에 들어갈 시간이 되어서 호텔로 돌아오는 길이었다. 선배 한 사람이 나에게 지도 교수님께 가서 커피 한 잔 사 달라 말하라고 시켰다. 다른 동료들과 이야기를 하며 걸어가고 있던 교수님께 뛰어가서 말씀 드렸더니 쾌히 승낙하셨다. 호텔 로비에 앉아서 커피가 나오기를 기다린 것까지 생각난다.

다음날 아침, 문우들이 나에게 이제 살아났느냐고 물으며 특별한 인사를 한다. 나와 함께 객실에 묵었던 선배들이 밤새도록 잠을 설쳤다고 하면서 어젯밤 이야기를 들려준다.

커피를 시켜 놓고 슬그머니 내가 사라졌다. 교수님과 회원들은 내가 조금 후에 오겠지 하며 기다렸지만 커피를 다 마시고 객실로 들어

갈 때가 되어도 나는 돌아오지 않았다. 다른 회원들은 내가 더 놀고 싶어서 다른 곳으로 나갔을 것으로 믿고 숙소에 들어갔지만 지도 교수님은 나를 찾아서 헤매셨다. 객실 방문마다 열고 들여다보시며 내 이름을 부르시는 교수님에 대하여 불평을 하는 회원도 있었다. 이렇게 나왔을 때나 실컷 놀게 놔두지 여기까지 와서 시어머니가 되어 찾아다닌다고 했다. 화장실에도 가 보았으나 그 곳에도 없었다. 교수님께서 남자 화장실 한 쪽이 계속 잠겨 있는 것이 아무래도 이상하여 옆 칸에 가서 올라가 내려다보니 그 곳에 내가 앉아 있었다. 술에 취해 늘어진 내 몸은 땅바닥에서 잡아당기는 것처럼 무거웠다. 선배가 간신히 업고 가서 방에 눕히고 교수님이 손가락 끝을 날카로운 것으로 찔렀다. 피도 안 나오고 의식도 없었다. 여러 번 반복하여 자극을 주고, 온몸을 조이고 있는 옷을 벗긴 후 잠자리에 눕히고 같은 방 회원에게 밤새도록 환자의 경과를 살피라 당부하시고 교수님은 숙소로 가셨다.

허기진 배를 움켜쥐고 얼큰한 국물을 들이키는 나에게 들려준 지난 밤 이야기이다. 먼 나라의 다른 사람 이야기를 듣는 것처럼 무감각하게 듣는다고 다들 나에게 한마디씩 한다.

이야기를 듣고 보니 아련한 상태에서 '야, 여기 있다' 하고 외치는 소리가 어렴풋이 들렸던 기억이 난다. 나는 화장실의 변기 뚜껑을 닫고 그 위에 앉아 있었던 것까지 기억해 냈다. 그 소리치던 사람이 지도 교수님이었다는 것을 다음날 아침에 알았다.

세미나에서 돌아와 특별한 전화를 받았다. 교수님께서 나에게 앞으로는 절대 술을 마시지 말라는 분부를 내리셨다. 세미나에 참석한 사람 외에는 누구에게도 술 취하여 화장실 변기 위에서 자고 있었던 이야기를 하지 않았다.

선배 중 한 사람은 교수님이 나의 생명의 은인이라고 끝까지 은혜를 저버리면 안 된다고 강조했다. 그런 일이 있었던 것을 남편이 알면 다시는 문학 세미나에 참석하는 것을 허락하지 않을 것이다. 언제라도 술의 힘을 빌려서 용서해 주고 싶은 사람이 있을 때나 또 다른 세상이 그리워 질 때 교수님의 분부를 거역할 지도 모른다.

남편의 베뜨

밤늦은 시간에 벨이 울린다. 남편의 뒤를 따라 고개를 숙이고 들어오는 사람이 있다. 남편의 가장 친한 친구, 신혼 시절 가장 미워했던 사람이다.

퇴근 후 술을 마시고 자정이 되어 귀가하는 남편 뒤에는 늘 그 친구가 있었다. 퇴근 시각에 맞추어 저녁상을 준비하지만 바람 맞는 날이 많았다. 친구는 일요일에도 남편을 불러내어 함께 영화 '콰이 강의 다리'를 보러 갔다. 서울 시내 구경을 한다고 남산에 올라갔고 김장 하는 날에는 둘이 인천에 가서 놀다가 오는 일도 있었다. 사월 초파일에는 속리산 법주사의 연등 행렬을 구경하러 보은으로 갔다. 남편의 그림자처럼 늘 쫓아 다녔다.

그가 결혼하면 남편을 매일 친구 집에 보내서 신혼의 깨소금을 모래로 만들 것이라 결심했다. 친구는 결혼할 생각은 하지 않고 술, 친구, 인생에 관하여 이야기하며 시간을 낭비했다.

우리 부부가 결혼하기 전에도 그는 여관에서 며칠 동안 술 마시며 허송세월을 보낼 때가 많았다. 돈이 다 떨어진 후에 남편에게 전화하면 남편은 친구에게 가서 밀린 여관비와 술 외상값을 해결해 주었다. 나는 남편에게 그렇게 하는 것은 친구를 돕는 것이 아니라 오히려 나쁜 습관을 길들이는 것이니 그만 하라고 충고한 적도 있다.

결혼 후 부부 싸움의 대부분 원인은 그 친구 때문이었다. 남편은 내가 어떤 이야기를 해도 다 받아 주었으나 친구에 대한 불평은 용납하지 않았다. 그가 빨리 결혼하기만 기다렸다.

남편은 친구의 직장이 있어야 결혼하기 쉽다고 이력서와 양주 한 병을 들고 직장 상사를 찾아갔다. 남편 자신의 목적을 위하여 누구에게 부탁을 한 적이 없는 사람인데 친구의 취직을 부탁했다. 적당한 거리를 두고 지내는 것이 좋다고, 한 직장에서 일하는 것은 바람직하지 않다고 말했지만 내 말을 듣지 않았다.

한 직장의 다른 부서에서 일하게 되었다. 같은 직장에 취직한 후에는 우리 집에서 하숙하기를 원했다. 남편의 제안을 듣고 말문이 막혔지만 거절하지 않았다. 하숙생으로 함께 지내면 더 이상 밖에서 늦게까지 술 마시지 않을 것이라 생각했고 우리 가계부 수입이 늘어날 것이라는 계산을 했다. 그러나 생각지도 못한 일이 나를 더욱 화나게 했다.

퇴근 후에 남편이 그 방에 들어가면 좀처럼 나오지 않았다. 친구와 함께 술 마시고 놀다가 새벽에 우리 방으로 왔다. 게다가 출근 후 청소를 할 때 내 눈앞에 나타난 몇 가지 장면은 정말 참을 수 없었다. 바닥에 소주병이 나둥그러져 있고 친구가 벗은 양말이 침대 밑에 뭉쳐져 있고 팬티나 런닝셔츠가 서랍장 옆에 끼워져 있었다. 남편은 전혀 불편을 느끼지 않은 듯 태연했다. 언젠가는 끝이 있으리라 기다렸다.

친구는 일을 시작하자마자 선을 보았다. 비현실적인 그와 전혀 다른 기질의 여자였다. 친구는 피아노를 잘 치고 영화 감상을 즐기는 여자에게 흥미가 있었다. 그녀와의 결혼은 마음이 내키지 않는다고 했다. 다른 친구들이 충고하기를 여자는 남자가 데리고 살면서 내 사람으로 만드는 것이라고 결혼을 부추겼다. 하지만 결혼하지 않기로 결심한 사람처럼 성의 없는 만남을 가졌다.

그녀의 무던함이 친구의 마음을 움직였는지 주위 사람들의 부추김 때문인지 확실하지 않지만 친구는 결혼을 했다. 결혼은 왜 하느냐고 독신주의를 부르짖던 사람이 서른 일곱 살에 그녀와 둥지를 틀었다.

부인을 일컬어 '우리 집 뚝배기'라며 흐뭇한 표정을 짓고 주머니에 토큰 두 개와 만 원권 지폐 한 장만 가지고 다니는 그의 변화에 남편은 놀랐다. 언제 기반이 잡히겠느냐고 머리를 긁적이면서 늦은 결혼을 후회하는 듯한 친구의 변화는 신기할 정도였다.

결혼은 역시 현실에 눈을 뜨게 만드는 기발한 제도이다. 나는 그가 결혼한 것만으로도 홀가분해서 신혼의 깨소금을 모래로 변하게 하겠다는 몇 년 전의 결심은 새까맣게 잊어버렸다.

지금도 만나기만 하면 방황하는 청소년들처럼 긴긴 대화로 시간 가는 줄 모른다. 더구나 이 가을, 스산한 바람이 그들의 가슴을 파고들어가 치유 불가능한 계절병을 앓고 있는지도 모른다.

나에겐 그런 친구가 없다. 지금도 그 친구를 좋아하지 않지만 같은 직장에서 함께 일하고 싶을 만큼 친한 친구를 가진 남편에게 당신의 삶은 성공적인 인생이라고 말하고 싶다.

어머니의 방

'앉아서 삼만 리 서서 구만리'

이것은 시집오기 훨씬 이전에 시어머님을 일컫는 말이었다. 시댁 식구 중 아무도 반의를 표하지 않는, 누구라도 수긍이 가는 별명이었다. 그러나 지금은 '앉아서 삼만 리' 밖에 안 된다. 서서 다니지 못하기 때문이다. 바깥세상 구경한 지 이미 오래다.

시어머니는 관절염의 악화로 거동이 불편한 상태에서 십삼 년째 방안에만 계신다. 식사나 세수, 용변까지 방 안에서 해결한다. 어머니는 손가락으로 건드리기만 해도 '픽' 하고 쓰러질 것처럼 앙상하다. 하지만 정신력은 대단히 강하다.

하루 종일 라디오를 듣고 동화책도 읽으며 텔레비전도 열심히 본다. 우리가 바빠서 때로는 지나쳐 버리는 뉴스까지 시어머니가 시사 내용을 들려준다. 악보 없는 가사를 들여다보고 음정과 박자를 무시한 채 흥얼흥얼 찬송가도 부른다. 병고로 굽어진 손으로 흐느적거리며 무엇이든 생각나는 것을 메모한다. 이것저것 적혀 있는 노트는 마치 한 권의 인생 비망록이다. 페이지마다 좋아하는 TV 프로그램이나 각종 상식으로 가득 채워져 있다.

365일 깔려 있는 요 주변에는 온갖 소지품들이 놓여 있다. 두루마리 화장지부터 신문지, 과자, 사탕, 약 상자, 돈지갑 등 한쪽 구석의 요강에 이르기까지 없는 게 없다.

과자나 사탕 봉지는 당신 몫이 아니다. 손주들 심부름 시킬 때마다 한 개씩 줘야 한다고 아구리를 꼭 매어 머리 밭에 둔다. 지갑과 통장은 어머니의 마음을 부자로 만드는 화수분 같은 창고이다. 쓸 일은 없어도 가지고 있으니 마음이 든든하신 모양이다.

아이들이 '엄마, 노끈 좀 주세요.' 하면

'할머니 방에 가 보렴.'

'고무 밴드 하나만 주세요.'

'할머니 방에 있어.'

'손톱깎이 여기 두었는데 없어졌어요.'

'할머니 방에 있을 거야'

없어졌거나 있어도 찾기 싫으면 무조건 할머니 방에 가보라고 한다. 그 방에 들어가면 빈손으로 나오는 적이 없다. 그 방이야 말로 만물센터이다.

나는 그 방만 들어가면 정신이 없었다. 즐비하게 널려 있는 물건과 그 사이로 가끔 나타나는 바퀴벌레는 생각만 해도 끔찍하다. 너무 복잡해서 청소 한답시고 이불과 요를 개고 온갖 물건들을 말끔히 치웠다. 지저분함을 핑계 삼아 어머니로부터 한마디 동의도 얻지 않고 훌훌 털어 버렸다. 한바탕 청소를 하고 나면 마음이 후련했다.

그러나 어머니 표정은 달랐다. 한동안 우울해 하셨다. 당신 소유물이 없어졌기 때문이다. 그것들은 당신의 마음이 담겨 있는 살림이었기 때문이다.

물건이 쌓일 때까지 한 달쯤 걸렸다. 한 달 후부터 갈등이 시작된다. 치울까 말까 고민하면서 또 한두 달 넘기다가 어느 날 확 치워 버렸다.

언제부터인가, 깨닫기 시작했다. 후련한 내 가슴만 생각하고 어머니의 소지품을 몽땅 치웠던 일은 어머니의 왕국을 무참히 짓밟는 행위란 것을. 그리고 다짐했다. 아무리 지저분해도 치우지 않기로.

긴 세월동안 아들만 바라보고 살아오신 어머니이다. 20대 후반에 혼자되어 생활고에 시달리면서 아들을 키우던 중에 관절염에 걸렸다. 죽을 것만 같았던 때에도 간절히 바랐던 소망이 있었다. 외아들 장가보내는 일이었다. 아들 결혼하는 것만 보고 죽어도 여한이 없다고 했다.

그 아들이 결혼을 하였고 장손녀가 열세 살이다. 둘째 손녀를 보시더니 손자를 원하셨다. 손자가 태어났고 아장아장 걸으며 노는 모습을 보고 좋아하셨다. 다음에는 학교 들어가는 것 보고 죽었으면 좋겠다고 하시던 어머니였다.

손자가 초등학교 입학할 때가 되니 대학교 가는 것 보았으면 좋겠다고 그날을 손꼽아 기다린다. 노인의 죽고 싶다는 말은 거짓말이라 했다. 어머니의 소원은 끝없이 이어졌다.

처음에는 어머니의 그런 바람이 이해가 되지 않았고 야속하기까지 했다. 그러나 한 해 두 해 가면서 생각이 바뀌었다. 과거에 강하게 부정했던 일을 인정할 수밖에 없고 옛날에 인정했던 일을 과감하게 부정할 때도 있다.

생활이 편할수록 죽음을 동경하고 삶이 고통스러울수록 생에 대한 애착이 강해짐을 알았다. 죽음은 인간의 노력으로 오는 것이 아니고 수명은 인간의 욕심으로 길어지는 것이 아님을 알았다.

내가 참는 만큼 어머니의 생활은 편해지고 내 스스로 희생하는 만큼 가족들에게 도움이 된다는 것을 깨달았다.

한 알의 밀알이 썩으면 풍성한 열매를 맺고 썩지 않으면 한 알 그대로라는 성경 말씀이 나를 다스린다. 어찌 자신의 희생 없이 주위 사람들에게 선한 영향력을 끼칠 수 있을까.

어머니의 방 안이 아무리 너저분해도 어머니의 소지품들을 내 맘대로 버리지 않았다. 늘어놓은 물건을 비켜 다니며 청소했고 흩어진 것들은 가지런히 챙겨 놓았다. 이 세상 모두를 내 세계로 만들어도 어머니가 계시는 세 평의 방은 건드리지 않기로 했다. 어쩌면 어머니의 방이 내가 차지하고 살아가는 세계보다 더 넓을지 모른다. 이제 어머니가 나에게 매우 큰 의미가 된다. 어머니의 부재가 나 자신의 부재라는 생각이 들 때도 있다. 비록 거동이 불편하지만 오래오래 계셨으면 좋겠다. 손주들 천자문 읽히는 일을 마무리해 주셔야 한다.

시어머니를 통한 나의 고통은 온갖 인내심을 길러낸 원천이다. 냄새 나는 방을 살피고 방금 요강을 비운 후에도 그 자리에서 식사를 할 만큼 감각이 무뎌졌다. 시간의 흐름 속에 내 일부분을 썩혀 보낸 대가이리라. 새삼스레, 코를 틀어쥐면서 요강을 비우던 신혼 시절이 부끄러워진다.

어머니의 생명력

몇 개월마다 한 번씩 찾아오는 변비나 설사는 어머니에게 견딜 수 없는 고통이다. 거꾸로 매달아도 이승이 좋다는 말씀을 늘 하시며 삶을 이어 오신 어머니도 더 이상 살기를 포기하는 사건이다. 관장을 해도 소용없고 변비약을 복용하면 대책 없이 액체가 쏟아질 때 내 인내심의 한계를 느낀다.

지난 여름에 이런 일이 있은 후 막막함을 느낀 나머지, '어머니 우리 둘이 약 먹고 죽어요.' 하고 말했다. 어머니는 '난 죽어도 되지만 너는 죽으면 안 된다. 애비와 자식은 어쩌고.' 하셨을 때에도 '다 필요 없어요. 죽었으면 좋겠어요.'라고 했었다. 그리고 침묵이었다.

일주일 후에 또 설사를 하셨다. 주기가 일주일 간격으로 좁혀지자, 운명의 순간을 맞이하는 줄 알았다. 며칠 전에 함께 죽자고 말한 것이 씨가 된 것만 같아서 두려웠다. 그래서 '어머니, 돌아가시면 안 돼요. 오래오래 사세요.' 하고 다시 말하고 나니 마음이 편안해졌다.

그때부터 한동안 무사했는데 이번에 또 일이 생겼다. 몸안에 있는 모든 음식물을 배설한 후에는 식사를 잘 하실 수 있었는데 이번에는 구토까지 하셨다.

식사 직후에 토하고 설사도 하셨다. 보리차도 토하셨다. 언젠가 20

일간 굶으셨을 때에도 물은 드셨는데 이번에는 물까지 토하시니 거의 살 가망이 없는 듯했다.

눈꺼풀에 덕지덕지 때가 끼고 눈동자가 흐려졌다. 정확하지 않은 말이 입안에서만 어물거렸고, 금속성의 날카로운 목소리가 둔탁한 나무토막 부딪치는 소리 같았다.

시누이가 왔다. '이젠 끝이구나.' 하는 예감 때문에 두 사람은 통곡했다. 시누이는, 천년 만년 살 것처럼 충기가 대단하더니 겨우 70세 넘기고 갈 것을 그 고생하며 견뎌왔다고 대성통곡을 했다. 어머니는 '울고만 있으면 어떻게 하냐. 시간이 없는데.' 하시며 빨리 몸을 씻어 달라고 하셨다.

시누이와 나는 누워 계신 채로 씻어 드렸고 손톱과 발톱을 깎아드렸다. 몇 해 전에 해 놓은 수의에 곰팡이라도 생기지 않았을까. 발코니에 보관해 놓은 수의 보따리를 풀어 보았다. 장롱 안에 있는 사진도 들여다보았다. 몇 번을 속아서 안 올지도 모르는 친척들에게 이번만은 정말인 것 같으니 오라고 연락을 할까 망설이며 전화기를 만지작거렸다.

친정어머니께 먼저 알렸다. 나의 이야기를 듣고 그래도 아직 때가 아닌 것 같다고 하며 잡귀 물리치는 비방을 설명해 주었다. 며칠 전 큰 시어머니 백일 탈상에 다녀왔을 때 혼이 붙어 왔을지도 모른다는 것이다. 미신을 믿지 않는 나였지만 막상 돌아가실 것 같다는 생각을 하니 무슨 일이라도 해보고 싶었다.

된장을 풀어서 죽을 끓이고 북어 한 마리와 칼을 들고 어머니 방에 들어갔다. 소금을 뿌린 후 휘둘러 나오면서 가르쳐 준 주문을 중얼거렸다. 친정어머니의 설명을 들은 대로 밖으로 나와서 동쪽을 제외한 방향으로 가다가 칼을 획 던졌다. 그리고 죽을 쏟아 붓고 되돌아왔다. 절대로 뒤돌아보면 안 된다고 했다. 나의 걸음걸이는 정신병 환자처럼 사분사분 무게를 싣지 않은 걸음이었다. 이제는 그런 일도 해 본다는 생각이 들면서 삶에 대한 새로운 가치가 더해졌다.

조용히 그날 밤이 지나갔다. 다음날도 아무 일이 없었다. 사흘째 되던 날부터 물을 드시기 시작했다. 토하지 않으셨다. 멀건 죽을 드셔도 괜찮았다. 되직한 죽을 잡수신 후 닷새째 되는 날부터 정상적으로 식사하셨다. 회복하셨다.

불사조 같은 시어머니의 생명력이다. 하관하고 흙을 덮고 봉분을 만든 다음에나 죽음을 실감할 것이다.

삶과 죽음은 백지 한 장 차이라고 했다. 우리 어머니의 죽음은 콘크리트 벽보다 더 두껍다. 어머니와 나는 아득히 먼 옛날부터 떨어져서 안 될 사이로 맺어진 관계인가 보다. 내가 그때 어머니를 많이 괴롭혀 드렸던 관계였는지도 모른다.

만약에 먼저 살아온 생에 대한 빚을 갚는 것이 업이 아니라면 앞으로의 삶에 필요한 도구가 되기 위한 단련의 길인지도 모른다. 어머니의 생명력이 소멸하는 날, 나는 과연 어떤 모습으로 남아 있을까.

엄마도 외로워

나는 깜짝 놀랐다 친정어머니가 나에게 이제는 그만 살고 오라고 한다. 시어머니와의 불협화음과 친정어머니의 예상치 못한 반응이 나를 더욱 당황스럽게 만든다. 두 개의 용수철이 뒷머리를 잡아당기는 것 같다.

내가 시어머니 문제로 고통스러워 할 때에 친정어머니는 이렇게 타일렀다. '시어머님 잘 모셔라. 몸은 불편하지만 정신은 맑으시니 그렇게 말을 해서라도 스트레스를 풀어야 하지 않겠느냐? 네가 참고 이해해라. 네 팔자려니 하고 받아들여라'

이번에도 그렇게 말씀하실 줄 알았다. 시어머님께 다정하게 대해 드려야 함을 알면서도 순간 상황을 감당하지 못하고 폭발하는 경우가 있다. 후회와 반성을 거듭하면서 같은 잘못을 저지르고 친정어머니에게 푸념을 한다. 그때마다 나에게 참으라고 설득하셨는데 이번에는 다르다.

걸을 수 없는 시어머니를 모시고 산다는 핑계로 친정어머니의 마음을 헤아려 드리지 못했다. 친정아버지가 세상을 떠난 후 몇 년이 흘렀으나 산소에 한 번도 가지 못했다.

아버지는 정년퇴임을 몇 개월 앞에 둔 어느 날 병석에 누웠다. 감기인 줄 알고 약을 먹어도 낫지 않아 병원에 갔다. 의사는 정밀 검사 후 간암과 위암이라고 진단했다. 입원한 지 3개월 만에 떠나셨다.

평생 처음으로 병원 문을 두드린 것이 죽음의 문이 되었다. 어머니의 표정은 아버지가 생존해 있을 때와 크게 다르지 않았다. 다른 여자에게 시선을 두었던 아버지가 한없이 미우셨던지 무덤 앞에서도 눈물은 보이지 않으셨다.

동생과 함께 아버지가 좋아하는 여자를 찾아간 일이 있었다. 아버지가 근무하는 회사 근처에 있는 다방의 여주인이었다. 다방 마담의 이미지에 어울리는 아름다움이라고는 전혀 찾아볼 수 없었다. 아버지는 우리 어머니보다 못 생긴 그 여인의 어디가 좋으셨는지 궁금했다.

'혼자 사는 그 여자가 불쌍하단다.'고 어머니가 힘없이 말씀하셨다. 어머니에게 아버지는 그 여자와 살게 하고 우리끼리 따로 살자고 말했다. 어머니는 우리에게 아버지가 다른 여자를 만나지만 봉급은 꼬박꼬박 갖다 주시니 그 이야기는 더 이상 꺼내지 말라 하셨다. 빨리 어른이 되고 싶었다. 어른이 되면 경제력도 저절로 생긴다고 믿었다.

어머니는 아버지의 바람피우는 일을 따지지 못했다. 아버지의 마음을 조금이라도 상하게 하여 봉급의 한 귀퉁이에 흠집이 생기면 우리 오 남매의 학교생활에 지장이 있을까 봐 두려우셨다. 따지기는커녕 오히려 아버지의 건강을 염려하셨다.

어머니는 부처님께 늘 기도하셨다. 초하루와 보름날은 물론 방생하는 날도 잊지 않으셨다. 산기도 하러 가시는 날은 이틀씩 집을 비우셨다. 아버지가 병석에 계실 때에도 두 손을 꼭 모으고 기도하셨다.

아버지의 장례식이 끝난 지 며칠 후 어머니가 마룻바닥에 던지는 용지를 보았다. 어머니의 외마디 욕설이 내 귀를 울렸다. 신용카드 대금 고지서였다. 그 여자에게 사 준 전기 냉방기의 대금이었다. 미결제된 금액을 지불하면서 아버지와의 정까지 정리를 하신 듯 지금까지 우리들 앞에서 아버지에 관한 이야기는 꺼내지 않으셨다.

그것은 표면에 드러난 일부분이었다. 이모를 통해 어머니의 다른 면을 알았다. '얘, 느이 엄마가 혼자 있는 게 힘든 가 봐, 엄마도 외로워'

그럴 리가 없다고 했다. 수영을 배우며 미국에서 남동생이 보내준 공으로 볼링 연습하는 일까지 겹쳐서 하루하루를 바쁘게 즐겁게 보내신다고 말했다. 어머니는 당신의 언니에게 형부가 있어서 좋겠다는 말을 하셨다 한다. 이모부는 아흔 살이 가까운 노인이다. 이모는 귀찮기만 하다고 짜증을 내셨다. 그래도 어머니는 이모부의 생존을 부러워하셨다. '그래도 언니는 형부가 살아 있잖아.'

아차, 싶었다. 며칠 전 나의 푸념을 듣고 그만 살고 오라고 했을 때 어머니의 허전한 마음을 조금이라도 알아차렸어야 했다. 엄마도 외롭다는 표현으로 받아들였어야 했다. 단지 내가 팔자라 하는 말을 싫어하기 때문에 전과 다른 방법으로 나를 자극하려는 줄 알았다. 불평하지 말고 현실로 받아들이기를 바라는 마음에서 전과 달리 말한 것으로 생각했다. 아버지에 대한 미움마저 사랑으로 변하여 어머니 가슴에 그리움으로 남아 있었다.

결혼한 후에 친정집에서 하룻밤도 마음 놓고 자고 온 적이 없다. 시어머니 때문에 새벽 두 시나 네 시에도 집으로 돌아와야만 했다.

분주한 딸에게 당신의 마음을 전할 엄두조차 못 내셨던 것 같다.

아버지가 눈을 감으신 후 몇 년이 흘렀다. 이제는 시어머니도 안 계시니 주말에 어머니 모시고 가까운 온천이라도 다녀와야 하겠다. 산을 하나 넘어 오니 또 다른 산이 기다리고 있다.

첫날밤의 기억

신혼여행에서 돌아왔다. 삼박 사일 동안 쌓인 피로가 한꺼번에 밀려온다. 내 방에 들어가 옷을 갈아입어야 하는데 시어머님이 우리 방에 계신다. 옷 꾸러미를 들고 어머니 방으로 건너갔다. 저녁 식사 후에는 어머니 방으로 가시겠지 생각했다. 하지만 식사 후에도, 설거지를 마치고 들어왔을 때에도 시어머니는 여전히 우리 방에서 텔레비전을 보고 있었다. 마루 소파에 앉아서 시어머님이 나오기를 기다렸다. 신랑이 슬그머니 내 옆에 와서 앉았다.

'애기야 들어와서 테레비 봐라' 하고 시어머니가 부른다. 남편 등을 밀어 들어가라고 했다. 같이 들어가자는 그의 말에 대꾸도 하지 않았다.

텔레비전 프로그램이 모두 끝나고 애국가가 들려왔다. 이제 됐구나 싶어서 방에 들어가려 할 때 어머니의 음성이 들렸다. '나 오늘 밤 여기서 잘껴, 내 요강 좀 갖다 줘'

순간 주저앉을 뻔했다. 요강을 가져가는 남편에게 나는 시어머니 방에서 잘 테니 혼자 들어가 어머니와 함께 자라고 했다. 남편은 오늘 밤만 어머니 말씀대로 하자고 내 팔을 잡아끌었다.

마음을 가다듬고 방으로 들어갔다. 두 개의 요를 나란히 깔았다.

황금빛깔 이불과 청홍색 이불이 첫 주인을 기다리고 있다. 나 혼자 따로 눕고 싶었지만 아무 말도 못하고 슬그머니 부부 이불 속으로 들어갔다.

하얀 도화지처럼 빳빳한 이불 호청, 새 것이라고 자랑하듯이 움직일 때마다 서걱서걱 소리가 났다. 다시 돌아눕고 싶어도 부스럭거리는 소리가 싫어서 꼼짝하지 않고 누워 있었다.

창문으로 들어오는 달빛이 우리 방을 대낮처럼 환하게 비추었다. 조용한 가운데 미세한 소음과 함께 신랑의 손이 내 허벅지를 더듬거렸다. 신랑은 이성을 잃고 거친 숨소리를 내고 있다. 왼쪽에 누워 있는 시어머니가 잠이 들었다 해도 신랑의 요청을 들어줄 수 없다. 그의 손을 꼬집는 순간 용수철처럼 제 위치로 돌아갔다. 침묵이 흘렀다.

이번에는 반대쪽에서 시어머니 이불이 움직이는 소리가 들렸다. 몸이 불편한 어머니가 온 힘을 다해 자리에서 일어나는 모습이 어른 거렸다. 앉은 채로 천천히 머리맡으로 가시더니 요강에 용변을 보셨다. 소변 특유의 싸한 냄새가 내 코를 찔렀다. 소변을 꽤 오랫동안 참은 것 같은 시원함이 나에게도 전해졌다.

앞으로 살아갈 동안 얼마나 오랫동안 이 냄새와 친해져야 할지 생각하는 순간 머리카락이 곤두서는 것 같았다. 첫날밤 며느리의 머리맡에서 용변을 해결할 수 있는 당당함이 아들을 키운 시어머니의 권리인가 하는 물음이 사라지지 않았다.

친정 부모님이 나의 결혼을 반대한 이유는 홀시어머니이고, 환자이고, 신랑은 외아들이기 때문이었다. 친정아버지는 따귀를 때려서

라도 내가 정신 차리기를 바라셨다. 강한 반대를 무릅쓰고 결혼을 한 나의 행위는 부모님 가슴에 못을 치는 행위였다. 뜬 눈으로 밤을 새 웠다.

이미 강을 건너 왔고 다시 돌아갈 수 없는 곳에 서 있다. 결혼은 도 박이라고 했던가. 그렇다면 이제부터는 못 먹어도 고Go다.

시어머니는 첫날밤을 우리 부부와 함께 자고 이튿날부터 어머니 방에서 주무셨다. 아침에 일어나자마자 우리 방으로 건너와 하루 종 일 계시다가 밤늦게 어머니 방으로 가셨다. 오늘 밤도 우리와 함께 지내자고 말하면 못이기는 척하고 우리 방에서 함께 주무실 것처럼 아쉬운 표정을 지으셨다. 나는 함께 있자고 말하지 않았다. 신랑과 단 둘이 있고 싶고, 다른 사람의 방해를 받고 싶지 않았다.

그 후 삼십 년 이상 흘렀고, 나도 시어미가 되었다. 옛날에는 도저 히 이해할 수 없었던 시어머니의 입장을 이제는 이해할 수 있다. 시 어머니가 이십대 후반에 시아버지를 먼저 보내셨다. 아들이 서른세 살이 될 때까지 함께 살았으니 아들을 결혼시킨 후에 더욱 외롭고 허 전했을 것이다. 아들 내외와 함께 식사하고, 텔레비전 보고, 며느리와 도란도란 이야기를 나누고 싶었던 것은 결코 지나친 욕망이 아니었 다. 항상 함께 지내고 싶었던 마음을 충분히 이해할 수 있다.

내가 아들 내외와 함께 자는 일은 꿈에도 생각할 수 없다. 덜 키운 아들을 며느리에게 맡긴 듯하여 우리 어머니처럼 아들 키운 위세를 부리는 것은 상상조차 할 수 없다. 스물 다섯 살에 결혼한 아들의 와 이셔츠를 빨고, 아침 일찍 출근시키는 일을 며느리가 담당하고 있으니 오히려 며느리에게 고마워해야 한다. 며느리 편에 서서 아들의 흉을 보는 나의 행동은 분명히 며느리 눈치를 살피는 현대판 콩쥐 스타일 시어미임이 분명하다. 눈치 보는 시어미가 아니라 그 옛날 첫날밤을 신혼부부와 함께 자면서 오줌을 누시던 시어머니의 당당함이 참으로 부럽다.

헤어짐

투표를 하고 집에 왔다. 현관문을 여는 순간, 낯선 공기가 나의 얼굴에 닿았다. 시어머니의 방문을 열고 인사를 했다. 벽 쪽으로 고개를 돌리고 누운 채로 움직이지 않았다. 계속 말을 해도 대답이 없다. 다가가서 손을 만져보니 미지근했다. 몸 아래 방향으로 더듬거리며 내려와 다리를 만져보니 차가웠다.

마지막 호흡을 한 시각이 오래 지나지 않은 듯했다. 숨을 거둔 후에도 얼마동안 말을 들을 수 있으니 좋은 말을 많이 하라는 친척의 말이 생각났다. 계속 말을 하려 했으나 무슨 말을 어떻게 할 지 몰랐다. 한참동안 앉아 있다가 국물이 담긴 대접을 들고 부엌으로 갔다.

싱크대 서랍에서 청심환 한 알을 꺼내 입에 넣었다. 평소에 시어른들이 말씀하시기를 언제라도 혼자 있다가 어머니의 임종을 맞이하게 되면 놀랄 수 있으니 우황 청심환을 가까이 준비해 놓았다가 먹으라고 했다. 청심환을 우물거리면서 요란하게 설거지를 했다. 시끄러운 소리에 떠나가고 있던 영혼이 되돌아올지 모른다는 막연한 기대감이 있었다.

사방이 조용한 곳에서 갑자기 시끄러운 소리가 나면 소리 나는 방향으로 고개를 돌린다. 손짓하여 부르면 가던 길을 멈추고 다시 되돌아온다. 그 소리 나는 곳이 바로 여기 어머니의 손자가 있는 곳, 어머님이 십 수 년간 누워서 병마와 싸움을 하던 자리이다. 잠에서 깨어나면 지난밤 꿈을 꾼 이야기를 하면서 안도의 숨을 내쉬는 곳이다. 이곳으로 되돌아 올 수도 있다는 생각을 하면서 설거지를 했다. 하지만 어머니는 돌아오지 않았다.

결혼할 당시, 일 년도 못 살 것 같다는 생각 때문에 어머니에게 최선을 다하는 것이 옳다고 생각했다. 결혼식을 마친 후 첫날밤을 함께 지낼 때만 해도 십오 년 동안 살 것이라는 예측은 하지 못했다. 나에게 신혼의 아름다운 생활은 드라마의 한 장면에서나 볼 수 있는 것이었다. 어려울 것이란 예측은 했지만 현실은 만만치 않았다.

사랑, 미움, 용서, 이해, 체념, 분노, 한탄 등 우리의 마음속에 자리잡을 수 있는 온갖 종류의 감정들을 머리에 이고 생활하는 것은 생각보다 힘들었다. 매일 아침 어머니의 방문을 열 때마다 섬뜩한 마음이 들었고 가슴이 두근거렸다. 금방이라도 운명할 것 같은 예감이 들어서 친척들을 불러 모은 일도 여러 번 있었다.

삶과 죽음의 차이가 백지 한 장 차이란 말이 있지만 우리 어머니의 경우는 그 차이가 시멘트벽보다 더 두꺼웠다. 어느 누구보다 강한 정신력으로 당신의 생명을 이어갔다. 그런 시간을 보내며 느낀 것은 어머니가 떠난다는 것은 우리와 상관없는 일이라 생각했다. 그런데 그날 아무도 없는 사이에 홀로 떠났다.

그날은 국회의원 선거일이었다. 우리 집에는 세 사람이 투표권을 가지고 있으나 세 사람 모두 투표를 할 수 없었다. 어머니는 늘 그러하듯이 환자이기 때문에 선거를 하지 못했고, 남편은 외국 출장 중이어서 투표하지 못했다. 나는 어머니의 상황이 심상치 않아서 며칠 동안 문밖 외출을 금하고 있었다. 극도로 약해진 어머니의 건강 상태로 보아 언제 우리 곁을 떠날지 모르기 때문에 잠시도 어머니 곁을 떠날 수 없었다.

투표하는 날, 임시 공휴일에도 하루 종일 집에 있었다. 투표 마감 시간이 다가오자 갑자기 불안해지기 시작했다. 세 사람 모두 투표를 하지 않는다는 것이 왠지 아닌 것 같다는 생각이 엄습했다. 나 혼자라도 꼭 투표를 해야 할 것 같은 생각이 머릿속에 꽉 찼다. 얼른 가서 투표하고 오겠다고 말했다. 어머니는 그러라고 말했고 그것이 어머니와의 마지막 대화였다.

영계백숙 국물을 반쯤 남겨 놓고 떠나셨다. 대접에 어머니의 마지막 숨결이 스며들어 있는 듯했다. 어머니는 반 대접도 채 안 되는 분량을 남겨놓고 누군가의 부르는 소리를 듣고 서둘러 따라간 듯했다.

제한된 공간에서 벗어날 수 없는 것 때문에 괴로울 때 마음으로부터, 시간으로부터 자유로워지는 여행을 한다. 어머니로 인한 고통이 견딜 수 없는 지경에 이르면 방에 들어가서 책 속으로 여행을 한다. 여행을 마친 후에 찾아오는 가벼운 마음은 금방 샤워를 마친 후의 상쾌함 같다. 그렇게 어머니와 지냈다. 하지만 오늘 어머니가 돌아오지 않는 길로 가셨다.

어머니는 십오 년 동안 거른 적이 없었던 밥상을 이제는 설날과 추석날 아침, 그리고 제사날 밤에만 받게 되었다. 육신의 헤어짐이 영혼의 이별과는 별개라는 것을 어머니 가신 후에 깨달았다.

작품해설

런던의 안개는 사라지고
40대 아줌마의 좌충우돌 런던 정복기
- 주저함 없는 삶의 역동이 빚어내는 파노라마

이철호(시인 · 소설가)

어떤 이는 그저 주어진 생을 부지런하고 성실하게 살아간다. 크게 기뻐하거나 낙심하지 않는다. 그저 주어진 대로 하루하루 살아가며 일상의 소소한 행복에 만족한다.

어떤 이는 주어진 생에 대해 자신의 몫을 충분히 감당해내지도 않으면서 항상 불평한다. 주어진 생을 알뜰이 살고자 하는 마음보다는 사소한 일에서조차 먼저 불행을 보고 생을 한탄한다.

하지만 어떤 이들은 주어진 삶을 성실하게 살아갈 뿐만 아니라 주어진 것에 만족하지 않고 생을 스스로 개척한다. 그러한 사람을 가리켜 어떤 시인은 '스스로 길을 만들어' 가는 삶이라 했던가.

길이 없는 곳에 한 발을 내디딜 때 까마득한 낭떨어지로 떨어져버릴 것 같은 두려움은 없었을까. 스치는 두려움에 몸을 내어주지 않고 과감한 한 발을 내딛디었을 때 비로소 길은 모습을 드러낸다. 길은 처음부터 없었던 것이 아니라 숨겨져 있었다. 그 숨겨진 길을 찾는 이들은 길이 없는 곳에 발을 내디딜 수 있는 용기를 가진 자들이다.

정경숙 작가야말로 주어진 생에 만족하지 않고 삶에 새로운 길을 만들어 걸어갔던 도전의 사람, 개척의 사람이다. 그렇다. 이 글은 40대 중반의 평범한 여성의 좌충우돌 런던 정복기이다.

마흔이 넘은 평범한 주부가 두 자녀와 함께, 그것도 남편과 수능을 앞두고 있는 딸을 두고 멀리 영국으로 날아가는 일이 쉬운 일이 아니었을 것이다. 그럼에도 불구하고 영국으로 가 성공적으로 세 자녀를 잘 키운 평범한 한 주부의 용기와 지혜 결코 평범해 보이지 않는다.

'출국장 문을 나가려는 순간, 참았던 눈물이 쏟아졌다.' 작가는 첫 글의 '날개를 달고'의 첫머리를 이렇게 시작하고 있다. 다음 문장을 읽지 않아도 순간에 쏟아져 오는 상상을 피하기 어렵다. 지금 문이 막 열리고 있는 새로운 세계는 늘 꿈꾸던 동경의 세계일까, 아니면 피하고 싶지만 마지못해 가야하는 곳일까. 어쩌면 우리는 알 수 없는 세계가 억지로 등이 떠밀려 가야하는 곳이 아님을 제목 '날개를 달고'에서 이미 읽었으므로 호기심 가득한 눈으로 상상의 문고리를 열게 되는 것이다. 하지만 다음 순간 작가는 직접적이고 명료한 이류를 들이대는 듯하다가 떠나보내는 이의 표정 들어 '떠남'이라는 복잡다단하고 미묘한 심정을 잘도 그려내고 있다.

출국장 문을 나가려는 순간, 참았던 눈물이 쏟아졌다. 남편과 큰
딸만 한국에 남겨 놓고 떠나기 때문이다. 큰 아이는 보름 후에 대학
수학 능력 시험을 치러야 하므로 둘째와 셋째 아이만 데리고 간다.
나를 향한 다섯 명의 얼굴이 내 문에 들어온다.

친정 어머니의 무표정한 얼굴, 남편의 근심 어린 눈망울, 큰딸의
어안 벙벙한 표정, 아직도 이해하기 힘들다는 듯 고개를 갸우뚱하
고 있는 친정 여동생들 얼굴이 겹쳐서 어른거린다.

그러면서 작가는 영국에 유학을 가게 된 경위를 유려한 문체 안에
서 도발적으로 그려내고 있다. 문맥들이 마치 춤을 추는 듯하다.

결혼생활 이십 년 동안 집안 살림을 크게 정리해 본 적이 없다. 늘
같은 일을 하면서 하루살이처럼 살았다. 일상을 벗어난 자리에 그렇
게 많은 먼지가 일어날 줄은 상상하지 못했다.

… 내 친구 중 한 사람은 결혼생활 십 년째 되던 해에 이혼을 했
다. 나는 그 정도의 용기는 없었지만 내부로부터의 반란은 있었다.
감정조절 능력을 상실하고 스스로 신경 정신과를 찾아가 의사 선생
님에게 폭탄을 터트린 적이 있다. 결혼 십년째 되는 해는 그런 해인
가 보다. …또다시 반란을 일으켰다. 아이들 유학이란 명분으로 일
상으로부터의 탈출을 꿈꾸는 욕망을 누를 수 없었다. 이번에 선택
한 거주지 옮기기는 내부로부터의 소극적인 반란이 아니라 외부로
표출시킨 건전하고 적극적인 반란이다. …다람쥐의 쳇바퀴 돌리는

일상 생활에 대한 염증이 곪아 터져버린 참을 수 없는 함성이었다.

출국장 문을 나서며 출국장의 분위기에 아울러 출국의 배경을 힘 있게 그려내고 있는 '날개를 달고'를 이렇게 끝맺고 있다.

대형 화면에는 출발지의 현재 시각이 나타나 있고 목적지 시간 과 도착 예정시간이 번갈아 나오고 있다. 비행기가 땅을 박차고 솟 아 오르는 순간 내 마음은 온통 풍선이다. 꿈꾸던 미래를 향한 날개 가 비상하는 순간이다.

첫문장 "출국장 문을 나서려는 순간, 참았던 눈물이 쏟아졌다."을 기억한다면 얼마나 멋진 글미인가.

소설이든 수필이든 첫 문장은 독자의 시선을 집중시킬 수 있어야 한다. 독자의 호기심과 상상력을 충분히 끌어올리지 않는다면 독자 는 글에 대한 매력을 잃어버리고 만다. 그럴 경우 글을 읽더라도 긴 장감이 없다. 심한 경우 몇 자를 못 넘기고 책을 던져 버릴 수도 있을 것이다.

하지만 정경숙 작가는 첫 문장의 강한 흡인력으로 독자를 긴장시 켜 단숨에 글을 읽어가도록 한다. '술을 마시면 또 하나의 세상을 만 난다' '다시 가야 하다니, 마음이 바뀌는 순간이다' '신혼 여행에서 돌 아왔다'처럼 글의 첫 문장은 마치 하나의 대전제처럼 주어졌으니 전제 뒤에 이어질 것들이 궁금해질 수밖에 없다.

〈어학 공부〉에서도 그렇다. '영어 공부를 할 것이란 계획은 애초에 없었다'로 시작되고 있다. 미리 글미를 본다면 "비자를 목적으로 시작한 영어 공부이지만 새로운 언어에 익숙해지는 것이 생각보다 어렵지 않다는 것을 발견했다."로 끝맺고 있다. 이안의 과정이 사뭇 궁금해진다.

레벨 테스트를 받고 반을 배정받아 영어 수업을 시작했다. 한 반에 일곱 명 내지 여덟 명 정도의 인원이 수업을 하는데 말하기 순서가 나에게 꽤 자주 돌아오는 편이었다.

한국에서 오는 학생들은 쓰기나 읽기는 잘 하지만 듣기나 말하기를 잘하지 못한다. 요즈음은 영어 수업 방법이 말하기 위주의 교육으로 많이 바뀌었지만 내가 영어를 배울 때에는 본문을 읽고 해석하기 위주로 교육을 받았기 때문에 말하기, 듣기가 몹시 어렵다.

내가 선택한 어학원은 나의 약한 부분을 잘 훈련시켜주는 곳이다. 수업하는 동안 선생님을 따라 말하기 연습을 많이 할 수 있다. 처음에는 선생님이 말하는 것이 잘 들리지 않아 교재를 보면서 따라 했지만 몇 개월이 지난 후에는 선생님이 말하는 문장을 교재를 보지 않고 내용이 몇 개월 후에 조금씩 들리기 시작했다. 영어 공부하는 재미가 생겼다.… 선생님들의 정확한 발음이 내 귀를 부드럽게 해주고 우리가 배웠던 영어와 현장에서 쓰는 영어의 차이점을 발견해 나가는 것이 흥미로웠다. 또한 수업을 하는 동안은 잠깐이

나마 영국 생활에 대한 스트레스에서 벗어나는 것 같아서 묘한 자
유로움을 느꼈다.

작가는 학생 비자를 받기 위한 수단으로서 영어 공부를 하게 된
경우라며 비자를 받기 위한 절차를 친절하게 안내하고 있다. 한번쯤
외국에서의 삶을 꿈꾸었거나 혹 어학연수나 유학을 계획하고 있는
사람이라면 꼼꼼하게 살펴볼 수 있는 대목도 있어 꽤 유익하게 느껴
진다.
이어 나오는 〈여권 분실〉은 전철역 안에서 사람들에게 떠밀리다
여권을 잃어버리고 조바심쳤던 일을 맛깔스럽게 풀어낸다.
경찰서에 가서 분실 신고를 하고 대사관에 가서 영사와 인터뷰, 서
류를 작성하는 과정 그리고 바로 대사관에서 기적처럼 지갑을 찾기
까지 작가의 심상이 잘 드러나고 있다. 무엇보다 작가의 인성을 엿볼
수 있는 대목이 흥미 롭다.

내가 제출한 서류를 보고 직원들끼리 수군대고 있었다. 여직원
중 한 사람의 손에 든 황금 빛깔의 화장품 케이스 같은 지갑이 보였
다. 순간 창구 안으로 손들 뻗으며 '그거 내 꺼예요.' 하고 소리쳤다.
여직원들은 나쁜 짓하다가 들킨 사람들처럼 놀라면서 나에게 다
가와 지갑을 주었다. 여권 세 개 있는 것만으로도 대만족이다. …대
사관에 전화 했을 때… 이름과 전화번호를 적어 놓았다가 여권이
돌아올 경우에 연락을 해 줄 것이지 서류 갖추고 신청할 때까지 아

무 일도 하지 않았다고 나 대신 화를 낸다. …분실한 대가로 얻어진 것이 많다. 런던 시내 여행을 생략하고 써튼 마을 돌아다니니 간판 이나 슈퍼마켓 물건의 영어 단어를 많이 알게 되었고 써튼 경찰서 의 위치를 알았고…

여권을 찾았다는 생각에 대사관 직원의 불성실함에 대한 생각은 작가의 마음에 떠오르지도 않았다고 한다. 오히려 대사관 직원에게 고맙다는 인사를 여러번 했다는 작가, 여지없이 그러한 성품이 아이 들에게도 영향을 주어 영국 사회에서도 인정받는 인재로 키워내지 않았나 생각하게 된다.

작가의 빛나는 모험심이 돋보이는 〈오리엔테이션〉을 보자.

비앤비 잉들랜드 하우스에서 우리의 영국 생활이 시작되었다. 숙 소는 퀸스 로스 페컴 역에서 십 분 거리에 있다. 숙박과 아침 식사 를 제공하는 곳으로 한인이 운영하는 하숙집의 절반 비용으로 투숙 할 수 있는 곳이다.

방에는 일인용 침대가 하나 있었지만 사용하지 않고 구석으로 밀어 놓고 트렁크를 침대 위에 올려 놓았다. 방 바닥에 전기 장판을 펴고 그 위에 요를 깔았다. 베개 세 개를 놓고 나란히 누우면 여분 공간이 그리 많지 않다.

　…

늦게 일어나서 일일 교통 카드비가 아깝다는 생각이 드는 날은
교통 티켓을 사지 않고 걸어서 숙소 근처에서 마을 여행을 한다.

아이들과 영국에서 살기로 작정할 정도이면 그 생활 수준을 짐작
할 수 있다. 그럼에도 불구하고 작가는 한인이 운영하는 하숙집을 마
다하고 비앤비 잉글팬드 하우스 방 한 칸에 장판을 깔고 세 식구의
새로운 삶을 시작하는데 주저함이 없다. 그뿐이랴. 늦게 일어나는 날
은 일일 교통 카드비를 아끼기 위해 숙소 근처 마을 여행을 한다. 두
려움 없는 저항 없는 삶의 순연한 모습이 놀랍다.

〈회색 그러나 푸른〉은 제목이 의아스럽게 느껴진다. 하지만 글을
읽다보면 아, 그렇구나 하고 고개가 끄덕여진다. 즉 제목 '회색 그러
나 푸른'은 다분히 시적인 표현으로 런던의 우중충함과 그곳에서 삶
의 산뜻함을 잘 대비하여 응축하고 있는 것이다.
화려하리라 생각했던 영국이 상상 외로 우중충한 회색이다. 낯선 나
라에 발을 들여 놓으며 느끼는 불안함과 초조함을 드러내고 있는 입국
심사대는 그러한 회색의 이미지를 더욱 짙게 한다. 다음 순간 산책 나온
강아지 이야기가 툭 튀어나와 어리둥절해진다. 갑자기 영국의 문화에
이야기를 하려나, 그러나 억압이나 강제가 없는 자연 속에서의 영국의
삶은 푸르른 호흡으로 청청하다고 작가는 말하고 있는 것이다.

런던 히드로 공항은 넓고, 화려할 것이라고 상상했다. 하지만 우

중충한 회색이다. 짙은 안개 때문에 활주로에 있는 비행기의 형체도 잘 보이지 않는다. … 수세미 같이 뻣뻣한 머리를 땋아 내려 남자인지 여자인지 알 수 없는 국적 불명의 사람들까지 우리에게는 모두 두려움의 대상이다. … 푸른 잔디가 깔려 있는 넓은 공원과 아기자기한 집을 따라 아무 것도 예측할 수 없는 막막함이 밀려오기 시작한다.

　…

이슬 맺힌 풀잎 사이로 발을 넣고 휘저었다. 발들이 흠뻑 젖는 걸 보니 꽤 많은 양의 이슬이 양말 속으로 스며든 것 같다.

한동안 자연과 함께 더불어 살지 못했다. 시계를 보면서 발을 동동 구르는 생활이었다. 서른 평 남짓한 공간에서 종종 걸음으로 하루를 소모할 때가 많았고 늘 무언가를 쫓아가기에 바빴다.

… 이렇게 넓고 푸른 잔디밭이 있는 한, 안개 짙은 런던의 겨울, 회색도시에서의 생활이 결코 어둡지만 않을 것이다.

결코 어둡지만은 않는 푸릇푸릇한 런던 생활이 〈도서관 방문〉에서 어머니의 포근포근한 사랑과 함께 버물어져 있다.

전직 사서로서 영국 런던에서의 도서관은 어떤 모습인지 한국 도서관의 모습과 비교해 보며 도서관과 인연 깊었던 작가의 어린시절을 떠올려본다. 그러면서 지금 작가와 자녀들이 함께 하는 도서관 생활이 풋풋하게 그려낸다. 가슴을 따뜻이 덥혀 오는 엄마의 애정이 표현이 곰살맞다.

나는 도서관에 와서 두 시간 동안 잠만 자다가 돌아갈 때가 많았다. 아이들이 저희들만 올 터이니 엄마는 집에서 쉬라고 말해도 들은 척하지 않고 아이들을 따라 나선다. 잠만 자다가 오는 한이 있어도 함께 하는 시간의 행복을 놓치고 싶지 않다.

이렇게 함께 도서관에서 책을 읽었던 아들이 어떻게 자랑스럽고 정성스럽게 자라갔는지를 〈카페 모카〉가 보여주고 있다.

런던에 온 지 서너 달 되었을 때이다. 토요일 아침, 아이가 자전거를 타고 나갔다. 일요일 아침에도 나갔다가 두 시간 후에 돌아왔다. 아침 운동을 한 것처럼 보였다.
한 달 후 아침 외출에서 돌아온 아이는 주머니에서 십 파운드 지폐 몇 장을 꺼냈다.
…
파운드 지폐를 보는 순간, 아무 말도 하지 못했다. 부모로서 부끄러움과 아이에 대한 대견스러움이 교육을 제대로 시키고 있는 것인가에 대한 혼돈스러움으로 뒤범벅이 되었다.

그런 아들이 12학년이 되어 스타벅스에서 일할 때 엄마에게 딱 맞는 모카 커피를 주문해주고 저녁 퇴근할 때마다 두툼한 종이 컵에 모카 커피 한 잔과 머핀 케익을 들고 왔다. 아들이 켐브리지대에 갈 때까지 홈 카페 모카를 즐겼던 엄마. 그 아들이 결혼을 한 후 아들이 만

들어준 모카 카페가 고향처럼 그립지만 엄마는 선뜻 커피 한 잔을 만들어 달라고 말하지 못한다.

아들내외가 우리 집에 왔을 때 모카 커피를 만들어 달라고 요청하고 싶었지만 침 한 번 꿀꺽 삼키고 말았다. 이제는 나의 아들이라기보다 며느리의 남편이기에 선뜻 용기가 나지 않았다. … 아들 내외가 돌아간 후 전화로 물어본다. 카페 모카 어떻게 만드는가를.

어쩌면 엄마는 모카 카페가 그리운 것이 아니라 며느리의 남편인 아들이 아니라 오로지 엄마의 아들었던 아들이 그리운지도 모른다. 영원히 돌아갈 수 없는 고향처럼 그리운 것인지도 모른다.

다시 영국으로 돌아가 보자. 〈체조실 풍경〉은 짧은 수업으로 끝나야했던 체조 교실의 에피소드를 잔잔한 물결무늬로 그려놓고 있다. 직접 피아노를 쳐서 체조의 리듬을 맞추는 할머니의 모습에 잠잠한 미소를 떠올리는 작가는 그들과 함께 할 수 없음이 못내 아쉽다.

발레 타이즈와 몸에 달라붙는 체조복을 입고 진지하게 선생님을 따라서 운동하는 할머니들의 모습을 본 적이 없다. 할머니들의 아름다운 모습에 취해 흥겨워 하면서 피아노를 치는 할아버지의 모습도 처음으로 보았다. 체조 선생님의 신호에 따라 음악을 선택하여 피아노를 치는 할아버지의 진지한 모습은 나의 노년에 대한 그림을 떠오르게 한다.

〈랭리 파크 로드 25번지〉는 타임머신Time Mcahine과 투명인간The Invisible Man을 썼던 조지 웰스H.G. Wells가 살았던 집에 작가가 살면서 생계의 방편으로 홈스테이를 하는 과정과 그로 인해 놀란 아이들의 모습이 잘 그려져 있다. 조금도 주저함 없는 단단한 삶의 역동이 작가의 지혜를 더욱 빛나게 하는 글이다.

웰스는 지하실 한 구석에서 글을 썼다. 두 평 정도의 공간에서 밤을 세워 글을 썼을 옛 문인을 생각하니 금방이라도 몇 편의 작품을 쓸 수 있을 것 같은 시상이 떠오르는 듯했다.…

집에는 방이 네 개 있다. 화장실이 딸린 가장 큰 침실은 마스터 베드 룸이라 하여 우리 부부가 사용하고 세 개는 우리 아이들이 하나씩 사용했다. 런던에 와서 처음으로 구입한 집에 대한 기쁨이 컸지만 그것도 잠깐이었다.…

두 딸이 함께 방을 쓰고 우리 부부의 큰 딸이 사용하던 방으로 옮겼다. 마스터 베드 룸을 손님 방으로 사용했다. 손님들 방으로 사용한 대가로 파운드를 손에 넣는 뿌듯함은 유명 작가의 집에 이상 온 기쁨과는 다른 것이었다.

하지만 아이들은 달랐다. … 손님들의 가방을 들고 이층으로 올라가는 아빠의 모습이 낯설었고, 게스트 룸에서 손님의 요구 사항에 귀 기울이는 엄마의 다른 모습을 보고 놀란 모양이다.…

몇 년을 정신없이 보냈다. 어느 날 이마가 서늘해짐을 느꼈다. 아이들이 모두 졸업을 한 것이다.…

명예퇴직을 하고 영국에 들어온 남편과 함께 가디언Guardian 제도를 활용하여 경제활동을 하며 아이들의 공부를 성공적으로 마친, 작가의 서슴없는 결단과 삶의 걸음이 남달라 보인다.

그렇다면 〈레스터 스퀘어에 가면〉은 어떨까. 작가의 남편이 완전히 영국으로 들어오기 전 잠시 휴가차 런던에 왔을 때의 이야기로 작가의 진솔함이 돋보이는 작품이다. 오랫동안 떨어져 있는 부부라면 한번쯤 고민하지만 결코 드러내기 쉽지 않은 일을 작가의 수필의 소재로 삼으면서 읽는 이의 즐거움을 더해 준다. 레스터 스퀘어에서 사온 성인용품으로 안절부절 못하는, 그러면서도 끝내 찰라의 쾌락을 위해 에너지를 낭비하길 거부하는 작가의 순절함이 작품의 재미와 더불어 가슴 뭉클한 순연함을 느끼게 한다.

어떤 물건을 살 것인지 남편에게 물었다. 남편은 내가 사용할 남자 모형을 사야 한다고 했다. 순간 입을 다물수 없었다. 남편이 아내와 떨어져 있으니까 여자 모형이 필요한 줄 알았다. 런던 휴가 온 김에 하나 구입하려는 줄 알았다. 남편은 나의 짐작을 뒤로 하고 나에게 그것이 왜 필요한지 설명했다.
…

그래도 고민은 사라지지 않았다. 서랍 속에 넣어둔 그 물건을 혹 여라도 아이들이 볼까 염려가 되었다. 옷장에 잠근 장치도 없다. 삼십 만원이란 가격이 마음에서 떠나지 않아 새 물건을 쓰레기통에 넣을 용기도 나지 않았다. …

좋은 곳이 떠올랐다. 열쇠가 달려 있는 여행용 가방이다. 그 물건을 여행용 가방에 넣고 열쇠로 채우고 옷장 안에 보관했다.

하지만 작가는 그것도 불안하여 결국 옷 속에 넣고 중고품 가게 '옥스팜Oxfarm'에 갖다 준다. 옥스팜 직원이 옷가지를 정리하다가 특별한 물건을 발견하고 화들짝 놀랄 것을 떠올리며 웃음을 금치 못한다.

〈런던의 안개는 사라지고〉에서는 〈회색 그러나 푸른〉에서 예상했던 대로 처음 영국에 발을 딛고 느꼈던 불안함과 막연함이 걷히고 선명한 태양이 떠오르고 있다. 작가가 훌륭히 과업을 성취하고 난 뒤 느끼는 여유로움이 어디가 하늘이고 어디가 강인지도 모르게 빛나고 있다.

런던 생활은 짙은 안개 속 같았다. 마치 밤안개 가득한 고속도로 위에서 운전대를 꼭 붙잡고, 앞에 가는 자동차의 사라질 듯 이어지는 미등을 놓칠 세라 바짝 붙어 따라가는 것과 같았다.…

안개 속을 더듬듯이 조금씩 걸어가다 보니 어느새 안개가 걷히고 앞이 보이기 시작했다. 어두움을 지나 환한 세상이 보이는 곳에서 있다. 아이들은 모두 학업을 마쳤고 전공에 따른 일자리를 찾아 직장 생활을 하고 있다.

　… 식사 후 아이는 나를 템즈 강 유람선 타는 곳으로 안내해 주고 다시 회사로 들어갔다.

　혼자 템즈 강의 쿠루즈 여행을 하고 있다. 배는 런던 부릿지와 타워 브릿지를 지나 그리니치를 향하여 물살을 가르고 있다. 어디가 푸른 강이고 어디가 파란 하늘인지 분간할 수 없다.

　작가는 영국에서 지낸 시간을 '영국 나이'라 한다. 마치 어린아이가 성장해 가듯 나이에 따라 보살핌을 받아야 하는지 스스로 독립적인 생활이 가능한지를 가늠한다. 나이에 인생의 연륜이 묻어있듯이 영국 나이에는 영국에서의 삶의 여정이 담겨 있다.

　일 년도 안 되었다는 것은 첫돌이 안 된 어린 아이와 같다는 뜻이고 십 년이 되었다는 것은 성인이 되었다는 의미이다. 영국 생활에 필요한 정보는 거의 파악했기 때문에 다른 사람의 도움 없이 충분히 살아갈 수 있다는 뜻이다.

　그러면서 과년한 성인이 된 작가는 한적한 마을이 친근해지고 홀로 산책하는 것이 편안해졌다며 오히려 적막함을 즐기며 조용한 공기를 들이쉴 줄도 알게 되었다.

　하지만 이렇게 마을과 사람들에게 작가가 자연스럽게 되기까지는 결코 쉽지만은 않았다. 이국의 생활에 가장 치명적인 것은 역시 '비자' 문제이다.

〈꽃도 질 때가 있겠지〉는 영국 생활 중 최대 위기의 순간에 관한 이야기다. 먼저 작가는 '이 또한 지나가리라'는 한마디 구절 앞에서 세상의 모든 일이 무색해진다며 운을 띄운다.

> 당시 남편은 영국에 오기 위하여 직장에 명예퇴직 신청을 한 상태 였다. 런던에 집을 사기 위하여 계약금을 영국 은행으로 송금하고 배 우자 비자를 신청해 놓았다. 내 노동 비자가 연장되지 않으면 우리 가 족이 함께 사는 계획은 물거품이 된다.…
>
> 나에게는 비자 만기일이 다가오는 하루 하루가 지옥이었다. 식사 를 하지 못해 허리가 등에 붙는 것 같았다. …

하지만 가장 큰 고통의 순간에도 작가는 중심을 잃지 않았다. 비자 문제로 물의를 일으킨 사장에 대해 원망하거나 불평하지 않았다. '격 앙된 마음을 가라 앉히려고 노력했다'고 말하는 작가에게서 어려움 가운데서도 내면의 품위를 잃지 않는 성숙함을 엿 볼 수 있다.

힘들었던 시기에 한인 원로가 들려주었던 '꽃도 질 때가 있겠지'란 한마디를 '이 또한 지나가리라'는 말에 견주며 인내하는 모습에서도 위로를 얻을 수 있으리라. 참으로 신은 우리에게 필요한 거 이상으로 채워주시는가 보다.

이제껏 작품에서 잘 드러나지는 않았지만 독자들은 작가가 정말 부지런한 사람임을 눈치챘을 것이다. 작가가 말하지 않아도 독자들도 행간을 읽을 수 있기 때문이다.

그런데 느닷없이 〈게으름에 대한 변명〉이 눈에 띈다. 중수필적인 요소가 가미되어 색다른 느낌을 내며 마치 철학적인 논제를 풀어가듯 작가의 게으름에 대한 변명이 논리정연하다.

결국 게으름에 대한 변명은 다음과 같이 결말을 맺는다.

> 내가 게으름을 피우는 이유는 매일 조금씩 글 쓰는 연습을 하라고 잔소리하는 선생님이 안 계신 때문이다. 다시 써 오라는 꾸중과 함께 원고를 내던지며 채찍질과 담금질하는 선생님이 옆에 계셨어야 했다. 멀리 이국 땅에서 마음 놓고 게으름 피우며 아무런 자극도 받지 않았음이다.

매일 조금씩 글 쓰는 연습을 하라고 잔소리 하는 '선생님'에 관한 이야기는 〈금주 기간〉에 이어진다.

문학 세미나 후 사라진 제자를 찾아 헤매던 스승의 이야기다.

> 교수님과 회원들은 내가 조금 후에 오겠지 하며 기다렸지만 커피를 다 마시고 객실로 들어갈 때가 되어도 나는 돌아오지 않았다. 다른 회원들은 내가 더 놀고 싶어서 다른 곳으로 나갔을 것으로 믿고 숙소에 들어 갔지만 교수님은 나를 찾아 헤매셨다. 객실 방문마

다 열고 들여다 보시며 내 이름을 부르시는 교수님에 대하여 불평을 하는 회원도 있었다. … 화장실에도 가 보았으나 그곳에도 없었다. 교수님께서 남자 화장실 한 쪽이 계속 잠겨 있는 것이 아무래도 이상하여 옆 칸에 가 내려다보닌 그곳에 내가 앉아 있었다.

그 후 작가는 교수님으로부터 술을 마시지 말라는 금주령을 분부받는다. 하지만 언제라도 술의 힘을 빌려서 용서해 주는 싶은 사람이 있을 때나 또 다른 세상이 그리워질 때 교수님의 분부를 거역할지도 모른다고 작가는 애교 섞인 투정을 한다.

한편 〈첫날밤의 기억〉은 맛깔스럽고 생생한 묘사력으로 독자를 사로잡는다. 여러번 읽어도 조금도 지루하지 않은, 다소 엉뚱해 보이는 화소들이 투박한 듯 하면서도 대범한 어투 속에서 묘한 매력으로 독자를 끌어당긴다.

이번에는 반대쪽에서 이불이 움직이는 소리가 들렸다. 몸이 불편한 어머니가 온 힘을 다해 자리에서 일어나는 모습이 어른거렸다. 앉은 채로 천천히 머리맡으로 가시더니 요강에 용변을 보셨다. 소변 특유의 싸한 냄새가 내 코를 찔렀다. 소변을 꽤 오랫동안 참은 것 같은 시원함이 나에게도 전해졌다.

의아하지만 참 아름답게 느껴지는 문장들이다. 이유가 무엇일까.

가장 기본적인 생리현상을 해결하고 있는 장면이 그리고 그 시원함의 느낌이 결코 생경하지 않기 때문이다.

회자 정리라 했던가. 〈떠나는 연습〉이다. 노년을 보내기로 단단히 결심했던 작가가 결국 다시 한국을 떠나야 하는 순간에 겸허하게 운명을 받아들일 수 있는 이유는 사랑 때문이다.

떠나라는 뜻이다. 잡고 있는 것을 놓으라는 의미이다. 언제라도 훌훌 털어버릴 정도로 단순한 삶을 살라는 뜻이다. 저항할 수 없는 어떤 힘이 나의 마음을 흔들었다.

떠날 준비를 한다. 삶이란 언젠가는 사라질 그날에 대해 끊임없이 떠나는 연습이다. 짙은 녹음으로 우리에게 풀냄새를 제공해 주던 앞산에 문득, 단풍이 들기 시작한다.

작품 곳곳에 있는 작가의 깊은 삶의 통찰력이 은은한 향내로 물들어가고 있다.

이쯤에서 솔직히 '40대 중반의 평범한 여성의 좌충우돌 런던 정복기'란 말은 살짝 어패가 있다는 것을 느꼈을 것이다. 수필 어느 곳에서도 '좌충우돌'하는 작가의 모습을 쉬 찾기 어렵기 때문이다. 차라리 일목요언하게 일처리를 하고 있는 작가를 보면 작가는 영국에서 미리 살아보는 예습을 한 것은 아닐까 하는 생각마저 든다. 자녀에 대한 뜨거운 사랑과 삶의 열정이 오히려 체계적이고 이성적으로 작가가 삶을 경영하도록 하는 꿋꿋한 발판이자 지혜가 된 것은 아닐까. 그만큼 작가의 사랑은 엄중한 일관성을 갖고 자녀들을 세워갔다.

그렇다고 작가가 단지 치밀하고 냉철한 모습만 보인 것은 아니다. 작가의 열정이 엉성하게 드러날 때 작가의 인간적인 면모에 실소하며 친근하게 작가에게 다가갈 수 있었다.

오랜 제자의 원고를 읽는다는 것을 특별한 기쁨이다. 다른 친구들이 한 권 두 권의 책을 낼 때마다 아끼는 제자가 한 권의 책도 묶지 못하고 있다는 것은 스승으로서 아픔이기도 하고 안타까움이기도 했다.

원고를 받아들고 단숨에 읽어내려갔다. 처음엔 제자의 글이어서 다음엔 글에서 뿜어져 나오는 생의 열기에 도취되어, 흥미로운 한 권의 소설을 읽어가듯 주저함이 없었다.

그렇다. 소설과 같은 매력으로 흥미진진한 모험담에 빠져들게 하는 작가의 진솔한 삶의 편린들이 아름답다.

그날 초조하게 제자를 찾아 헤맸던 순간이 〈금주 기간〉 이렇듯 오랜 세월 후 보람으로 돌아오니 이 책의 의미가 더 새롭지 않겠는가.

런던의 안개는 사라지고

정경숙 수필집

초판인쇄 2017년 12월 08일
초판발행 2017년 12월 14일
지은이 정경숙
펴낸이 노용제
펴낸곳 도서출판 한국문인
주 소 서울특별시 중구 창경궁로 1길 29 (3F)
전 화 02-2272-8807
팩 스 02-2277-1350
이메일 rossjw@hanmail.net
ISBN 978-89-93694-44-4 (03810)

값 12,000원